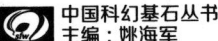中国科幻基石丛书
主编：姚海军

傀儡战记

城堡里的国王

索何夫 著

四川科学技术出版社

图书在版编目（CIP）数据

傀儡战记：城堡里的国王 / 索何夫　著.

-- 成都：四川科学技术出版社，2020. 7

（中国科幻基石丛书 / 姚海军　主编）

ISBN 978-7-5364-9869-3

Ⅰ.①傀… Ⅱ.①索… Ⅲ.①幻想小说 – 中国 – 当代

Ⅳ.①I247.5

中国版本图书馆 CIP 数据核字（2020）第 116793 号

中国科幻基石丛书
傀儡战记：城堡里的国王

出 品 人	程佳月
丛书主编	姚海军
著　　者	索何夫
责任编辑	宋　齐　姚海军
特邀编辑	张泽阳
封面绘画	黄哲霖
封面设计	甄沛佳
版面设计	甄沛佳
责任出版	欧晓春
出　　版	四川科学技术出版社
	四川省成都市槐树街2号出版大厦　邮政编码:610012
开　　本	147mm×208mm
印　　张	9.875
字　　数	210千
插　　页	2
印　　刷	四川南方印务有限公司
版　　次	2020年10月成都第一版
印　　次	2020年10月成都第一次印刷
定　　价	44.00元

ISBN 978-7-5364-9869-3

写在"基石"之前

姚海军

"基石"是个平实的词,不够"炫",却能够准确传达我们对构建中的中国科幻繁华巨厦的情感与信心,因此,我们用它来作为这套原创丛书的名字。

最近十年,是科幻创作飞速发展的十年。王晋康、刘慈欣、何夕、韩松等一大批科幻作家发表了大量深受读者喜爱、极具开拓与探索价值的科幻佳作。科幻文学的龙头期刊更是从一本传统的《科幻世界》,发展壮大成为涵盖各个读者层的系列刊物。与此同时,科幻文学的市场环境也有了改善,省会级城市的大型书店里终于有了属于科幻的领地。

仍然有人经常问及中国科幻与美国科幻的差距,但现在的答案已与十年前不同。在很多作品上(它们不再是那种毫无文学技巧与色彩、想象力拘谨的幼稚故事),这种比较已经变成了人家的牛排之于我们的土豆牛肉。差距是明显的——更准确地说,应该是"差别"——却已经无法再为它们排个名次。口味问题有了实际意义,这正是我们的科幻走向成熟的标志。

与美国科幻的差距,实际上是市场化程度的差距。美国科幻从期刊到图书到影视再到游戏和玩具,已经形成了一条完整的产业链,动力十足;而我们的图书出版却仍然处于这样一种局面:读者的阅读需求不能满足的同时,出版者却感叹于科幻书那区区几千册的销量。结果,我们基本上只有为热爱而创作的科幻作家,鲜有为版税而创作的科幻作家。这不是有责任心的出版人所乐于看到的现状。

科幻世界作为我国最有影响力的专业科幻出版机构,一直致力于对中国科幻的全方位推动。科幻图书出版是其中的重点之一。中国科幻需要长远眼光,需要一种务实精神,需要引入更市场化的手段,因而我们着眼于远景,而着手之处则在于一块块"基石"。

需要特别说明的是,对于基石,我们并没有什么限定。因为,要建一座大厦需要各种各样的石料。

对于那样一座大厦,我们满怀期待。

CONTENTS
目 录

序 章

优秀的我与稍微不怎么优秀的其他人

（持续19秒的电子白噪声）……好了，看在救主领袖的分上！能用吧？这个AFR-3音频记录仪应该是能用的，对吧？嗯，算了，先试一试再说啦！咪咪是个大笨蛋！每天晚上睡觉都流口水，还会把我的枕头弄得湿乎乎的！而且……啊呜！痛痛痛！那个啥，这只、只是测试来着，你能不能别这么生气？

好……好的，看来这东西确实能用……等一等！我道歉还不行吗？别揪我的耳朵啦！不，不好！你这么做真的会把我耳朵扯掉的！真的……

（持续1分29秒的空白……）……嗯？这东西还开着？那我开始录了。

咳咳，这份记录，嗯，那个，这份记录的作者是阿德南·阿卡迪亚·奥雷利安努斯，一位平凡的英雄与勇敢的普通人，一名恪尽职守的战士，一名在无尽的黑暗岁月中以纯洁的心灵与诚挚的热情守护着自己和他人的人性之光的求索者，原和谐星人类联合军第二军团义勇军少校。军团的同袍们称我为"殷红的阿德南"，因为我曾在无数战场上与人类的敌人和居心叵测的阴险小人以死相拼，并不止一次地见识过如同地狱的悲惨和恐怖光景；那些因为种种原因而憎恨和误解我的人称我为虚伪的骗子、背信者、口吐谎言的毒蛇和浮夸的孔雀，但我的宽宏大量让我对此毫无怨言与愤怒；我的朋友与同伴们亲昵地称我为阿德，这是他们对我的信赖与深刻感情羁绊的象征。

我不是传说中的救世主，也没有超出他人之上的力量与魔力。作为一个再普通不过的常人，我所能依仗的只有自己不磨的信念、坚韧不屈的决心，以及百折不挠的毅力……呃，或许还有那么一丁点儿微不足道的好运来着？

算了，那不重要。

自从能够记事时起，我就以自己的人格与名誉，以我的灵魂立下誓言，将我的毕生奉献给了人类的幸福、为了正义与公平、为了我们文明的未来的伟大奋斗。或许我不过是一个微不足道的普通人，但我有决心，有毅力，有信仰，更重要的是，我确实做了那些力所能及的事。我无愧于心。

在这份记录里，我会提到我在新历991年之后的数年中、也就是历史上所谓的"傀儡战争"的最后一段时日里的所作所为，以及那些曾经在这段旅途中与我相遇、相识和发生了各种各样交集的人，还有与这些人有关的诸多历史事件。我会提到伊斯坎德尔·罗蒙诺索夫，也就是"灰之罗蒙诺索夫"或者"无名的历史学家"，如果没有他，这个世界大概不太可能变成如今的模样，而我的人生轨迹也将注定与现在大相径庭；我也会提到艾琳·爱尔卡·简·安特米欧娜，你们或许通过某些传说已经了解了一些关于她的消息，但我可以保证，事实绝对比传说中的那点儿捕风捉影要更加有趣；我还会提到咪咪、栗子、平娜上尉和她的助手德尔塔军士，以及其他一些我在旅途中遇到的人，虽然我的这些自愿或者非自愿的同伴大多有着这样那样的缺点，因此远远无法与优秀的我相提并论。但因为我的协助以及……呜啊！疼疼疼！我认错！真的……（持续12秒的空白）……好了，我不谈这个了，行吧？

好吧，那个，就让我们开始进入正题：接下来，我会按照我的记忆尽可能准确地复述我在那段至关重要、历经艰辛的峥嵘岁月中的经历。包括我们在盐沙平原、阿尔-萨尔特盐沼、高门地峡、日出城、兰檀半岛和其他地方的冒险与奋斗，以及和命运那充满低级恶趣味的安排的抗争。

我以我的名誉与人格起誓，以下所言字字无虚……嘿嘿嘿，咪咪！你别抢麦克风！我这话是认真的哦！我确实非常看重我的名誉与人格……那个啥……

……应该是这样，没错吧？

第一章

债务问题与意外的委托

词条解释009：傀儡

所谓傀儡，乃是一种低劣的伪人类，据专家推断，可能源自某种黄金时代（参见《联合军军事词典·附录B：历史与政治学》）的过时技术的错误使用。在两个世纪前，因为某些偶然因素导致的技术错误，这些伪人类被从地下释放出来，并对和谐星的人类文明形成了某种威胁。

虽然诸多目击报告指出，傀儡的生理结构比普通的自然人更加优秀，其躯体更加强韧且可以抵御较强的伤害，但这仅仅证明了制造它们的古代技术之错误与低级——试想，人类的本质是什么？是我们聪慧的头脑！而不是几块可有可无的腱子肉！这些对真正的自然人存有盲目敌意的伪人类必然会被我们击败和消灭！纵然傀儡确实比自然人略微强健一丁点儿，但一发准确的步枪射击，或者一记符合《白刃格斗术操典》规定的刺刀突刺仍然可以轻而易举地断送他们分文不值的虚假生命。

词条解释010:傀儡战争

这场在理论上持续了两个世纪的战争由万恶的傀儡引发，并一直持续至今。我们必须承认，这场战争毁灭了和谐星上自黄金时代终结后的大部分重建文明，并导致了旧联邦在政治结构与法统角度上的不再延续。但这说明不了什么！要知道，在战争爆发之前，这个世界已经享受了七百多年的太平岁月！联邦仅仅拥有最低限度的自卫武装，而且毫无战争准备，自然无法抵御那些无情的杀手的袭击。

但尽管如此，感谢伟大的救主领袖，我们不会重蹈覆辙！在过去的许多年里，联合军政府已经站稳了脚跟，并开始了稳定的反击。与那些古代技术造出的、无灵魂的失败品不同，我们坚定的意志与信仰将确保我们的胜利！没错，无论再怎么类似人类，没有证据证明无情的傀儡具有人类的情感与思想，毫无怜悯地铲除他们吧！

词条解释022:义勇军

义勇军是联合军政府根据《联合军军事法令20071条》授权成立的、由志愿者组成的武装团体，为联合军正规防卫军的重要辅助武装力量。该部队有着广泛的人员来源与同样广泛的任务范畴，并被认为由最优秀的战士们组成。众所周知，义勇军战士都是以英勇无畏、大公无私而著称的……（因为收到大量读者投诉并被认为存在争议，本文其余内容暂时涂销，将于第14版发行时进行修改）。

——摘自《联合军军事词典（第13版）》

1

"怎——么——会——这——样?!"

在这个故事开始的那天早上,我正一如既往地陷于深沉的忧愁之中——当然,导致我的负面情绪的因素有很多。除了对于全人类的未来与幸福的担心,以及对于自己可能无法完成使命与职责的忧虑之外,我必须承认,摊在我面前那脏兮兮、油腻腻的桌面上的那份文件的内容也对我产生了那么点儿影响。

那是我今天可以获得的全部收入的总额。

当然,我从来都不是个唯利是图的人——对于早已发誓献出自己的一切、投身于这场以拯救全世界人类为最终目标的事业的我而言,个人利益什么的根本毫无意义。但就算如此,这份收购单据上的数据对我而言仍然太过……惊悚了点儿。毕竟,为了更好地投身于伟大的事业,为了人类的幸福,为了世界的未来,最起码的财务保障是必不可少的。就算是毫不利己如我,也无法否认这一点。

"你们这是搞什么鬼啊?!"在秉着一贯的仔细认真把账单上的数字翻来覆去读了几遍后,我用力把这玩意儿拍在了柜台上,对着据点镇公会的出纳员吼道。当然,我并不是一个缺乏教养的人，也绝对不是故意要在公共场合肆意喧哗或者破坏秩序。但有的时候，那些领着固定薪水的公职人员确实有一种把所有不朝他们怒吼的人都当成哑巴的倾向。"六百五十八块钱?! 有没有搞错! 我带回来的这批货就算保守估计，也不止值一万两万哦?! 这些全都是我们冒死潜入灰烬海边上的圣提奥多罗斯的遗迹、在那些满地都是机关陷阱的旧纪元仓库里找出来的最贵重的东西! 明白吗?! 你们的估价员呢?! 我要和那家伙亲自谈谈! 看看他到底是瞎还是傻?! 居然开出这种价格! 我警告你们，不要看我是个好人就整天想着要欺负我! 就算是老实人也会有发火的时候哦! 要是——"

"抱歉，但本公会的收购委员会经过审议，仍然决定坚持这一估价结果。"在我的怒吼之下，出纳员就像是受惊的猫一样缩起身子，仿佛这样就能少承担一点我那汹涌而来的怒火似的，"而且我……我必须提醒你，在公会里对公职人员采用暴力是严重违法行为! 如果你继续威胁我的话，我恐怕就得让镇上的警备队对你采取强制措施了!"

"呃……啊?"我这才注意到，由于刚才情绪稍微有那么点儿激动，我已经把大半个身子都探过了柜台。而且不知什么时候，我的一只手居然已经搭在了腰间的激光手枪枪套上——虽然天性善良、谦逊纯真的我从来都不会干威胁赤手空拳的年轻女生这种下三烂的事情，不过从技术上讲，我现在的姿态或许可能大概确实显得有那么点儿……不合适了。

"唉，是、是我的错。我道歉。真的! 我已经真心实意地在道歉了!"眼看出纳员放下铅笔，将一只手搭在了柜台旁那支填满8号霰弹的防暴枪上；另一只手则伸向报警器的按钮，我连忙缩回身子，以最温文尔雅的态度诚恳地道歉——知错能改也是我从小便注意培养的优秀品质之一，"那个啥，出纳员小姐，能把枪放下了吗？"

"……"

"我……呃，我真的没有恶意，也没有想要威胁你哦。不过说实话，这收购价实在是太低了点儿。"我将双手交叉在胸前，摆出了祈祷般的恳求姿势，希望能借此打动对方的心灵，"能不能让我见见估价员们……不，哪怕帮我带个话也行。就说可怜的阿德南少校现在真的很需要钱——你也知道的，我们这种编制外的义勇军分队一切开销都得自负，上次为了去大陆深处出任务，我借的债还没还清。那个啥……看在人类的幸福和正义与公平的分上，能不能好歹给我八千……啊不，七千五百块哩？"

"……"

"呃，还是不行吗？那个……实在不行的话，你们可以请联合军技术部的专家来看看那些图纸里的东西！我敢保证它们真的很有价值！不然的话，至少给我六千块……呃，五千八百块也行……麻烦别这样板着脸！至少对我说一句话啊！拜托了！"

"好啊，我可以说一句话，"出纳员微笑着答道，"您可以走了，阿德南少校。请到三号柜台凭票据排队领钱，总共六百五十八块——当然，如果不领的话，那是再好不过了。"

2

　　我记得,过去曾有某个家伙说过,比失望更糟的情况是在失望的同时让另一个人失望。我想,在这个世界上,屡败屡战,百折不挠的我恐怕是对这一方面最有发言权的人之一。虽然我必须承认,在许多时候,我的同伴们对我失望更多是由于他们那不切实际的高要求,但那天的情况显然是例外。

　　"阿德阿德!你拿到钱啦?!"当我攥着那一小袋远远没达到预期的报酬(里面有六张以新阿卡迪亚的农场为担保的联合军百元军票,五个十元的大铜板和八个镍币),拖着沉重的脚步走回位于公会外侧的子弹大厅里时,坐在一张圆桌前的咪咪立即对我露出了灿烂的笑容,"有多少?两万吗?不对,你保证能拿到三万的!这样的话,我们是不是可以放个长假了呢?如果可以的话,咪咪想陪着栗子姊姊到帆角港的海滩上去住一个月,顺便看望几个姊姊的老朋友,这应该不算太难吧?"

　　"那个……咳咳咳……嗯……事实上,我们的计划恐怕得进行一些细节层面上的调整了。"我看了看坐在桌前的两名同伴,然后清了清嗓子——和我们一年前相遇时相比,除了个头略微蹿高了一丁点儿之外,咪咪基本上没什么变化,还是那个瘦瘦小小、手脚灵敏、能跑能跳、会抓会咬、长着一对明显的虎牙,活像是只野猫的黑发女孩。当然,按照她自己的说法,她在遇到我时就已经满了十七岁,算是个成年人了,"为了人类的幸福,为了正义与公平,我决定中止计划中的休假。我们要在二十四小时内在镇上把需要的一切补给品和装备都尽可能地补充完毕,然后立即出发!拯救世界可不能一味地拖延,明白吗?!每一秒钟都是非常重要的!"

"出发?去哪儿?"咪咪纳闷地问道,同时往嘴里塞了一块蛋糕——虽然在去与公会进行最后的交涉时,我已经三令五申,要求她什么都别做、乖乖待在这儿等我,尤其不要胡乱花钱,但很显然,这家伙根本没有遵守命令,"我们有新委托了?"

"啊哈哈哈哈,这个……啊……还没有……"我抓了抓脸,在两名同伴面前坐了下来,"不过委托什么的不重要啦!我们可是堂堂的义勇军!就算没人付钱,我们也有义务……"

"我就说过这么做不行,但你就是不听,"一旁的艾琳叹了口气,打断了我的话,"虽然我可以保证,那些图纸确实有一定价值。但至少在现在,这种价值毫无意义——任何无法被投入应用的应用技术都比你肚子里的阑尾还要没用。关于这一点,我早就警告过你了。"

"但说不定它们以后会有用啊。"我理直气壮地回了一句,"作为义勇军的一员。为了人类的未来,为了社会的进步,我有义务不计报酬地寻回任何失落的知识,以便将来的人们能够从中受益!"

"是啊是啊,但昨天是谁说的'我才不管我们找回来了什么东西,只要那玩意儿能卖出个好价钱就行'?嗯哼?"艾琳继续问道。

"那个……唉嘿嘿，也许是你听错了？"我尽可能露出坦诚的笑容反问道——虽然我很清楚，艾琳说的确实是事实，但有的时候，为了维持队伍的团结和高效运作，暂时忘掉一些无关紧要的错误是有必要的……考虑到目前的负债，这个错误似乎并不是那么无关紧要就是了。

当然，这件破事也不能全部都怪在我头上。半年前，如果不是那个自称唐博士的浑蛋老学究突然找上我们、并无耻地利用了我对伟大事业的强烈责任感的话，我也不会在手头存款如此拮据的情况下借下三万五千块的巨债，雇用了一整个小队的临时志愿者千里迢迢地护卫那家伙前往那座位于烂泥海岸边上的死城，寻找所谓的"无价之宝"——按照老头的说法，我们找到的那些刻印在金箔上的图纸和古代文字记载着的知识是过去伟大技术的结晶，只要能好好利用这些知识，就算是让断肢重生、盲人复明这样近乎奇迹的事情，也不是不可能做到的。而作为报酬，他愿意在事成之后付给我们五万块钱的天价。

可惜的是，当那老家伙的脑袋在圣提奥多罗斯附近混乱的交火中被一个不长眼的傀儡狙击手打爆之后，这份合约也就自动失效了。

不过，作为一名义勇军少校，一个为了人类的未来而奋斗的利他主义者，纵然知道合约已经无法履行，我仍然带着那些黄金卷轴以及幸存下来的队员们挣扎着返回了位于大陆西端群山中的据点镇，希望能让这些古老的知识派上用场、同时顺带赚到一笔可以让我连本带息还债的钱。但最后，一切还是变成了这样……

"要我说，我们落到现在这种境地根本不奇怪。"艾琳继续板着脸说道。虽然这位高个子褐发女性的长相并不太差，但每当她摆出这副表情,我都会下意识地把视线从她脸上挪开,"要是你的脑子比我们昨晚烤来吃的鱼好使那么一丁点儿,都应该能想到这点的,'有机医疗纳米机器人'? 就算这技术真的有用,那也不是现在的人类能生产得出来的——哪怕有那些说明和图纸也一样! 那个'活体组织智能植入器化改造技术'也一样! 而且最重要的是,现在的人甚至连验证这些玩意儿的真伪的能力也没有! 如果你是那些估价师,会为了这种无法判定到底是不是个弱智骗局的东西而直接开出几万块的价格吗?!"

"那个啥……我知道啊,"我低下头,搓了搓双手,"但这也意味着他们不能确定那东西是假的,对吧? 哪怕先让我用这些货做抵押,借个一两万块钱……"

"如果你的名下没有那么多无法偿还的债务的话,没准儿他们真的会考虑这么做。"

"那又不是我的债务,只是有人用我的身份证擅自乱借的而已。"我一边从咪咪嘴边抢过一块还没被她吃掉的蛋糕,一边第一百次向艾琳解释这个问题——虽然现在这个艾琳是正常状态下最能干的那个,但有时候,我还是会怀念爱尔卡或者简,至少她俩不会整天尖酸刻薄地抓住我的这些陈年旧账不放,"这不是一回事。"

"这话你去和镇上的执法官们说啊。为了二十五块的酒钱就能把身份证借给人随便用,其他人还真做不到。"艾琳叉着腰,语带讥讽地说道。明明我俩现在可是一根绳子上的蚂蚱,但她居然还能摆出一副幸灾乐祸的神态,这倒是让人佩服。

值得庆幸的是,我很清楚这种时候该用什么法子治她。

"是啊,你是对的。"在赶在咪咪之前把最后一小片蛋糕抢到手、并且以最快的速度塞进嘴里咽下去后,我一边用手背擦着嘴唇上沾着的糖霜，一边用悲苦的语气说道，"既然我们现在债台高筑，走投无路，那么，基于对各位至今为止仍然对我不离不弃的队员们的责任，请允许我正式考虑卖掉'那玩意儿'——虽然没人给它估过价，但我相信……"

"不行！"一听到我这话，艾琳之前的拽样就消失得无影无踪——虽然这没法改变我们的窘迫现状，但至少让我感到稍微痛快了一点儿，"无论你做什么我都愿意，只有这件事千万不要！实在还不上债也没关系，我们大不了可以暂时逃跑，等找到了还债的钱再回据点镇也不迟！唉，你是不会抛弃我们的，对不对？！一定是这样，没错吧？！"

"我刚才好像听到有人说了'逃跑'这个词儿，"艾琳的话刚刚说完，另一个声音突然冷冷地插了进来，"请问有没有谁可以解释一下，你们到底打算逃离什么呢？"

这是我此时此刻最最不想听到的声音之一。

3

平娜·阿尔方斯·阿卡迪亚上尉,她是我的老相识、老对头、老合作伙伴,以及无数麻烦的源头,同时也是联合军政府派驻在据点镇的助理执法官兼义勇军联络官之一。虽然从名义上讲,她只是一个比我低一级的上尉,但事实上,就算说她是我的某种意义上的顶头上司也没错。

毕竟,她可是一个阿卡迪亚人,一个货真价实的正式军官。而不是我们这种在沙尘漫天的大陆上打滚的义勇军——虽然只要能为人类的未来贡献一份心力,我完全不会在乎自己要以什么身份、在什么地方工作,但至少在一部分人眼中,义勇军确实算不上是个光荣的组织。

喔,你们这些出生在傀儡战争结束后的和平时代的家伙或许不太容易了解这些陈年旧事,不过在我年轻的时候,大家可是给干义勇军这行的起了不少绰号。像是"亡命耗子"或者"荒漠跳蚤"这样的倒也罢了,诸如"鬣狗"这样的"美称"我也没少听到过。与在傀儡战争刚开始时掩护着幸存者们撤往罗迪尼亚大陆边远地区、并在之后的漫长岁月中一直担负着保卫任务的各军团正规部队不同,我们这些义勇军虽然名义上也是军团的一部分,但却没有任何正式编制、没有军饷、没有明确的指挥链,只有形式上的头衔与登录编号。

从法理上讲,义勇军是"承担辅助任务的志愿民兵",负责执行诸如驱逐危险的异兽、搜集情报、警戒、维持边缘聚居区治安或者深入内陆地区"寻宝"这类正规军团通常不愿意或者没空去干的活儿。但事实上,大多数义勇军表现得更像是收钱办事的佣兵甚至亡命之徒,只要报酬管够,不少人什么都愿意去做。虽说也有像我的小队这种高尚纯洁、乐于奉献的队伍,但仍然无法从整体上扭转义勇军所遭受的普遍恶评。总之,在那个时代,大多数守法公民都把我们视为类似于马桶刷子的存在:在需要时捏着鼻子拿出来用用,问题一解决,就要立即塞回大家看不见的地方去。

而军团的义勇军联络官们,则是专门负责与我们这种评价复杂的家伙打交道的人。

"啊哈,你来得正好,平娜上尉。"虽然稍微吃了一惊,但我几乎立即就强迫自己摆出了一副平静的模样——这都是拜我在那些年里积累的丰富经验所赐,"是来给我们饯行的吗?如你所见,我们现在正打算出发,继续在神圣使命的召唤下投身于伟大的事业。如果你要请客的话,恐怕得等到我们下次回——呜嗷!疼疼疼!你这个暴力狂又在闹哪样?!"

"平娜上尉对你现在的态度很不满意。"说话的是跟在平娜身后的那名小个子男性。与高大健壮,缺乏表情,看上去活像是过去的健美女运动员与商场女强人复合体的平娜不同,这个绑着金色马尾辫的男性瘦小而纤细,就算是联合军最小号的制式作训服套在他身上都有点嫌大,而那张秀气的脸庞更是让他在某种程度上甚至比我身边的女性队员们还要讨人喜爱——假如忽略掉他和平娜一样的糟糕态度的话,"我们认为你不老实,少校。"

"我不老实? 开什么玩笑?! 我刚才说的都是实话哦!"被平娜老虎钳般的指头死死揪住耳朵的我大声抗议道。甚至吸引来了不少正在子弹大厅里自顾自地胡吃海喝、大声喧哗的家伙的注意,"唉唉唉,我好歹也是个少校,起码在理论上比你高一级哦! 在公众场合这么做,影响不太好吧?"

或许是听到了我的发言,那些群聚在子弹大厅里喝酒打诨的家伙居然齐刷刷地爆发出了一阵欢呼和鼓掌,甚至还混着几声尖锐的口哨。好家伙,给我记住了,总有一天我会让这些缺乏教养的浑蛋明白不要落井下石的重要性,让他们懂得社交礼仪的重要性……当然,不是现在。

"行了! 行行好! 我真的没有说谎!"见平娜一直不松手,走投无路的我只得转而哀求道,"我们真的计划要离开据点镇了,没骗你!"

"现在出发? 连个委托都没有接?"

"呃……暂时没有而已,当然我可以去别的镇上找找。"我回答道——当然,这都是实话。虽然整个西海岸最大也最重要的义勇军联络处(也就是俗称的"公会")位于据点镇,但在别的镇子和基地里,我也不是接不着委托。

"看来这家伙说的是实话,德尔塔军士。"平娜扭头和她的跟班交换了一个眼神,然后放开了我,"不过,你肯定没有说出全部实话——这么急着从据点镇离开是为了什么? 能解释解释吗?"

"……"这下换成我哑口无言了——虽然找个借口搪塞也不是不可以,但我很清楚,眼前这家伙不吃这一套。

"唉,我们只是没有钱了而已。"就在我不知该说些什么才好时,咪咪诚实地把一切都抖了出来,"阿德明明已经说好了,这趟回来要分给我一万块奖金,还要给我一个月假期的!结果现在却说话不算——呜喵!"

"我可没有说话不算话——我那时候说的是,如果我们找回来的那些东西能够换到足够多的收购费的话,我就会兑现这些承诺。"我恼火地用指节照着咪咪的后脑勺来了一下,"你要怪的话,就怪那些死活只肯给我那么点钱的浑蛋去!"

"如果在以前,我可不会就这么轻易地原谅你侮辱我们的工作人员,"平娜撇了撇嘴,用半是无奈、半是厌倦的眼神看着我,"不过现在我可以暂时不计较这些。毕竟你欠联合军政府的债务可是个不小的……问题,哪怕你坚持声称其中有一半是所谓的'不当请款'也一样。"

"但我现在真的没有钱哦。"我把装着那可怜的六百五十八块钱的袋子塞到身后,免得平娜突然一把把它抢走,然后故意做了个掏空裤兜的动作,将我那条已经快看不出原有的灰绿色迷彩的破裤子的兜挨个翻了过来,"除非你现在打算告诉我,我的债务可以一笔勾销,否则——"

"没错,"平娜点了点头,接着说出了完全出乎我意料的话,"事实上,我就是来勾销你的债务——至少是属于联合军的那部分——的。"

"啊——咧?你说啥?"我下意识地把手伸向了咪咪,"咪咪,揪我一把,我得确定我不是在做梦。"

"你就这么不相信我们的宽宏大量吗?"一直站在平娜身后的德尔塔语气戏谑地问道。

"是啊。比起相信你们的'宽宏大量',我倒是更愿意相信明天我会被任命为联合军政府的大元帅总司令官哩!"我怼了回去,"如果要寻开心的话,麻烦你们……"

"不,我们可是认真的,"平娜抬起一根手指,以大户人家的小姐施舍乞丐似的口气朝我说道,"你真的有一个机会勾销全部债务——甚至还有得赚。我知道阿德你现在的手头非常拮据,连额外的队员都招募不到吧? 要是没有债务、外加额外得到三千,哦不,五千块的现金,你的处境肯定会大大好转的,对不对?"

"那么你的建议是……"其实听到这里,我已经猜到了一点儿端倪:平娜可不是那种热心慈善事业的人。她肯这么做,只意味着一种可能性。不过为了保险起见,我姑且还是问问好了。

"没错,是官方委托哦!"平娜朝着德尔塔比画了个手势,金发少年立即取出了一份地图和一张官方委托状——盖在委托状上的是总司令官列昂尼德·丘尔巴诺夫大将,以及第二军团司令部的官印,"只要你能够完成这项委托,我们甚至不是不能考虑给你别的奖励。有兴趣吗?"

"说、说来听听!"我尽力抑制着几乎要从胸臆之间喷涌而出的强烈激动感,同时竭尽全力地绷紧了自己的每一根面部肌肉结缔组织,以免对方通过观察我的表情变化发现我对这项委托是何等的热心,"我……呃……我会考虑一下的。"

4

　　在那之后,平娜花了整整二十分钟讲解这项不算太复杂、但也不算简单的官方委托。然后,我对一脸期望的她给出了自己经过慎重考虑后得出的答案。

　　"很抱歉,但这就是我的最终决定,"我如此答道,"请允许我们拒绝这项委托,平娜上尉。"

第二章

血誓会和走为上号

1

"喂！喂！阿德南·阿卡迪亚·奥雷利安努斯！给——我——站——住！"

我当然没有站住，反而用没有提行李的手拍了拍下意识想要回头的咪咪的肩膀，示意她走快点儿，好甩开跟着我们的那两个烦人家伙。

"站住！阿德！你听到没?!"

我当然听到了。但我真的没心情继续和她瞎扯。毕竟，无论问多少次，我的答案都是一样的。更何况，她这种死缠烂打的做法除了让我更加不快之外，并没有别的任何意义。

真是个麻烦的女人。

呃，没错，无论你们曾经听说过多少与"日出城的征途"或者"揭露真相之旅"相关的传闻，我可以向你们保证，那些说法全都不过是毫无凭据的流言，或者英雄爱好者臆想出的故事。虽然我早已发下了誓言，而且相当乐意为了人类的未来挺身而战，但唯独在这档子事上行不通：在刚刚倒了一次大霉之后，我对于这样的"伟大的探索计划"着实是有些心理阴影。除此之外，另一些更加……私密的原因也不太支持我这么做。

所以我不得不放弃这次机会。

"阿德！可恶……再考虑考虑！拜托了！你这家伙平时不是总喜欢说什么为了人类的幸福、为了世界的未来吗？这可是个绝佳的机会啊！"

我还是没理她。毕竟，在六个月前，现在已经入土为安的另一个家伙正是用一模一样的说辞说服了我，害得我踏上了那趟终生难忘的惨痛旅程。作为一个发誓要为伟大事业奋斗终生的人，我很早就已经学会了一点：盲目的勇气本质上不过是虚伪的愚蠢，而通过学习经验教训合理地规避危险才是真正的负责。毕竟，如果你这辈子剩下的时间连看到明早太阳出来都不够，那所谓"奋斗终生"的价值恐怕也相当有限了。

没错，平娜试图委托给我的是一项特殊护卫任务——这是所有义勇军可能接到的官方委托中最报酬不菲、但也最危险与复杂的一种。

虽然从理论上讲，义勇军和正规军并没有什么不同，而当有人要登记为义勇军成员时，他或者她也必须发誓要为人类的未来、为实现这个世界的伟大事业献出包括自己生命在内的一切。但事实上，除了像我这样的极少数之外，很少有人真的乐意履行自己的誓言。大多数义勇军通常以短期劳务合同的形式为联合军政府执行诸如地方守备或者驱逐异兽之类的琐碎任务，而那些敢于接手高危险契约、深入战火纷飞的大陆内部的人则会被冠以"亡命徒"的称号。这既是一种略带戏谑的称号，在某种程度上也是无奈而残酷的事实。

而我做这一行已经有好几年了。

对于联合军政府而言,我这样的"亡命徒"小队的存在相当重要,正如挂在鱼钩上的红虫对渔夫而言相当重要一样。在绝大多数情况下,"亡命徒"的工作是深入正惨遭傀儡战争践踏的内陆地区,在混乱的战场上尽可能地回收具有使用价值的残骸和技术装备——在这个时代,这些"破烂"对蜗居在大陆边缘、已经丧失了大部分工业能力的人类而言价值极为不菲。而少数被认为值得信赖的"亡命徒"小队则会接受护卫契约,保护联合军政府的特派员或者专家们前往那些最危险的地带进行侦查,或者在战前的废墟中寻回古老的设备与技术。

几乎每个与我同时代的年轻人都能背诵好几十段关于"亡命徒"的故事——在故事里,那些一文不名的穷小子和乡下姑娘总能靠着天分与运气躲开重重危险,最后一夜暴富、衣锦还乡,甚至受到正式表彰、成为联合军的英雄。当然,这些故事大都是真的,但这光鲜的真实背后却藏着大多数人不愿看到的冷酷事实:大多数自愿成为"亡命徒"一员的家伙都太天真、太过低估自己将会面临的危险,而他们通常不会有机会纠正自己的错误。

平娜委托给我的正是一个超级危险的任务。

"喂,你们要做的事其实不算太复杂,"在公会里谈判时,平娜如此对我们保证,"大致而言,你们只需要去位于高门隘口的前哨站和一位重要人物会合,再把他安全地护送到目的地并带回来就行了。除了保护这位先生的人身安全之外,你们什么都不用做——只要他在回来时还是完整的活人,你们欠联合军政府的债务就一笔勾销,我们还会另外为你的每一名小队成员支付一万块钱奖金,外加将你正式晋升为中校。"

"最后那项就免了。"我摆了摆手。众所周知，联合军政府总是喜欢给我们这些义勇军发放不值钱的空头晋升令，用名誉军衔抵充奖金，"如果能再给我三千块，我情愿继续当这个名誉少校，谢谢。"

"那就再给三千块。"让我略为吃惊的是，平娜居然不假思索地答应了，"成交？"

"好啊，成——"咪咪正要回答，就被身为队长的我一把捂住了嘴——要是让这家伙随便做决定，我们准得倒大霉。

"不行。"我摇头道，"先告诉我，我们要护送的是什么人？"

"这个你尽管放心，不是护送侦察队或者军事专员这样的危险任务。"看到成交有望，平娜居然少见地对我露出了微笑，而不是平常那种仿佛看着特价出售的发霉面包的表情，"当然，你们也不需要主动进入危险的交战区，更不会要求你们设法缴获完整的武器装备，甚至俘获还在活动的傀儡什么的。你们要做的只是保护一位得到了司令官阁下特别许可的历史学家伊斯坎德尔·罗蒙诺索夫先生，协助他去进行一些无害的田野调查而已。"

当然，我连这番话的一个标点符号都没敢信——要是无害的田野调查能值这么多钱，我们这些义勇军早就个个发大财了。"去哪儿？"

"日出城。"

"靠！"

好吧，如我所料。

日出城，和谐星上最伟大而繁华的都会，旧文明纪元留下的美丽瑰宝，同时也是这个世界上人类文明复兴的象征——当然，这一切早在两百多年前就已经是该死的过去式了。傀儡战争的烈火早已将那座坐落在河中平原上的光辉之城变成了漆黑冰冷的空壳。当然,出于某些目前暂不明确的原因,日出城似乎并不是交战的南北双方争夺的重点,但任何人如果想要抵达这座深居大陆中央的城市,就免不了要穿过周围那些被战火反复荼毒的土地。虽然这并非不可完成的任务,但至少对我这种还希望稍微活久一点,以便能有更多机会为人类的未来做出贡献的人而言,成功的概率实在是不容乐观。

"为什么把这种任务交给我们?你觉得我们有本事穿过半个大陆去那种地方,还得顺带护送一个拖后腿的历史学家?"

"没错!"从平娜的表情来看,她似乎一直都等着我问出这句话来,"因为我有充足的理由认定,只有你们才有能力完成这项任务。"

"啊哈?"

"我可不是随便说说而已——在决定推荐你们接受这项委托之前,我特别调查过关于你们的事儿。"平娜继续说道,"之前你们接受的委托的目的地是位于灰烬海边的圣提奥多罗斯,对吧?那儿虽然不位于大陆的内部,但离这里的距离可比日出城还要远得多,对吧?"

"没错,但我们当时是坐船去的。"我没好气地答道,"要是你知道有什么船只可以跨过荒漠和群山,直接开到日出城去,我们倒是乐意乘坐。"

"呃,这个我当然知道。"平娜耸了耸肩,"事实上,我调查过唐博士雇用的那支船队的水手。按照他们的说法,当时你们分别搭乘武装运输船'青金石号''幸运的伊扎特号'和'蔚蓝无垠号',沿着大陆西海岸的珠宝列岛南下,从海上接近圣提奥多罗斯港的废墟。虽然一路上很顺利,但在登陆时还是引起了一支傀偏军团的注意。这些都是事实吗?"

"嗯,没错。"

"目击者报告说,当时敌人的航空攻击当场击毁了'青金石号',并迫使另外两艘船逃走,因此已经登陆的你们无法再通过海路返回。换句话说,你们回来的唯一办法就是沿着陆路穿越超过一千千米的高烈度交战区。"平娜继续铺展着她那无懈可击的逻辑,"虽然唐博士和他雇用的其他人都没能幸存下来,但你们的小队却有不止一个人成功生还……"

"所以呢?"我反问道,"这又怎么样?"

"所以这不可能是侥幸! 你们肯定找到了什么特别的窍门,才能成功返回这里! 以前可从没有过人能在交战区里走这么远! 如果你们能从圣提奥多罗斯走陆路回来,那么护送其他人去日出城也不是不可能的事!"

"免谈!"我的回答毫无妥协的余地,"我们不接受护卫任务。"

"那至少告诉我你们是怎么做到的! 只要你们愿意说出安全穿过交战区的方法,联合军政府愿意按原价付款。"

"很抱歉,同样不行。"

我用这句话结束了这场不愉快的洽谈。

2

"喂,阿德,他们好像还跟在我们后面耶。"

一个小时后,当我、咪咪和艾琳从下城区的跳蚤市场里提着刚买到的大包小包(其中大多数都落在了我的背上)出来时,咪咪突然拉了拉我的衣袖,在我耳边小声地说道。

"不要管他们!"我偷偷朝身后瞥了一眼。果然,那个女人和她的跟班直到现在还没有退缩的意思。仍然等在市场唯一的出口外。当然,除了他俩之外,这附近还聚集了为数不少的闲杂人等,其中绝大多数都是来看热闹的——毕竟,在上城区的要塞之外,穿着正规联合军制服的人可不是天天都能看得到的。

当然,我并不在乎他们的打算——这里是下城区,是我熟悉的地盘。只要愿意,甩掉平娜和德尔塔对我而言毫无难度。只不过,与他们相比,我在这儿还有别的东西需要担心。要是被那些真正的麻烦找上,想脱身就不是几句话那么简单的了。

虽然名字里带个"镇"字,但事实上,据点镇是人类在大陆西部规模最大的定居点之一。而它的结构又被一系列高耸的防御墙、壕沟与哨塔分成了泾渭分明的两个部分:大约两万联合军正规军、行政人员、工厂工人和其他有正经工作的人士居住在位于山上的高墙之内的上城区;而在山下,则是超过八万人群聚的下城区,由数以万计的破烂窝棚、帐篷、简易板房和其他类似的玩意儿拼凑而成,像阴湿地里的苔藓一样四处盲目铺展着。

与井井有条的上城区相比,下城区是名副其实的三教九流大杂烩。从法理上讲,这里不属于据点镇的管辖范围,也不受驻军和警备队的保护,因此除非居民们搞得太过火、影响到了上城区的安稳,否则压根儿不会有人在乎发生在这儿的任何事。坑坑洼洼、遍布污水潭和垃圾堆的小路在无数陋屋之间蜿蜒伸展,丝毫不符合建筑规范的棚户周围聚着大群席地而坐、出售着一切你能想象得到或者想象不到的货色的商贩。虽然在这个巨大的蟑螂窝里也不是找不到几个心怀天下、愿意为了普罗大众的利益奋斗终生的有志之士——比如我,但更多的人,包括那些自称为义勇军的家伙,都既不可靠,也不善良,而且还喜欢找人麻烦。

我很清楚,想找我麻烦的人可不止一个两个。

“说实话,我劝你们还是赶紧回去比较好。”在离开跳蚤市场,又拐了好几个大弯之后,我终于对平娜死缠烂打式的跟踪无法忍受,没好气地回头说道,“天马上就要黑了。这种时候在下城区闲逛可不安全,哪怕你有一身联合军政府的制服也一样!明白没?明白了就乖乖地回去睡觉去。”

“我可没有闲逛!我是在履行职责!”平娜理直气壮地答道,“除非你答应,否则我是不会放弃努力的。”

“我看你只是打算以公务为名,跟踪英俊迷人的我,好借机满足你那隐藏在一本正经表面下的恶趣味,对吧?”我开始转换战术,“先说明一下,我对跟踪狂没有什么偏见。但如果是真正漂亮的女生来跟踪我的话,那就更好了。”

"才……才不是！你以为你算个什么东西?！我宁愿去畜栏里亲一头大角兽，也好过跟……那个……"不知为什么，在看到平娜脸上泛出的红晕之后，我觉得自己刚才的信口胡诌似乎也不算全错……吧？

不过，这家伙显然还是不打算就此放弃。更重要的是，她似乎并不像我估计中的那样不了解下城区。虽然我故意加快脚步，绕了好几条偏僻小道，还不断冒着被摸走荷包的风险钻进混乱的人群，但都没能成功地甩脱这两个"尾巴"。

"可恶，还真是拿这女人没辙……"在发现自己死活也甩不掉平娜之后，我小声嘟哝了一句——当然，光是这种程度可不会让我束手就擒。只要穿过前面那条地势低洼、与臭水沟无异的街道，我就能抵达先前寄放我的座驾"走为上号"的维修厂。不出意外的话，那两个家伙到时候可没法凭四条腿追上我们。

可惜的是，意外总是会在我最不想和它见面的时候找上我。

"你好啊，阿德南先生。"

如我所料，我的"走为上号"就停放在维修厂外的空地上，没有被偷，没有被恶意破坏，没有被拆掉当零件卖——作为我的老资格朋友之一，"包管解决"维修厂的老板确实是信得过的。但是，在看到我出现时，这个长得颇为富态的光头男人却没有露出往常那种热情的笑容，反而朝我投来了充满忧虑的眼神。

当然，这百分之百和聚在他的维修厂外的那十几号壮汉有关。

"又见面了，阿德南先生。"在看到我们后，那群壮汉里的头头说道。这是一个有着烤过的面饼般的焦黄色皮肤、身高两米、肌肉虬结的巨汉，几乎完全剃光的脑门上布满了足以让人产生密集恐惧症的复杂文身，两侧太阳穴后则各拖着一条细长的辫子,"各位别来无恙啊?"

"我们很好哦!"还没等我想好该说些什么,咪咪已经提前插了一句。虽然我的这位忠实而富有热情的战友有着许多可取之处,但很不幸,察言观色和交际能力似乎不在其中,"啊对了,栗子前天闹了点肚子,阿德昨天在公会里和人赌喝酒的时候呛着了,不过姑且算是很不错。"

"什么叫'姑且算是'? 而且你没必要说这些吧?"我颇有些恼火地瞪了咪咪一眼,"那些家伙是来找我们麻烦的耶!"

"啧啧,真是无礼。吾辈只是来例行看望曾与吾等一同歃血之人,"巨汉说道,"这是吾等血誓的传统。"

完了,惨了,麻烦大了。虽然眼前这些人我过去多半没有见过,但我明白这家伙话中的意思:半年前,在接受唐博士的那个看上去非常有赚头的委托时,由于队里人手不足,我曾经不得不找上了血誓会,这个本地最大的义勇军互助协会。这些来自东方的新桃花石斯坦的伙计一直以重视承诺、安全可靠著称(至少他们不会在发现有独吞财物的机会时把你宰掉),但有的时候,他们对于自己的歃血兄弟之间的情谊实在是……过分看重了。

"那么,吾友,希望你不介意回答几个问题。"听了咪咪过分直率的答复,那巨汉也短暂地露出了惊愕的表情,但他还是很快抛出了更多的问题,"请问,你能否根据当时发誓时的义务告诉我,那些随你一同出发的弟兄们都去了哪儿?"

3

真是个好问题。而且我很清楚,那家伙多半不太期待我的答案:很显然,虽然我们在回到据点镇时尽可能保持了低调,但血誓会那帮子嗅觉极为灵敏的线人还是发现了我们的行踪,并且多半也猜出了与我们同行的那些人的结果。而现在,他们要来"收账"了。

"那个……唉,我很抱歉,但当时出了一些意外。"我舔了舔嘴唇,用尽可能充满歉意的语气答道,"在枪林弹雨里,意外总是会发生的,对不对?以前有句老话不是说了嘛,瓦罐不离井上破①,那啥……"

"没错。吾辈从不惮于慷慨赴死。"巨汉攥紧拳头,敲了敲自己如同黄铜雕塑般坚硬的胸膛,"为义而亡,流芳千古。"

这话我赞同,事实上,非常赞同。虽然我早已宣誓要为人类的未来、为所有人的幸福奉献终生,但如果有人肯在危险的雷区或者火线上替我打头阵的话,那绝不是一件坏事——至少这可以让我有更多的时间、更多的机会为伟大的事业做出更多的贡

①谚语,后一句是"将军难免阵前亡"。意思是,在井口打水的时候瓦罐容易破碎,上阵作战的将军难免死亡,比喻常处险地,难免遭厄。

31

献,从而更好地履行我的职责。

"当然,吾辈认为,一同歃血之人也应当抱有相同的觉悟。"巨汉接下来的话就有些不中听了——当然,我并不是对他们所崇尚的责任与义务有什么意见,只是对某些……过度的死板不太喜欢,"吾友,你是否问心无愧?能否将当时发生之事告诉吾辈?吾等很希望知道,那些未能返回的兄弟到底去哪儿了?各位有谁愿意回答这个问题?"

"嗯,他们都死了,"我正打算用之前花了不少时间构思好的、经过了略微修正的故事试试运气,咪咪却抢先一步答道——这家伙从来都对她知道答案的问题没有免疫力,"咪咪亲眼看到的哦。"

好极了。

"那么……你看到了什么?"

"有四个人和'青金石号'一起沉进了海里。当时,有一对'地狱翼'在我们登陆时朝船队发射了火箭弹。另外两艘船都逃跑了。唐博士要我们在敌人离开之后回到海边搜救,但是阿德不同意,说那样太危险。"

就像完全没有说谎能力、也完全无法控制自己把知道的一切都讲出来的咪咪一贯的发言一样,这是实话。不过话说回来,我那时的做法应该没有问题……吧?毕竟,不去敌人可能返回的危险区域算是常识,而且那些人可能在船沉之前就被炸死了。

"然后呢?"

"王铁先生在我们进入藏着资料的地下室时摔死了。当时本来是阿德第一个下的,但他觉得下面的扶梯太老旧了,说不定会出事,所以就让王铁先生第一个……"

是是是,这话没错,但当时我可是建议用攀岩工具下去哦!

这家伙非要逞英雄又不是我的错。

"那其他兄弟……"

"罗铜先生和牛金队长都被打死了——我们从城里往外走时,遇到了一大群傀儡的阻截。当时阿德让老恩菲尔德和那两位先生组成一队,先从一条小道冲出去吸引对方的注意力。结果他们都被敌人包围,也没能回来……阿德说他们肯定死了,所以不准去救。"

唉唉唉?为什么我听上去像是个坏人来着?! 虽然这都是实话,但这应该是标准战术操作吧? 他们自己运气不好死掉了,可不能怪我,而且我还损失了一个自己的队员哦! 不过真正让我担心的还在后面,要是咪咪把剩下的事儿都抖出来……

"所以剩下的人……"

"李钢先生他们也都死了——在唐博士不幸遇难之后,阿德和他们说了一些话……"咪咪对着食指,似乎对接下来的话有些为难。但她那股子堪比毒瘾的说实话冲动还是压过了基于理性的担忧,"那些先生们最后同意留下来断后,让我们先走……呃……他们最后遭到了空袭,炸弹刚一掉下来,所有人'砰'的一下就没了……那个……阿德说这是他们应该做的,叫我们不要介意,也别回去……"

好了,完了。

我可以保证,我做的这些事都是基于正当理由、是为了伟大的事业和绝大多数人的福祉而不得不做出的必要选择,而且我相信,绝大多数头脑正常的理性人都会赞成我的决断。但我不认为血誓会那些死板地抱着"情义""气节"不放的家伙会这么想。

而事实果然如此。

"虽然这么说让吾辈深感遗憾,"在朝我投来一个悲伤的表情之后,巨汉从裤兜里掏出一块和他的造型略有那么一丁点儿不相称的粉红色绣花手绢,擦了擦沿着眼角流下的泪水,"但很抱歉,恐怕吾不得不认为,您未能履行当初的誓言……您应该还记得,誓言的最后一句是什么吧?"

我倒是很想说我不记得了——但问题是那句话实在是太过违反战术常识,所以我想忘都忘不掉!什么叫"同生死,共进退,不弃一人,背誓者死"?!在战场上这样做会严重破坏战术灵活性和决策的及时性,好不好?

但在雇用他的兄弟们时,我确实说了那句话来着……

"那么,履行誓言吧。"

4

"不行！"

在巨汉放话要我"履行誓言"之后不到一秒，有人便给出了坚决的答复——啊，声明一下，说这话的人不是我。作为一个重信守诺的人，我当然不会……呃，至少是不会直接反对履行任何誓言。可是一路上像蚂蟥一样死死叮着我的平娜却有充足的理由这么做。

"您是谁？"

"我是联合军政府派驻本地的义勇军联络官，根据《紧急状态处置条例》，我有权阻止任何正在发生、可能危及本地安全的暴力犯罪！"就像故事里拯救美人的英雄（好像角色有点儿颠倒）一样，平娜一个箭步挡在了我的面前，"你们知不知道当着我的面威胁他人生命安全会导致什么下场？！"

"知道。"壮汉说道。

"那你们——"

"在场诸位都可以作为吾等见证人：今日所发生之事纯粹为吾一人所为。吾愿意承认由此所致之一切指控，并愿意接受司法机关之一切处分——好了，请让开，上尉。我得把事情办完。"

35

"休想！我、我绝、绝不会让、让、让你……"虽然紧张得舌头打结，但平娜还是勉强举起了她平时挂在腰间的点38大号左轮枪，摆出了一个勉强可以算是威慑的姿势——不过，像我这样充满了责任感与正义感的人可不会如此麻烦地方公职人员勉为其难地为我提供保护。

我会自己解决这个问题。

没错，我知道该怎么办。

"咪咪，该你上了。"趁着平娜吸引对方注意力的几秒钟，我将早已准备好的两样东西塞到了咪咪手里——我一个人不是这些家伙的对手，而出于某些原因，艾琳无论如何也不愿意用武器战斗，因此我只能这么做，"照老样子，我下次给你弄好吃的。"

"冰激凌？"

"蛋糕，三天管够。"我咬了咬牙，总算心一横开出了条件，"如果你愿意，再额外加一份巧克力，真正甜的那种。"

"好——嘞！"

咪咪冲了上去。

如果单从人数对比来看，我们这边绝对是压倒性的不利：冲着要我的命而聚在这里的血盟会成员至少有二十人，其中一大半携带着手枪和大口径双管霰弹枪，另一些则拿着带有浮夸浮雕的板斧和阔刃大刀，多半是准备在料理我时搞个符合他们审美口味的特殊仪式啥的。相较之下，我们这边只有我、艾琳、咪咪，以及平娜和她的那个跟班，而且我很清楚，出于某些原因，艾琳不会参加战斗，因此我们真正能打的只有四个。

但这已经够了。

如果我的时间感没出错的话，在最初的五秒钟里，就已经有四个血盟会的大块头倒了下去——咪咪的外表很能迷惑那些不了解她的人。毕竟，如果你是个两米来高、身强体壮的大男人，那么下意识地轻视一个又瘦又小、看上去仿佛用一只手就能轻松捏碎的女孩也是意料之中的。而咪咪的速度则让那些家伙完全来不及纠正自己的错误，便已经接二连三地惨叫着中弹倒地。

……当然，没有任何人伤亡。

虽说对方是冲着做掉我来的，但我可不希望因为摊上一大堆命债而惹来更多的麻烦——很多古时候的传奇故事里都有这种情节：当你干掉一批和你作对的家伙后，你的仇敌名单却变得越来越长了。因此，我很早就已经准备了一对电击手枪来应对这种可能的情况。这些发射带电飞镖的小玩意儿是大战爆发前的遗物，射程很近，容易故障，而且不好好修理一番根本没法派上用场，因此虽然偶尔会在城市遗迹里被发现，却几乎没人在意过。不过，在眼下，咪咪却把这对不能算是武器的小玩意儿发挥到了出神入化的境界：靠着比真正的猫咪还要更胜一筹的灵活性，她有惊无险地在成群的壮汉之间来回游走，而对方的人数在此时却限制了他们的行动。因为缺乏对付这种情况的经验，大块头们一时间乱成一团，互相推挤，只有当一个人被飞镖打中、抽搐倒地时，混乱的人群中才会偶尔露出一条空隙。

当然，作为整个大陆西北地区最可靠的义勇军团队之一，血誓会的伙计们自然不是那种故事里"肌肉发达、头脑简单"的呆瓜。在短暂的困惑与混乱后，他们立即相互拉开了距离，同时在咪咪身边让出了一个半径超过十米的粗糙圆形——这是依靠压缩稀有气体射击的电击手枪能够攻击的距离上限。接着，几个拿着射程远得多的大口径枪械的家伙迅速找好掩体，将枪口对准了咪咪。

"吾辈要讨债的对象只有一个人！不要插手，你就不会受到伤害！"之前和我们交涉的那个人用颇为威严的口气喊道——要不是他现在正倒在地上，像一只被扔进开水的大虾般颤抖个不停，这话的震慑力肯定还能翻个好几倍，"请站到一边去，小妹妹。"

"别怕，咪咪。"我连忙喊道，"下次给你双倍的巧克力！"

"好——嘞！"咪咪露出了兴奋的微笑，然后……就把电击手枪扔掉了。但就在那些举枪指向她的家伙下意识地松懈下来的一瞬间，两枚白色的球体变戏法般地出现了她的双手之中。

接着，她把两只球分头抛了出去。

或许是命运之神不愿看到我这么高尚善良的人继续遭受这种毫无理由、更没有意义的非难的缘故，在咪咪丢出球的同时，一阵时机非常合适的夜风正好吹过了修理厂的正前方，让那两团从球体内部爆出的灰白色粉末迅速扩散了开来——正好严严实实地挡住了四下散开的血誓会成员们的视线。

"就是现在！走！"

我一把抓住艾琳的手腕，朝着修理厂冲了过去——虽然这点儿加入了一些胡椒末和其他刺激性物质的石灰粉并不能为我们争取多少时间，但让我冲到停在修理厂大院里的"走为上号"附近已经足够了。虽然这辆被我从零件与残骸状态重新拼凑起来、迄今为止已经跟随了我五年的老旧半履带车从来都没有真正地良好运转过，但在我为人类的未来奋斗的坎坷经历中，它也没有让我失望。只要能让这玩意儿动起来，我就……

……呃，它好像没动起来。

虽然"走为上号"车厢上的几个窟窿已经被补上，在早些时候被剐蹭弄坏的那些零零碎碎也都重新安好了，但无论我怎么试图点火、踩油门，这玩意儿都没有半点儿反应。接着，在看到油量表之后，我意识到了问题所在——似乎有人提前把油箱里的燃料抽走了。

"抱歉了老兄，在我这儿修理的车辆都不能加油，这也是为了安全。"一直待在一旁看热闹的维修厂老板无奈地朝我耸了耸肩，"不过放心，要是你没活下来……这次就算你免费怎么样？我反正也不喜欢向楚楚可怜的女孩子讨债。"

嗯，这听上去不错，非常之高风亮节……不过现在可不是想这个的时候。毕竟那些家伙已经回过神来了，而且显然对我刚才搞的这点儿无害的花招很不高兴……嘿，至于吗？我只是用不伤人的办法正当防卫耶！你们有必要露出这种恨得牙痒痒的表情吗?!

"……你、你们不能这么做……"被一连串变故弄得不知所措的平娜还在做着无意义的尝试，试图让我避免命丧街头的下场。我虽然很感谢她的热心，但实在是不认为这么做能派上什么用场……呃，等等，好像真的派上用场了？

"阿德阿德，那些人好像害怕了耶！"当第一个高举着手中的双管猎枪、气势汹汹地朝我冲来的血誓会成员突然停下脚步，像被黄鼠狼瞪上的兔子般一步步朝后退去时，咪咪兴奋地拍了拍我的肩膀，"我们待会儿一定要好好谢谢……"

"你用不着谢她，"我顺着那帮大汉惶恐的视线瞥了一眼，然后拍了拍咪咪的脑门。事实上，要不是刚才大脑被过量分泌的内啡肽与肾上腺素弄得乱成一团，我早就应该听到厚重的履带发出的声响了，"谢谢艾琳和栗子吧。"

现在"走为上号"暂时派不上用场，万幸的是，我还有"走为上二号"。

5

"救主领袖啊！这……这……这这这这这……"

如我所料,在"走为上二号"面前目瞪口呆的不仅仅是几秒钟前还恨不得把我撕成肉片儿的那帮子血誓会成员,平娜同样也被吓得不轻,只有从头到尾一直一言不发,也没有参加战斗的艾琳露出了欣喜的笑容。

当然,平娜的反应并非出于对未知的恐惧,而是因为她太清楚这是什么了:作为一名前军团野战部队的突击小队成员,她这辈子永远也不会忘记曾经的那一天。对这一点,我和她一样清楚。

"别害怕,平娜!"我朝着战战兢兢的联络官挥了挥手,"这是'走为上二号'!是我的车!尽管放心!"

"这是你你你你你你……你的车?!"平娜舌头打结的症状更加恶化了,她的跟班、那个总是用看垃圾的眼神看着我的德尔塔更是仿佛变成了一尊出不了声的石像,"你你你你……你有一辆'基路伯'?!"

"嗯,是啊,我这种人偶尔也能捡到点儿好东西嘛。"我摸了摸脑门,有些不好意思地笑着说道——当然,我很清楚,刚才这种说法其实有些过分轻描淡写了一点儿："基路伯"重型坦克确实是好东西，但它并不是那么容易被捡到的。毕竟，就算在傀儡军团之中，这种光是车体空重便达到六十二吨的庞然大物也相当罕见，相比于完整地缴获一辆"基路伯"的次数，人们被它的主炮烧成焦炭的次数倒是要多得多。

不过话说回来，如果从严格意义上讲，我们的这辆"基路伯"其实并不算完整：由于曾被摧毁过一次，它的不少零零碎碎的外部设备已经弄丢了，包括但不限于不止一只车灯、一半以上的烟幕弹发射器、一些传感器和一部分附加装甲。不过，它的主体部分倒是基本还算齐全——无论是接近四米高、刚刚撞倒了不远处的一段砖石围墙的车体，装在正前方和炮塔顶部遥控武器站里的双管机炮，还是那门有着与普通身管火炮大相径庭的椭圆形炮口的巨型主炮，都足以对任何看到它的人造成强烈的视觉冲击……而这种冲击往往会转化成恐惧。

"喂喂，阿德！你听得到吗？"在"基路伯"停止前进的同时，我挂在脖子上的短距离迷你通信器里传出了一个略有些焦急、甚至是惊慌的声音，"阿德，你没事吧？他们没有伤到你吧？你有没有被怎么样？喂，回答我啊！"

"我现在是还没被怎么样啦——幸亏你来得及时，栗子。"我打开拾音器，用尽可能温和的语气说道，"这些家伙是血誓会的！注意尽可能不要伤人，也别损坏太多公物。我的仇人名单已经够长了，再拉长一些对我可没有太大帮助。"

"明白，等我一下！"

几秒钟后，当血誓会的那帮人从震惊中回过神来，打算继续凑上来收拾我时，"基路伯"那形状独特的主炮的半透明炮管下端突然从浅蓝色变成了炽烈的白色，同时开始响起物质被电离时特有的、令人不安的"滋滋"声，"嘿，那边那几个！对，说的就是你们！"随着栗子的声音从外部扩音器中响起，那帮正要冲向我的家伙一下子又停下了动作，"我不……不准你们继续伤害我的同伴！虽然阿德不希望伤害人，但如果你们再不撤退，我可不能保证哦——"

壮汉们面面相觑了好一会儿，但当"基路伯"的炮塔缓缓地转向、指向位于下城区边缘的一座三层小楼时，他们突然露出了惊慌的神情——那建筑正是血誓会在据点镇里的总部。

"可恶！吾辈……吾辈现在只能暂时屈服于尔等的恫吓，但记住，债务有借有还，誓言终当履行！"早些时候腿部吃了一发电击飞镖、现在在同伴搀扶下勉强爬起来的那个带头者喊道，"撤退！吾等会再见面的！"

"呼……哈……"在看着那群人遁入下城区后，我长长地呼了口气，"好了，栗子，准备走了！我们——唉？"

"基路伯"的主炮仍然处于充能状态。

这可不妙。

"嘿！栗子，听得到吗？听得到就答应一声！"我连忙对着拾音器喊道，"把那东西停下来！喂，你该不会是真的要轰掉半条街吧？！"

"不行！我没办法停下！"待在"基路伯"里的栗子几乎是哭着说道。

"啊？！"

"是我的错。"一直保持沉默的艾琳突然说道，"恐怕我对主要武器系统的供能模组的维修不够彻底……如果在目前状态下全功率射击的话，包括行走装置、火控和其他需要主反应堆供能的系统都会陷入断电状态，并导致失控。"

"所以呢？会发生什么？"

"没什么。"艾琳双手一摊，"别担心。"

6

　　那天晚上,据点镇一半的人都看到了那团照亮夜空的白色闪光。

　　当然,幸好主炮射击的噪声过大,只有为数不多的人听到了我那实在是有损男子汉气概与威严的尖叫。

第三章

傀儡与绿谷镇

1

"阿德先生,你的茶。"

"谢谢你,艾琳。"

"人家不是艾琳,是简哦!"

"好的,艾琳。"

"是简!是简啦!"

"明白了,我下次会记住的,艾琳。"

"阿德,你……"

尽管作为一名早已宣誓将自己的毕生奉献给拯救人类的伟大事业的义士,我实在不应该放任自己躺在一张铺开的格子纹床单上,一边啜饮着搪瓷杯里的红茶(好吧,其实里面没有加真正的发酵过的茶叶,而是放了几撮被称为"茶草"、带有某种无害的生物碱的红色杂草的茎秆),一边瞪着繁星点点的夜空发呆,但正所谓"人无完人",就算是我,偶尔也需要放任自己沉浸于某些低端的生物性需求之中,以此养精蓄锐、确保能够在明天更有效地奋斗。更何况,既然强行要与我同行的平娜和她的跟班表示我们今晚应该露营休息,那我也只好暂且屈就他们了。

毕竟,懂得照顾他人的合理需求也是一位善良公民的基本素质,不是吗?

"天,你们就不能弄点真正的阿卡迪亚茶叶来喝吗？我记得这几个月市场上到处都能找到打折的去年库存茶叶耶!"

我最好是有那个闲钱啦!

那个被我照顾了合理需求的家伙显然并没有领情;相反,自打从已经变成筒的艾琳手里接过装着红茶的搪瓷杯后,她就一直抱怨个不停,活像是对不称心的儿媳发牢骚的老太太。而德尔塔那家伙更是不省心:在猴急地灌下一大口茶,结果被烫着舌头之后,他就一直大呼小叫,甚至差点和咪咪扭打起来,好在已经变成筒的艾琳及时插入两人之间,用她那足以把冰川下的石块融化的笑脸让两人消停了下来。

当然,除了这点儿小麻烦之外,今晚确实是个不错的夜晚。

只不过……

"要是没有那场火灾就好了。"

"我道歉,阿德南先生,我诚恳地道歉!是我的错!你要怎么惩罚我都成,无论是扣我的任务提成,还是别的什么我都认了!求求你原谅我!"

刚一听到我提起"火灾"这个词儿,原本正在一旁用篝火煮着第二锅热水的栗子立即冲到了我的面前,像那些在幸运之神的神龛前顶礼膜拜的善男信女一样双膝跪地、一迭声地道起了歉,额头几乎贴上了我的脚尖——虽然我之前也说过,知错能改是件好事。但像这样还是有点儿……过头了。

"别、别这样，"在平娜和德尔塔例行公事地朝我投来类似于看垃圾的目光之前，我已经抢先一步把栗子扶了起来，"那个啥……呃……我刚才只是随口说说而已。其实今天下午要不是你突然插进来，还真说不准我会被血誓会的那些人怎么样呢。"

"呃，其实这都多亏了艾琳姊啦——预定的集合时间到了，我一直没看到你们出城，就用无线电联系了艾琳姊。她告诉我说你们被很麻烦的人缠上了，还说希望能有谁帮忙把那些人赶走……我……我不清楚你们到底遇到了什么事，但总觉得肯定很糟糕，所以就准备来帮助你们。"

好极了，和我对这档子事的估计差不多——虽然就许多方面而言，栗子都比被她称为"妹妹"的咪咪要聪明不少，但在有些时候，她也会忙中出错、干出一些蠢事来。如果我猜得没错的话，栗子大概是在我忙着在跳蚤市场里采购补给品时联系了艾琳，而后者口中所谓的"很麻烦的人"指的多半是平娜和她的跟班。结果，在她那对我强烈得有些过分的关心的驱使下，本该按照我的叮嘱、与"走为上二号"一起乖乖待在据点镇外的荒野中的栗子决定铤而走险，直接开着这辆大玩意儿冲进来找我……却碰巧替我解了围。

虽说就结果而言，栗子的行动算是帮了我们大忙，但她的所作所为也确实造成了不少的麻烦。事后看来，这事既有幸运的一部分，也有不幸的一部分：幸运的是，由于那门破离子炮死活修不好的机械出了故障，栗子威胁要用"走为上二号"的主炮轰掉血誓会的本地总部的行为并未发生，下城区的至少半条街区也因此幸免于难，没有变成一堆被压碎在烧焦地面上的焦炭；但不幸的是，这一炮仍然被发射了出去，大量经过压缩的高温等离子体在洛伦兹力的推动下被打出了炮膛，却因为失去了后续的磁场约束而纷纷散佚，变成了一束特大号烟花。由此产生的热量点着了我的那位老朋友违规堆放在维修厂周围的大量易燃易爆物品，并造成了一场不大不小的火灾。

然后我们……就趁着一片混乱溜走了。

呃，我有必要说明一点：这么做其实并不是不负责任的行为。毕竟，在据点镇驻扎着不止一支专业消防队，而把火灾这种问题留给专业人士解决才是最正确的做法，我的那位老朋友也早给他的维修厂买了火灾保险。更何况，如果更多居民们被火光吸引而来，并发现镇里居然冒出了一辆通常只会出现在傀儡军队的战斗序列中的"基路伯"超重型坦克，那一定会导致大规模恐慌。

没错，我们其实只是不愿意给大家帮倒忙、添麻烦而已。就是这样。

"所以说，这就是你之前死活不愿意接护卫任务的原因咯？"

在我总算成功地说服栗子，让她知道自己不必为这件事道歉、也用不着对我感到太过愧疚后，平娜指了指停在我们的临时营地旁的"基路伯"超重型坦克。在夜色下，这玩意儿看上去就像是一头隐匿在黑暗中的巨兽，纵然只能勉强看清轮廓，但那股无法忽视的压迫感却仍旧分毫不减。相较之下，被拖曳在它后面的我的原座驾"走为上号"虽然也有着足以装下这里所有人的车厢，但看上去仍然不过是个侏儒。

"这个吗？嗯……算是部分原因吧。"我表示同意。

"因为你害怕联合军政府知道，你其实是靠这种东西从圣提奥多罗斯回来的？"平娜歪着脑袋，想出了一个理由。

"不。"我耸了耸肩。当然，平娜想到的这个理由本身倒是挺合理的——在这个饱经毫无意义的战火蹂躏的世界上，"基路伯"超重型坦克在过去的两个世纪中一直是最为可怖的陆战装备之一。虽然近年来，人类与傀儡很少直接爆发大规模冲突，因此必须设法对付这种装有"终焉"式离子炮、可以将绝大多数目标一击熔毁成渣的超级怪物的情况极少发生。但我相当明白几年前的另一辆"基路伯"给平娜留下的……深刻印象。在她看来，联合军政府如果知道了我持有这样的好东西，一定会试图把它纳入自己的武器库里，"呃，我是说，我并不担心联合军政府知道这事儿。没错，我是靠着'走为上二号'从那里回来的，但我不认为联合军政府会想要它。"

"为什么？"

"这是个只有我们知道的秘密。"我故意摆出一副神秘的表情，"你应该知道，自从傀儡战争爆发、旧共和国被打成一片废墟之后，我们人类就失去了大部分工业能力，在这之后不得不依靠我这样的勇敢者从战场和废墟里寻找各种机械残骸和古代遗物。目前，联合军的大部分重型装备都是用义勇军找回来的'战利品'逆向仿制，甚至拼凑修补起来的，可以说，我们的军工体系就是傀儡的军工体系。"

"对……"

"但你知不知道，为什么联合军里缺乏一些最厉害的重型装备？比如'法夫尼尔'自行臼炮、'贝希摩斯'战斗步行机，或者'基路伯'？"我继续问道，"这可不是因为我们没缴获到足够的残骸或者零部件。要知道，大多数傀儡工业品的零部件都是通用的，而我们打瘫的这种东西也不止一台两台——还记得五年前……唉，对不起，我不是故意要刺激你的！"

"没，没事啦，我也是个坚强的人。"平娜迅速挤出一抹笑容，同时下意识地藏起了她已经被机械义肢代替的左臂——五年前的高门隘口之战规模不大，但在那里负责警戒的联合军正规部队却遭遇了一辆"基路伯"。虽然守军最后成功地打瘫了它，但也付出了上百人伤亡的代价。

而平娜就是在那一战后退出前线部队的。

"总之，那次被击毁的'基路伯'就是个例子——它只是被打坏了行走装置而已，要修理并不很难。但结果呢？直到现在，它还被扔在第二军团的仓库里吃灰，"我继续说道，"你没想过这是为什么吗？"

"也许是因为它太耗燃料了？不方便经常出动？"平娜的跟班德尔塔给出了这个毫无水准的猜测。

"当然是——才怪啦！你见过傀儡造的东西——无论是激光枪，还是步行机和车辆——用过化石燃料吗？"我反问道，"他们的东西从来只用两样玩意儿：要么是电池，要么是微型反应堆。虽然后一种东西我们不能造，但不止一辆被缴获的'基路伯'的反应堆是完好的。"

"那是为什么？没人能开吗？"平娜下意识地瞟了一眼早些时候开着"走为上二号"闯进据点镇的栗子，似乎想从她身上瞧出什么特异之处来。

"严格来说，这话没错。"我耸了耸肩，"但问题的关键可不是她。"

"呃？"

"是她。"

2

"阿德,水温还合适吗?"

"没问题……呃……好,凉水就加这么多就够了!没关系的!反正很快就会变凉,稍微热一点也没关系的!"

在目前自称为简的艾琳的协助下,我从铺开的床单里爬出来,坐在一只权充凳子的镀锌铁皮补给箱上脱掉了多日不洗的厚重袜子和粗重的帆布长裤,然后舒舒服服地把脚伸进了那盆盛满刚用"走为上二号"的反应堆废热烧好的热水里。除了已经睡得死沉死沉、现在正在铺盖卷里打着呼噜的咪咪之外,另外三人也已经有样学样,开始泡起了脚。

在经历了一整天的不愉快之后,这点小小的放松也是我们应得的,不是吗?

"阿德,你的换洗衣物我都拿出来了,下次注意别把内裤和吃剩下的饼干放在一块儿。"简继续微笑着说道,同时把那些我平时存放在"走为上号"车厢里的零零碎碎摆在了我身边。与自称为艾琳时要么沉默到冷漠、要么动辄语带讥讽的做派不同,现在的简根本就像是个过度溺爱子女的母亲,啊不对,应该说是过度溺爱弟妹的大姐姐更恰当,"我去帮你洗掉这些袜子。还有,需要更多热水的话记得说一声哦。我还可以再准备。"

"……嗯，好的，谢谢。"

"说实话，你的这位新同伴真是让人……有点难以理解。"在简笑眯眯地带着我的脏袜子离开后，神情一直颇为复杂的平娜终于忍不住嘀咕道，"要是你不说，我甚至没法相信她……她和公会里的那家伙居然是同一个人，而且你还说她是……是……"

"没错，艾琳不是像我们这样的人类，"我点了点头，"她是个**傀儡**。这件事还请两位保密。"

"我、我们会保密的。但……救主领袖在上！虽然我知道你平时就是个言而无信、品行不端、偷奸耍滑的浑蛋，但像你这样整天把'为了人类的幸福、为了正义与公平'挂在嘴边的家伙居然会和傀儡搞在一起？这还是太超出我的想象了。"

"嘿！别这么夹带私货损我行不?! 我平时的所作所为可是绝对问心无愧！为了人类的幸福……"

"你小子问心无愧个啥?"平娜和德尔塔一起瞪着我。

"那个……算了，先不说这些有的没的。"我摇了摇头，暂时中断了这个不重要且毫无意义的话题，"总之，没错，虽然看着有点儿奇怪，但艾琳·简·爱尔卡·安特米欧娜确实是傀儡中的一员——不过，她和别的'那种家伙'可是不同的。对于这一点，我可以保证。"

"没错！"栗子也连忙附和道，"艾琳姊不是敌人！绝对不是哦！"

尽管在听完我们的保证之后，平娜并没有出言反对，但我很清楚，她恐怕没这么容易接受这一事实。在过去十多代人的时间里，我们的列祖列宗一直在躲避傀儡、抵抗傀儡、挣扎着试图从傀儡手中夺回我们的故土，对和谐星的人们而言，对傀儡的憎恨早已渗透了我们的血液、植入了我们的骨髓。"傀儡",对我们而言,就是"敌人"的同义词。

呃,我想各位应该对我们的历史有些大致的了解吧? 正如历史书中所言,和谐星人类的祖先并不是这个遍布着荒漠大陆、盐湖与寒冷贫瘠的海洋的世界的原住民。事实上,我们的远祖们来自遥远的银河彼端、一个名为"地球"的地方。当然,这些现在都已经不再重要了——自从横贯整条银河旋臂的旧联邦衰落和瓦解之后,我们便与和谐星所在的恒星系之外的广袤宇宙基本上断了联系。除了偶尔路过的古老宇航器残骸,或者发送者早已化为尘埃的零散无线电信号之外,没有谁会造访这个偏远的世界。

没人知道我们的老祖宗为何要开发这颗满是沙土和盐巴的荒凉星球,因为大量历史记录都已经丢失了。我们只知道,在联邦瓦解之初的混乱岁月中,和谐星的居民们曾经一度陷入了困境:对外联系完全中断、必须从外部输入的产品与技术也断绝了。毫不意外地,和谐星的社会发生了相当程度的退步,我们的祖辈和这颗行星上不太友好的土著生物们度过了好几个世纪互相猎杀和吞食的日子。万幸的是,在那些像我一样奋发图强、充满斗志的优秀人士的率领下,我们最终摆脱了衰退的泥潭,并在河中平原的沃土上重新建起了以雄伟的日出城为首的一系列伟大城市,蒸汽船、铁路、内燃机、电线和其他文明产物也都一件又一件地返回了这个世界。我们的前途一时间充满光明、无可限量……

然后,一切"砰"的一声就结束了。

嗯,对,我没说错。就是"砰"的一声——这不是什么比喻,是事实。

在新历680年年底的某一天,位于和谐星上的主要大陆罗迪尼亚南北两端的两座看上去平淡无奇的矮山同时发生了坍塌事故,巨大的动静传遍了周围方圆好几万米的土地。接着,当闻讯而来的调查/救灾队赶到现场时,那些可怜的伙计发现了一个能把他们的下巴惊得掉到地板上的可怕事实:在山丘崩塌后出现的巨大而规整的窟窿中(它们后来被称为福波斯尼亚和戴莫斯维尔),两支装备精良的庞大军队正蜂拥而出。值得庆幸的是,这些可怜的人倒也没有担惊受怕太久,毕竟,他们很快就变成了这两支大军的第一批牺牲品。

这就是和谐星的人类与傀儡的第一次接触。

没人清楚是谁先用"傀儡"这个词儿称呼我们的敌人的,但那些家伙绝对是修辞学方面的人才。虽然构成这两支从地下涌出的大军的是乍看之下与我们一模一样的"人",但这些"人"毫无同情心、没有羞耻、没有憎恨、没有怜悯,甚至近乎不存在任何感情或者人性。他们所懂得的仅有与战争和毁坏相关的技术,就像是战神阿瑞斯操纵下的提线傀儡。

要是当时的和谐星上有更多像我这样同时拥有勇气、智慧与应变能力的卓越人才,并及时对事态做出应对,或许一切会有所不同。但很不幸,历史从来没有什么"如果"——在操纵着先进武器的傀儡们的攻击下,我们祖辈披荆斩棘好不容易重建起来的一切在不到一年的时间里便完全化为乌有,仓促募集起来的军队也被打得粉碎。随着日出城的沦陷,幸存下来的人们不得不追随着各个残余军团逃亡到了罗迪尼亚大陆的边缘,以及诸如阿卡迪亚这种位于大陆附近的岛屿上苟延残喘。在那时,一切希望都已经暗淡,我们的灭亡似乎已经只是时间问题了。

令人费解的是,傀儡并未对我们进行追击:当南北对进的两支大军的前锋扫清人类的抵抗、在大陆中央的荒漠中迎头相撞后,他们不但没有合兵一处,并力作战,反倒立即将炮口指向了彼此,并开始了无休止的厮杀混斗。而待在边缘地带的人类则在新成立的联合军政府领导下奋发有为地……呃……就这么混着日子,并偶尔和四处出没的异兽,以及接近这些边远地区的傀儡们展开小规模的冲突。像我这样英勇无畏、富有进取精神的人则组成了义勇军,一次次深入战火连天的大陆深处,为了人类的未来以及我们那点微不足道的个人生活需求而奋斗不止。总之,在两个世纪中,我们要么杀傀儡,要么被傀儡杀(显然,后者发生的频率比较高),而与傀儡成为同伴,连童话作家们都不敢这么想象。

但我们就是做到了。

"你确定她是傀儡？不是个自以为是傀儡的普通人类?"在考虑了一会儿之后,平娜问道,"之前在和那些家伙冲突的时候,她压根儿没有参加——这可不像傀儡的作风。"

"艾琳很少参加战斗,也不喜欢武器。至于具体原因,我也不知道。她就是做不到这些。"我耸了耸肩。众所周知,那些被我们称为傀儡、纯粹为了战斗而生的非人之物和普通人类在外观上几乎毫无差别——呃,对了,傀儡们看上去全都是英俊年轻的男性,或者美丽可爱的少女,但这并不足以构成判断标准,毕竟,普通人类里也有不少像我这样俊美端庄的人,"但我可以保证,她确实是个傀儡,而不是普通人类。毕竟,她能让'走为上二号'动起来。"

"呃?"平娜和德尔塔同时挠了挠脑袋。

"我们是在逃出圣提奥多罗斯港的废墟时遇到艾琳的,当时,包括唐博士在内,绝大多数与我们同行的探险队员都已经遇难了，我身边只剩下咪咪和栗子，而且还被傀儡们追得走投无路，只能躲进一座古代建筑的废墟里据守，结果却遭到了空袭。"我解释道，"接下来的事……我就不太清楚了。反正在我醒来时，栗子正在照顾我，而艾琳也已经出现了——咪咪说，是她把埋在废墟下面的我们救了出来。"

"她为什么这么做？我可看不出你这家伙有半点儿值得营救的地方。"

"我怎么不值得营救了?！算了，不说这个了。反正她就是救了我们——艾琳自己也不肯解释太多。她只是说，自己曾经是一个'基路伯'车组里的机械师，在坦克因袭击而瘫痪时，她似乎正在做什么很重要的事，因此受到了严重影响，产生了所谓的'自我认知故障'。"我瞥了一眼正在唱着我从没听过的欢快小调、微笑着刷着我脱下来的靴子的简，然后下意识地压低了声音，"总之，她产生了与其他那些只知道打打杀杀的傀儡完全不同的人格，还不止一个——"

"而且艾琳姊还能在这些人格里自行切换哟！"栗子补充道，"我最喜欢简了——当然，艾琳和爱尔卡也挺好的。"

"我明白了，你们用不同的名字区分她的不同人格，对吧？"平娜恍然大悟地点了点头。

"是的。艾琳是最常见的那个她，除了说话偶尔带点儿刺，别的都好；简是负责照顾所有人的大姐姐，就是偶尔会犯点迷糊；而爱尔卡——我猜她待会儿应该就要出来了——是比较接近于'原初'状态的那个她。不过我必须提醒一句，爱尔卡开不起玩笑，而且非常冷酷暴躁，但是——啊！"

"谁开不起玩笑啦？"刚才还一脸阳光地欢笑着的艾琳突然出现在了我的身后，并用一只小号扳手朝着我的后脑勺来了一记——好吧,这是她的作风,"没有本机械师,你小子还想用'走为上二号'? 要不是我没那么冷酷,你怕是早就和那些蠢货一起在南风荒原上变成木乃伊了。"

"嗯……好好好,我认错。爱尔卡,呃,天才机械师阁下,请您赶紧去检修坦克——特别是那该死的主炮。我希望下次它好歹能正常射击。"

"在目前的情况下,我只能尽力而为。"在钻进"走为上二号"的舱门之前,爱尔卡冷冰冰地甩下了这句话,"除此之外,我什么都不能保证。"

3

　　"好了，你们现在已经见过所有的'艾琳'了。"在舱门关闭后，我一边心有余悸地摸着脑袋上鼓起的包，一边收拾被简刷好的皮靴——嗯，我必须承认，这方面的工作简总是做得不错，但她用来刷靴子的刷子……好像是我新买的牙刷来着？"嗯……那个，她们都会有一点儿缺点，不过都是我们重要的同伴，尤其是爱尔卡。轻武器这类简单的装备姑且不论，像'走为上二号'这种重型武器，只有同为傀儡的车组机械师才有能力修理与维护。更重要的是，只有在由机械师进行身份验证之后，它们才能被启动。"

　　"怪不得联合军根本无法使用缴获的'基路伯'重型坦克，因为我们根本没法得到第二个愿意合作的傀儡工程师。"平娜算是了解了。

　　"对。当时我们能逃回来，多亏了艾琳的工程师身份仍然有效——虽然一辆'基路伯'还不够让我们直接杀出一条回来的血路，但艾琳说，它的敌我识别码可以让南军将我们误认为是友军。"我一边用水壶里的饮用水拼命冲洗着沾满污泥的可怜牙刷，一边继续解释道，"你也知道，从圣提奥多罗斯回来的路大多处于南军控制区域,所以我们才能侥幸逃回来。"

"日出城附近主要是北军的活动区。"平娜说道,同时露出了失望的神情,活像是刚刚被约她出去的男朋友放了鸽子,"也就是说,这招到时候压根儿没用。"

"事实上,艾琳姊说过,识别码会定期更换,所以就算现在要回圣提奥多罗斯,光靠这招大概也没法蒙混过去啦。"栗子插话道,"不过,如果只是要骗过傀儡,办法还是很多的。除了教我和咪咪怎么驾驶、怎么使用车上的各种武器装备之外,艾琳姊也告诉过我们很多……特殊的法子。所以,如果要去日出城……其实也不是绝对不可能的。"

"那你们为什么要拒绝我的委托?"

"因为如果接受委托,其他人迟早会发现艾琳的真实身份——而你知道在第一次见到我时,艾琳她说了什么吗?"我问道,"她说,她可以帮助我们回到安全的地方,代价是我们要满足她的一个愿望。"

"难道——"

"她想要与我们在一起,体验作为普通的'人'的生活,"我耸了耸肩,"而我也答应了——作为重信守诺的诚实公民,我们可不能让她失望,对吧?"

我原以为,平娜肯定会习惯性地对我的发言讥讽几句。但她却什么都没说,反倒露出了些许理解的神色。

"这……我现在能理解像你这种嗜财如命的家伙为什么会拒绝那么好的一桩生意了。"在沉默了一小会儿之后,平娜说道,"如果用'走为上二号'执行护送任务,你将无法保证你护送的人不会把这件事说出去。而联合军政府的专家里肯定有人知道傀儡机械师和他们的重型装备之间的关系……到时候艾琳的身份就可能曝光……"

"不要用'嗜财如命'那种难听的词形容我啦!"我抗议了一句,"不过,别的部分大致没错。就算联合军政府愿意为艾琳提供保护,她到时候恐怕也很难过上正常的日子了。因此,我必须信守承诺。"

"所以,我们这回只能去另请高明了?"

"恰恰相反,我改变主意了。"我清了清嗓子,然后说出了我的决定,"从现在起,我的小队正式接受这项委托。"

4

次日凌晨。

在每年的这个季节,罗迪尼亚大陆西北的群山都会开始从寒冬中苏醒,并在第一阵春风穿过高门隘口后不久披上绿装。但今年的冬季结束得特别晚,虽然现在已经是黑土之月,亦即和谐星一年的十一个月中的第三个月,可道路两旁的农田却大多光秃秃的,只有少数田地被翻过了一遍,零零星星地撒上了些秸秆灰和沤烂的杂草作为绿肥,而在另一些地势较高的地方,早些时候收割完的冬季黑麦的麦秆仍然大片大片地残留在不规整的田地里,覆盖着一层灰扑扑的薄霜。

"嘿,嘿,笑一个!"当"走为上号"摇摇晃晃、叮咚作响地驶过一处写着"欢迎来到绿谷镇"的铁皮招牌时,我拍了拍蜷缩在车厢一角的平娜的肩膀,"乐于奉献的我可是宽宏大量地答应了你的委托了哦!你难道不应该表现得稍微高兴一点吗?"

"……"

"拜托,你要是继续这么哭丧着脸的话,我待会儿会很难办唉——说不定镇上的人会以为你遭到了我的暴力胁迫什么的。"我双手一摊,"看在全人类的福祉的分上,你不会希望我们在这个当儿惹上麻烦吧？"

"我才不是那种不可靠的人……"平娜颇为委屈地嘟哝道。

"唉，你还在惦记这个？"我有些烦恼地抓着脑门——虽然平娜在大多数时候都能表现出公事公办式的镇静和干练，但有些时候，她那难以捉摸的奇怪自尊心还真是超级烦人！

我昨晚说的难道不是事实吗？

"长官，您犯不着为这种卑劣的宵小之徒生气。"平娜的跟班德尔塔也劝说她——虽然这话怎么听怎么欠打就是了，"况且这个家伙说的也算是实话。我们并没有任何理由替他们保守那些无聊的秘密；相反，根据法律，我们有义务报告自己所见的一切。"

"这么说是没错啦。"平娜的表情变得稍稍平和了一些，"不过，有的时候在法规之外进行一些通融还是很重要的，毕竟我们是人，不是只知道死板地战斗的傀儡——呃，我可不是说你喔，艾琳。"

"人家现在是简。"坐在驾驶座正后方、正和负责开车的栗子咬耳朵的艾琳微笑着表明了她现在的主导人格。在完成了"走为上二号"的初步维护工作，并得知要去的是绿谷镇之后，这个最讨人喜欢（虽然不是最干练）的二号人格就一直占据着主导。我猜，她大概也打算趁机好好玩玩吧。

"总……总之，我还是很感激你们能够接下委托的，我也明白你的那些合理顾虑。"或许是被简的温柔笑容治愈了，平娜的情绪似乎变好了不少，"我可以向你保证，除非我的上级部门在正式调查或者听证会上直接询问此事，否则我一定会对艾琳的身份，还有'走为上二号'的事保守秘密。我绝不是那种不值得你们信任的人。"

但愿如此。

昨晚,当我决定由我的小队接下这份可以让我免除一切债务、还能获取丰厚报酬的委托时,我也向她解释了我的理由:由于栗子在据点镇的下城区闹出的那些事情,"走为上二号"已经被一大群人目击到了。纵然血誓会那些脑袋里除了"义气"和"誓言"之外就只有满满当当的肌肉的家伙未必能想得很深,但另一些人——比如得到报告的联合军情报军官们——却有可能将这辆突然出现的"基路伯"和我们联系起来,而他们挖出我的小队与艾琳的关系多半也只是时间问题,更别说平娜与德尔塔都未必信得过了。综上所述,正确的决定显然是索性接下委托、狠狠地赚上一笔,然后带着这些钱前往大陆另一端的第六军团或者第十一军团控制区。虽然各军团的地盘在理论上都是联合军政府治下的一部分,但相互之间的信息交流却并不密切,因此我有信心弄到几个假身份,然后与艾琳开始新的生活……当然,这并不是要逃避为人类的未来而奋斗的神圣职责,而仅仅是因为我有义务兑现自己曾经许下的承诺罢了。

更何况,我以前也做过这样的事。

当然,在那之前,我得先完成这份护卫委托、拿到钱才行。要完成护卫委托,我就必须先找到需要护卫的那个人——根据平娜的说法,那位历史学家之前一直在安全的阿卡迪亚岛和周边的几个岛屿上进行他所谓的"第一阶段调查",直到一个月前才来到罗迪尼亚大陆。不过至今为止,他都没有进入真正危机四伏的大陆深处,而是住在绿谷镇上。

虽说在罗迪尼亚大陆,没有任何地方是真正安全的,但在第二军团的辖区之内,绿谷镇绝对是最不危险的那个地方——没有之一。在傀儡战争爆发前,这儿曾经是一座以铜矿和煤矿开采为主业的矿业城镇，虽然采矿业早已衰微，不过随着战争的爆发，大量逃入此地的人们让周围肥沃谷地中的农业迅速发展了起来。由于位于延绵的谢米列契斯克群山的西端，这里从来都没有被交战的两支傀儡军队造访过，甚至连四处游荡的危险异兽都少得过分。两年前，我曾经去过一次绿谷镇，结果发现当地的新闻栏里竟然将"两头接近城镇的黑兽被击毙"列为重要新闻。本地的和平程度可想而知。

正因如此，我们这次来绿谷镇还有另外一个目的：在接人的同时趁机好好给自己放一个假。毕竟，享受生活、养精蓄锐也是伟大的事业中必不可少的一环嘛。

由于在我们达成协议后，平娜就支付给了我五千块钱的订金，因此，在踏进绿谷镇之后不久，除了负责驾驶的栗子之外，每个人很快都拿了满手的本地特色食物——包着腌火腿和酸菜的馅饼，混进了发酵的鱼露，因此有着颇为特殊的风味的软面包，一种看上去像是苹果，但吃起来的口感却像是半成熟的香蕉的本地水果（我不太喜欢），以及从阿卡迪亚运来的、加入了特别香料的瓶装碳酸饮料。除此之外，我们还顺手购置了不少干粮、药物、工具和其他物资，将"走为上号"的车厢装了个满满当当。虽然这种阔绰的消费方式引来了不少人的侧目，但也仅此而已。毕竟，为了防止引人注目，我们早已把巨大的"走为上二号"藏在了几千米外的山谷里，换乘了平时被用作杂货拖车的"走为上号"，而在绿谷镇，怪人和有钱人从来都不会太少。

"哇哦，冰激凌好棒！"

"那个不是冰激凌，是刨冰哦！"我看着正在大口往嘴里塞进加了蜂蜜和焦糖的碎冰屑的咪咪，有些无奈地耸了耸肩，"真正的冰激凌不是这样的。"

"那是什么样的?"

"唉……你问倒我了。"我挠着脑门。众所周知,冰激凌是一种凉冰冰的、很好吃的东西,在傀儡战争爆发前曾经大受欢迎。但由于战争的关系,这种来自古地球的好东西的制作方法在大多数地方都被遗忘了。虽然我知道刨冰肯定不是冰激凌,但这可不意味着我就能说出冰激凌是什么,"算了,等这次委托成功完结,我会去给你弄真正的冰激凌的。"

"阿德骗人! 上次你也这么说!"

"以我对伟大事业的忠诚发誓! 这次我是绝对认真的! 我相当肯定这一点!"

"你上次也说过这句话!"

"好啦好啦,我保证,这次阿德说的是真的哟!"最后结束我们的争论的是正在开着车的栗子。虽说她之前也说过完全相同的话,但在听到这话之后,咪咪立即停止了吵闹,开始继续乖乖地吃起她的刨冰,"下次你肯定会吃到真正的冰激凌的,姊姊向你保证……呃,等等,下个路口往哪边去?"

"嗯……呃……右转,然后指……呃……直走。"正在和满嘴的鱼露面包卷拼命斗争的德尔塔掏出一个笔记本看了看,然后口齿不清地答道。这家伙明明在几分钟前还义正词严地指责我们"耽于享乐",结果一眨眼,自个儿也加入了我们这些堕落分子的团队,"那所女……嗯……旅馆酵……叫作'微笑的猫',只要看到招牌……"

我打了个长长的呵欠,在一袋软乎乎的大米上躺平了身子——虽然命运总是对我不够仁慈,但至少在今天,一切看上去都还不错。我们已经拿到了一大笔现金,吃了顿好东西,待在一个安全的地方,而且到现在为止都没遇上任何倒霉事……不过,不知为何,这最后一点竟然让我感到了些许担忧,像我们这种总是从一个霉运前往另一个霉运的倒霉小队居然也能走运?这怎么看都有点不合常理。

而就在这个见鬼的想法从我的脑子里蹦出来之后不过几秒钟,一个从前面的街角突然窜出来的人影便替我结束了这种担忧。

那浑球儿直接一头撞上了"走为上号"。

第四章

不速之客与罗蒙诺索夫

1

"阿德阿德！怎么办？我、我们好像撞到人了耶！"

"好像？不，我们就是撞到人了！"

在栗子猛地踩下"走为上号"的刹车，让我们像一堆保龄球瓶一样在车厢里七歪八扭倒成一团十秒钟后，我爬出车厢，以我那一贯客观、公正而严谨的态度认真观察了事件现场，然后得出了这一结论，以及另一项附加推断："呃，看上去他似乎被撞得不轻。"

"这……这都是我的错，都是我不好！对不起，阿德！都是我太没用了！我真是毫无用处的、只会闯祸的……"在愣了几秒钟后，意识到大事不妙的栗子立即连珠炮似的向我道歉，不断涌出的大颗泪珠让我一时间甚至有些不好意思了，"对……对不起……都是……"

"不是姊姊的错哦，"在我之后反应过来的咪咪拍着栗子的肩膀说道,"咪咪刚才看得很清楚,是这个男的突然从路口跑出来,然后撞上了我们——所有看到这件事的人都能为我们作证。"

"是的,这不是你们的错。"一个长相富态、看上去显然心地颇为善良的大妈第一个附和道。

"对喔,我也看到了。"另一个抱着一篮子蔬菜,眨着大大的棕色眼睛,一看便知有着纯洁心灵的小女生补充道。

"现在的年轻人都是闹哪样? 像这样横冲直撞的……"

"这种人,如果死了也是自己活该,过马路都低着头乱跑吗?"

"就是啊,这么冒失……"

"自作自受……"

在一众站在我们这边的路人的"声援"下,原本还有点畏缩的我总算抛开了心理包袱,朝着那个倒地不起的可怜虫凑近了几步。当然,作为一名古道热肠的高尚之士,我可不会因为怕担责任而不肯对伤者伸出援手。刚才我之所以没有立即靠近对方,完全是因为我的第六感发出了警报。就像所有过着刀头舔血的危险日子的家伙一样,我有时也能够感觉到某些"隐约存在的危险"。就算看不到、听不到、闻不到任何不对劲的东西,但我偶尔就是会有"这种感觉"。

当然,队伍里的其他成员往往对我的"这种感觉"并不买账:咪咪一贯把我的警告当成耳旁风,艾琳则一有机会就挖苦我的"毫无意义的神经质",就连极少顶撞我的栗子,也不止一次拐弯抹角地表示,我的"感觉"并不一定准确。不过话说回来,对任何像我这样的高危职业从业者而言,谨慎再多都不嫌多。毕竟,与损失一点儿时间与精力相比,要是因为一个本可避免的疏忽而送掉自己,甚至是同伴的小命,显然会对拯救人类的伟大事业造成更加严重的负面影响。

"喂,阿德,他到底伤到哪儿了?"栗子问道,"我刚才的车速不快啊,怎么会把人撞成这样?"

好问题。我也在心里犯着嘀咕:倒在我们面前的这人是个身披毫不起眼的灰绿色大衣的年轻男性,由于保持着面部朝下的姿势,因此我暂时看不清他到底长啥模样(当然,我也对男人的长相没多少兴趣)。不过,我至少可以确认,这家伙一没缺胳膊少腿,二没出现骨折或者严重的脱臼之类的问题,三没有显著的开放式外伤……事实上,他直到现在都还趴在那儿不起来,这一点反倒比较奇怪。

"这家伙是不是故意来碰瓷的啊?"在车上旁观了这起"事故"全过程的平娜说道。当然,这种可能性确实没法排除——在过去,就曾有人不止一次设法利用我那悲天悯人的同情心对我实施欺诈。虽然我在绿谷镇没有认识的人,但谁能保证我的好名声就没有传到这儿?"要不咱们别管他算了? 办正事儿要紧。"

有那么一瞬间,我几乎就要同意平娜的提议了——就算是现在这种年代,在绿谷镇这种繁华的大地方,警察和医生也是应有尽有。既然这个趴在咱们面前的家伙看上去一时半会儿还死不了,那么把他留给专业救护人员显然是更加明智的选择……嗯,不过出于保险起见,我还是稍微查看一下这家伙算了,如果他真的是有什么急病发作,或者撞上了别的麻烦,也许帮个忙也是很有必要的。

我小心地朝着那人伸出一只手,准备先抓住他的胳膊,把他弄成脸朝上的姿势,免得他就这么不明不白地窒息……但就在我碰到这家伙的瞬间,这人突然像被电极戳中的青蛙一样猛地从地上蹦了起来。接着，一阵火热的不适感就像一支着火的箭头般猛地穿透了我的胸口……

……这年头，当好人还真是没好报耶！

2

"呜啊啊啊啊啊啊啊啊——"

"杀人啦！杀人啦！"

以前在正规部队服役时，我曾经在发给基层军官的《基本军事战术与作战条例》里的《紧急事件应对与防控》一节读到过，作为一个缺乏组织的群体，人们天然地具有好奇心和易受惊的特性，也正因如此，无组织地聚在一块儿的人天然就是一种威胁——无论是对别人，还是对自己。而这一回，我总算是充分认识到了这话的正确性。当我捂着胸口仰面倒地时，群聚在周围看热闹的人们立即炸了锅，大多数人很可能压根儿没意识到到底发生了什么事，就开始盲目地拼命尖叫、四处奔逃，甚至连已经倒地的我也被踩了不止一脚。

麻烦你们稍微注意点儿脚下，行不行?!

当然，比起抱怨那些尖叫着乱窜的路人，我眼下还有更重要的事项需要优先考虑：首先，既然那家伙能够蹦得起来，那么他刚才应该没受什么伤(更何况，我们的车速那么慢，他要是这样都能受伤才见了鬼了)；第二，虽然看得不太清楚，但那浑球儿在蹦起来时显然从他那件滑稽的大衣下掏出了个什么玩意儿……

从打在我胸口的效果来看,我基本上可以断定那是什么东西。

换言之,结论只有一个:这浑蛋从一开始就故意这么设计我们!他的目标显然是我们的命!

"可恶!"在像一袋被推倒的土豆般重重倒地的同时,我看到那家伙从我身边不远处冲了过去,同时将手中的那东西指向了平娜。万幸的是,他还没来得及做出下一步动作,素来在紧急状况下反应神速的咪咪已经抢先行动了起来,在来不及拔枪的情况下,她索性径直飞起一脚,直接踢在了对方的手腕上。如果换成其他人,在挨了如此力道的踢击之后,多半早已抱着脱臼断裂的腕关节哭爹喊娘了,可这家伙虽然没能成功扣动扳机,但似乎却像我一样没什么大碍……呜噢!

好吧,更正。他是没有大碍,但我可不是——从那家伙手中脱手飞出的玩意儿在空中划出了一连串漂亮的弧形,然后不偏不倚地砸中了我的鼻梁……这熟悉的质感,熟悉的分量,甚至用不着看上一眼,我也能凭着长年累月为了伟大事业奋斗所积累的经验猜出这是啥。

那是一支"撕裂者",是傀儡大军的武器库中唯一一款发射实弹的战斗手枪。当然,也是这个世界上拥有最致命火力的战斗手枪。对于我这样的老资格义勇军而言,"撕裂者"可以说是我们的老相识了。拜傀儡们远远超出人类的技术水准所赐,这玩意儿同时集合了小体积和大口径这两个看似互相矛盾的要素,而且还能有效地保证射击稳定性。即使有着弹容量只有五发这么个缺点,它的威力也是名副其实的。纵然藏在我制服大衣下的那件带有强化泡沫塑料缓冲内衬的古代陶瓷胸甲是大战前生产的优质品,但那股子冲击力仍然让我的胸口像是吃了一记打铁的大锤一样难受。

　　万幸的是，那家伙似乎没空朝我开第二枪了。

　　在被咪咪踢飞了手中的武器之后，那家伙既没有退缩，也没有试图逃跑；相反，他几乎立即朝着咪咪挥出了一记势大力沉的左勾拳，并在对方抽身闪避的同时趁势用右手从披风下抽出了另一支武器。万幸的是，这家伙开枪射击的意图再一次在最后关头被挫败了——这回，阻止他的是我。

　　"嘿，不用谢我。我早就想试试用这玩意儿射击除了靶子之外的东西了。"在爬起来之后，我对咪咪和其他人挥了挥刚刚捡到的那支"撕裂者"——由于部分采取了辅助电磁加速技术，这玩意儿在射出14.5毫米口径弹头时产生的后坐力比我预期之中的小，但弹头的破坏力却比想象的更大，弹头在那个胆敢设计我们的混账的右侧大腿后部钻出了一个拇指粗细的洞，然后在空泡作用下几乎撕碎了大腿前方的全部皮肉。当然，由于没有击中大血管，这一发倒也不至于立即致命，但根据我的经验，吃了这么一枪的人多半一时半会儿是爬不起来了……吧？

　　"这……这是搞啥？"

　　当那个男人挣扎着翻过身来，将手中的武器指向我时，我突然意识到——自己刚才犯了一个活见鬼的大错！这家伙其实压根儿就不是个普通的"人"，而是一个货真价实的傀儡。

　　尽管单单通过比较外表，几乎没有人能准确分辨傀儡与容貌秀丽的普通人类（如果参照对象是像我这样的美型男性，那就更不消说了），但这并不意味着二者毫无差别。与相对脆弱的人类相比，傀儡的身体坚韧得简直可以说有些破格。他们的骨骼不是易碎的羟基磷酸盐造物，而是充满了细密的高强度碳化硅网格的类陶瓷物质，一部分骨骼，尤其是肋骨，甚至会愈合成装甲板状，以此抵御冲击和刺杀；他们的血液载氧能力更强，肌肉结缔组织更坚固,而且有着更强的乳酸分解能力;当然,最重要的是,傀儡们的真皮层具有特殊的延伸性,可以在受创后迅速从创口处翻出、外卷,暂时堵住一部分破损的皮下血管,而他们的血管壁本身也会在受损的瞬间自动收缩扎紧。因此,除非被拦腰砍断,或者撕成碎块,否则傀儡极少出现"血流如注"的情况,也很少会因为重伤失血而丧失行动能力。

眼前的这家伙也是如此。

如果换成某个不像我这样机敏与警惕的家伙,很可能已经在这家伙的偷袭下当场命丧黄泉了。万幸的是,我这些年的刻苦训练在这一刻总算显示出了成果:在那家伙朝我开火前的瞬间,我已经侧身滚到了"走为上号"的右侧。而就在我找到掩护之后不到半秒,一阵雨点般的"乒乒乓乓"声已经在这辆老式半履带装甲车的薄钢板上响了起来,活像是下了一阵冰雹。

"好家伙,这些浑蛋什么时候开始屈尊用上人类的武器了?"我摇了摇头,下意识地嘀咕道——从这火力上看,对方的第二把武器大概是一支威力有限的微型冲锋枪。在过去两个多世纪里,从没有人见过傀儡制造这类装备,但话说回来,两百年来,也没有任何人见过傀儡用人类的武器。

看来今天还真是个特殊的日子。

我本打算在"走为上号"的掩护下耐心等到对方清空弹匣,然后再看准时机给对方最后一击,但还没等我决定好要从哪边跳出去,终于从震惊中反应过来的平娜、德尔塔和栗子已经同时拿起武器,用一阵密集的实弹和激光彻底结果了这个特立独行的傀儡。"快点上车,阿德!"在确保变成筛子的那家伙再也没法爬起来找我麻烦后,平娜朝我挥了挥手,"这附近说不定还有敌人! 我们得赶紧离开!"

　　嗯，这家伙居然直接叫我"阿德"，而不是正儿八经的"阿德南少校"或者"阿德南先生"？难道因为我们达成契约、暂时成了正式同伴的关系，所以她也开始受到我人格中的闪光点的吸引，对我有了好感？不不不……现在可不是瞎想这些的时候。眼下这种情况，虽然留在现场、等待本地警卫部队赶来处理问题是理论上的"正确选择"，但溜之大吉才是对自己的生命……哦不，是对人类的未来和全世界的最高利益更加负责的做法。

　　虽说刚才的这些事都是在不到半分钟的时间内发生的，但先前层层叠叠聚在周围的围观群众已经被枪声吓得四散而逃。除了一些在混乱中被丢在地上的蔬菜、面包、杂物和垃圾之外，整条街相当干净，非常适合踩油门跑路……要是正前方的路上没有横着停下一辆刚才我们没看到的老旧运载卡车、"恰好"把整条路堵死的话。

　　虽然从理论上讲，可能只是个巧合，但考虑到目前的情况，我不认为这仅仅是个巧合。

　　"这是个陷阱！"平娜抢先一步替我喊出了我的想法，"掉头，动作快！"

3

我这辈子曾经做过许多令自己后悔的决定。

但有生以来，我恐怕还是头一回如此对自己的决定感到后悔。

"往左一点！栗子！再往左一点！"当接连不断的枪弹"叮叮咚咚"地砸在"走为上号"的装甲板上时，我双手抱着脑袋、蜷缩在车厢的角落里，对着驾驶室内的栗子大喊道，"不不不，现在右转弯！那边房顶上还有一个家伙！"

尽管我这要求听上去简直像是在故意刁难，不过栗子还是尽全力照着做了——虽然这个有着令人安心的浅栗短发和浅栗色双眸，经常诚惶诚恐地向我道歉，绝大多数时间都温婉安静、不苟言笑的女孩乍看之下更接近于有钱人家里的女仆，或者女子学校里的老师这类的角色，但事实上，她对于驾驶各种各样的复杂机械有着一种近乎本能的优秀天赋。

只要握住方向盘和操纵杆，栗子就是无所不能的……至少她现在必须无所不能！就算不能也得能！毕竟大家的性命可都全指望她了。

当栗子按照我的指示做出又一个粗野的急转弯，将一整片已经被主人弃之不顾的蔬菜摊卷入履带下之后，一波枪弹堪堪掠过了离我头顶只有几厘米的地方，并在车厢倾斜的外侧装甲板上弹开。在我刚刚从一位废旧装备回收者手里拿到五成新的"走为上号"时，这辆被第二军团正规部队淘汰的半履带装甲车的车厢和驾驶室其实同样是密封的。虽说位于车厢顶部的那层装甲板只有几毫米厚、防护能力非常有限，不过起码可以防止里面的人被从上方射来的子弹和弹片开瓢。但在幸运地搞到"走为上二号"之后，我就自作主张地把"走为上号"的车厢改成了敞篷的——毕竟，在大多数时候，这辆故障不断的老车都被挂在"走为上二号"后面，作为装运补给品和维修备件的拖车使用。因此从理论上讲，牺牲一点不必要的防护能力来换取更多装载空间显然是划算的……至少在当时看来是这样。

好吧，这件事充分说明，就算是经验丰富、睿智聪慧如我，有时候也难免有考虑不周之处。

当然，事到如今，想这些有的没的可没什么用，赶紧解决问题才是正道。在确认自己已经脱离那些躲在屋顶上的枪手的射程之后，我立即抓住机会从装甲车厢的角落里站了起来，操起架在驾驶室后方的主要武器开始还击。要是在以前，这么做倒是没啥问题，因为这挺重机枪曾被安装在一个可以抵御大多数小口径武器火力的封闭式机枪塔内。但不幸的是，在那次改造中，那个机枪塔也被我一同送去了废金属商人那儿。换句话说，对那些想要把我的脑袋当成靶子的家伙而言，现在可是最好的机会。

而我当然不能让他们如愿。

在"走为上号"又一次急速转向、以一指之差掠过那辆挡住大道的卡车的刹那，我将手里的家伙向右后方旋转到支架能够承受的极限,对刚才子弹射来的方向拼命地打出弹药。众所周知,要阻止对方朝你射击,通常只有一种办法最为有效:抢先朝他们开火。和许多没有战斗经验的人的想象不同,在绝大多数时候,使用轻型武器射击都不是为了干掉对手,而是不让对方有机会从容地对你进行瞄准——就算是冷酷、不知恐惧的傀儡,通常也会在遭到射击时优先选择躲避。

当然,你发射的弹药口径越大,这么做的效果就越好。

早在战争爆发之前,绿谷镇就已经是个富裕的矿业城镇了。这座城镇最著名的正是它的那些复杂而富有个性的"空中街道"——由于作为建筑原材料的优质石材和矿渣压制的黑色砖块几乎可以无限提供,这里的人们习惯于将个人居住空间不断延伸,最后甚至出现了将临街的二层屋顶直接打通、变成可以俯瞰下方的"步行街"的做法。只不过,与真正的街道相比,这些"步行街"又混嵌了大量其他建筑,显得光怪陆离而富有特色:小型个人花园、阁楼、游廊、屋顶游乐场和其他只有本地的有钱有闲阶级才能想得到的玩意儿让街道两侧的房顶充满了生气……当然,也为所有心怀不轨的袭击者提供了绝佳的战斗位置——尤其当他们的目标被两辆大车堵在一段不到五十米长的街道上,只能像被困在桶里的鲶鱼一样绕着圈子乱窜的时候。

在几分钟前,当平娜要求我们撤退时,一切就已经晚了——那些伏击我们的家伙显然早已推测过我们可能的行动,在派那个傀儡缠住我们的同时,他们不但堵住了前方的道路,而且顺带用另一辆大卡车塞住了我们的退路。在我们终于意识到自己陷入困境时,至少十来个、也许更多的枪手已经从街两边的屋顶上冒了出来,开始对我们展开夹击。

"以救主领袖的名义,你就不能睁着眼睛开枪吗?!"当我打光一条一百发弹链,不得不暂时缩回车厢后,平娜在我身边埋怨道,"我们可没有无限的弹药给你随便打着玩儿!"

要是换成别的家伙敢这么对我说话,我恐怕早就直接用一句"你行你去试试啊?"怼回去了。然而很可惜,在从正规部队"被退役"的那天,平娜的左臂有差不多三分之一被烧掉了,虽然之后换上的假手勉强可以做一些简单工作,但在那之后,她就无法很好地操作任何比自动手枪更重型的武器了。于是,我稍微考虑了一秒钟,然后给出了更合适的答复:"要不,让德尔塔那家伙试试?"

"噫噫噫——"平娜的跟班立即露出了畏惧的神色,同时把自己缩得更像一个球了——当然,这并不出乎我的意料。虽说这厮只要待在平娜身后,就可以表现得活像是对家长告了恶状的小浑球儿一样趾高气扬,不过从他甚至不敢凑近车厢两侧的射击孔、用随身武器朝外面开火的表现来看,这浑蛋显然连我万分之一的英勇都不具备。

当然,我也没指望靠这家伙对付那些袭击者。在借着他的懦弱表现充分重整自信之后,我从咪咪手里接过一支老式战斗霰弹枪,透过最近的射击孔朝着几个亮起枪口焰频率最高的屋顶花坛打出了它的筒式弹仓里的全部子弹。接着,趁那些浑蛋被迫躲避的当儿,艾琳立即站起身来,为车载机枪装上了另一条弹链——虽然"绝不使用武器参加战斗"是她的怪癖之一,但只要把装弹这个环节视为"维护与准备工作"的一部分,她就可以毫无困难地充当负责供弹的副射手的角色。

在艾琳蹲下去的同时,我把弹药耗尽的霰弹枪丢给咪咪重新装弹,然后继续朝着周围的房顶猛烈扫射。点50毫米口径钢芯弹头的侵彻能力在面对大多数目标时都不会让人失望,现在的情况自然也在此列。在猛烈的弹雨下,阁楼、围栏,以及其他由矿渣砖、预制板和轻薄的多孔火成岩搭成的精巧玩意儿就像暴雨下的沙堡一样挨个粉碎崩塌,精心栽培的盆栽变成了一摊摊散落在泥土里的杂色有机质碎屑。最令我兴奋的是,在这条弹链快要打光时,一个缺了至少一条胳膊的人影抽搐着从屋顶栽了下来——这是我取得的第一个能够确认的战果。

虽然我是个仁慈而尊重生命的和平主义者,但说实话,能亲手干掉一个想要危害我……哦不,想要危害我同伴的安全和城镇的和平的家伙,仍然是件令人开心的事。但不幸的是,一切快乐总是短暂的,而这次也不例外。

"阿德阿德! 你右边!"

"啊?!"

在咪咪的尖声提醒下,我下意识地转过视线,结果恰巧瞥见了正在右侧街道的楼顶上忙活着的那个身影——在此之前,除了一开始发起袭击的那人所使用的"撕裂者"手枪外,几乎所有袭击者使用的都是在市面上可以轻易买到的、人类制造的普通轻型武器。但是,这家伙却是个例外。虽说隔得有点远,但我仍然可以清楚地分辨出,这浑蛋在阁楼里组装的东西是一门"离子钉",一门可以在拆卸后单人搬运、组装与使用,有着简单粗暴的可观毁伤能力的迷你等离子火炮。虽然它的射击威力顶多不过是"走为上二号"主炮的零头(当然,前提是那玩意儿能够打得响的话),但要把我们这一车人烤个七八成熟倒是绰绰有余了。

不过话说回来,这家伙既然在这种时候被发现,那就只能算他命不好了。"离子钉"虽然与其他傀儡制造的武器一样简便易用,但就算在组装完毕的状态下,它的一次射击仍然需要四到五秒的充能准备时间。这段时间不长,但已经足够我把一个缺乏掩护的家伙打成筛子好几次了。在这种距离上,我甚至用不着刻意瞄准,也能……啊咧?

"阿德?阿德你怎么了?快干掉那家伙!"

一颗硕大的汗珠从我的额头上滚了下来——说实话,我这几天到底是招谁惹谁了?居然尽在这种要紧关头遇到这样的破事?!这就是传说中的报应吗?难道是我一直承诺要让咪咪吃上真正的冰激凌,却从来没去认真打听该怎么做的缘故?或者是因为我上次回据点镇时用一张涂改过的过期积分券骗了跳蚤市场里的大妈给我打折?要不就是因为我前天晚上例行自娱自乐打发时间时借用了栗子脱下来的内裤?好吧,我知道我这辈子偶尔也会迫不得已做一点儿亏心事,但就算这样,也不至于让机枪偏偏在这个当儿卡壳吧?!

当然,那边房顶上的混球可不会在乎我的想法。随着不祥的白炽光晕开始在婴儿拳头大小的炮口聚集,我很清楚,我们唯一的机会只有立即弃车逃跑——不过,这么做虽然可以让我们免于体会烤炉里的填鸭们的滋味,却也意味着我们会失去车厢装甲板的保护。就算按照最乐观的估计,在我们冲进街边的房屋、找到掩护之前,那些家伙起码也能放倒我们一半的人……

……但这起码比所有人一块被烧成焦炭要强。

在打定主意之后,我放开了机枪的扳机与握把,绷紧了胳膊上的肌肉,准备翻出车厢逃生。但是,就在我刚要有所动作的一刹那,一道电弧的幽蓝色闪光突然照亮了那个用"离子钉"瞄准我们的家伙所在的阁楼——有那么一瞬间,我还以为那家伙提前开火了。但紧接着,一个剧烈颤抖着的人影便猛地撞碎了阁楼的窗框,手舞足蹈地朝我们飞了下来。

这又是闹哪样?新型的舍身攻击吗?或者这家伙的武器炸

膛了？不，至少后一种可能性可以排除——如果真是这样，整个阁楼应该早就被炸成一团炭渣了才对。

就在我下意识地胡思乱想着这些玩意儿的同时，那个倒霉的家伙已经重重地砸在了"走为上号"弹痕累累的车厢装甲板外侧，然后像一只被拍扁的海蜇一样软趴趴地掉了下去。接着，另一个倒霉鬼也嘶吼着从一处屋顶花园里飞了出来，在我们前方的路面上摔成了一个夸张的"大"字形，然后就没了动静。

"这……是救兵吗？"

当然，至少就目前的情况来看，这是最符合实际的解释。就算绿谷镇的警备部队因为常年远离战场而普遍组织松散、反应迟缓，以至于让这么一帮子可疑人士带着武器瞒天过海混进镇上，那他们也不可能在一条街道被无缘无故阻断、枪声乱响几分钟后还毫无察觉。但话说回来，至少就我所知，似乎没有哪支地方警备队会用这种方式解决闹事的人。

由于害怕误伤可能正在对付袭击者的自己人，我们全都停止了射击。值得庆幸的是，躲在屋顶上的那些家伙也并没有继续朝我们开火。当然，他们还在像不要钱似的四处泼洒着子弹，但瞄准的对象已经不再是街道上的我们，甚至也不是我原本预料中的、前来平息事态的警备部队，而是空中的某些东西。

"喂，阿德。"平娜用她那只好手拉了拉我的衣袖，"那些家伙在打啥？"

真是个好问题。

多亏了平日里持之以恒的观察训练，外加我天生的机警与敏锐。在其他人还在望着曳光弹在空中划出的那些花花绿绿的弹道发呆时，我已经找到了那个突然对我们伸出援手的东西。那是一对以我过去从未见过的方式悬浮在空中的银白色小球，大小只比成熟的苹果略大那么一点儿。虽然它们的外形看上去怎么都没法和"武器"这个词挂上钩,但这对飞行的小球的出现确实给那些袭击者们造成了极大的压力——他们不但拼命地朝这两个看上去完全无害的小玩意儿扫射,甚至还有人在对方靠近自己时拉下手榴弹的保险,试图来个同归于尽。

不幸(当然,对我们而言,这可是天大的幸运)的是,这一切都是无用功。灵活的小球毫不困难地避开了一切还击,并在极短的时间内以夸张到令人无法置信的幅度变换着飞行线路。它们往往前一秒钟还在朝某个目标急速逼近,在下一秒钟便已经毫无预兆地转向了另一个方向,让一切预测它们的行动规律、通过估算提前进行拦截的尝试以失败告终。而从小球表面射出的一道道闪亮电弧则完全不会错失目标,只要被它们命中一次,无论多高多壮的家伙都只能浑身颤抖、姿态扭曲地倒地不起,像极了传说中新黎凡特斗兽场上那些被技艺高超的角斗者一击放倒的猛兽。

虽然像我这种见多识广的人很少随便大惊小怪,但这次的情况是个例外。在最后一个袭击者也被电击撂倒后,我才注意到,自己正和其他人一样大张着嘴,呆呆地仰着脑袋,双眼瞪得老大,活像是只呆头呆脑的青蛙。

或者更准确地说,活像是被蛇吓傻了的青蛙。

"那个……我说……各位小心些。"随着这场双方实力悬殊的战斗画上句号,我挨个拍了拍咪咪、平娜和德尔塔的肩膀,示意他们不要松懈。这两个奇怪的小玩意儿是替我们解决掉对手没错,但众所周知,你敌人的对头并不一定就是你的朋友。就刚才的情况来看,我们就算保持防范,似乎或许大概也……呃……不会有什么决定性的影响。但我还是从咪咪手里接过了装好弹药的霰弹枪,以一个既可以迅速举枪射击、又不至于让人感到威胁的姿态握住了,同时高度戒备地注视着那对正在缓缓下降的小球。

万幸的是,它们没有接近我们,而是飞向了另一个人。一个刚刚爬上两辆堵路的大卡车之一、正朝我们伸出一只手臂示意的人。

4

在绕着那个身穿灰蓝色连帽罩衫的人转了一圈后,那对小球放缓了速度,最终像一对返回驯鹰人身边的猎鹰一样稳稳当当地落在了那人伸出的胳膊上。接着,在我们全体人员的热情注目下,这个身份不明的人跳下了卡车,朝我们走了过来。

"谢……谢谢你帮了我们。"在所有人中,我第一个反应过来,开口对来人道谢——虽然对方看上去有颇多神秘之处,但在目前的情况下,将其认定为"自己人"显然是更好的选择,"请问你是……"

"我是伊斯坎德尔·罗蒙诺索夫博士。一个普通的历史学家。"来人用一种沙哑、低沉、令人印象深刻的声音说道。这声音没有明显的性别特征,也听不出任何一种方言的味道,但是,它却有着一种特殊的魅力,一种与这个穿着罩袍、戴着兜帽的人身上所散发出的樟脑与香烛的淡淡气息相似的吸引力,让人下意识地想要相信他的话,"我知道你们在找我。"

接着,自称是伊斯坎德尔·罗蒙诺索夫的人掀开了遮住大半张脸的兜帽。

"你、你刚才绝对是在开玩笑的,对吧?!"在看清对方的面容之后，我们这边的所有人异口同声地说道。

好吧，难得我们总算是达成了一次共识。

第五章

历史学家与陈年往事

1

半个小时后。"微笑的猫"旅店顶楼包间。

"小朋友,乖,告诉大姐姐,你爸爸是不是就住在这所旅店里?"

在重新换上了简这个最和蔼可亲、讨人喜爱的人格后,艾琳一边为平娜的小跟班德尔塔包裹着肩膀后面的伤口(这家伙是我们队伍中唯一的伤员,但可惜的是,他所谓的"负伤"也只是被一发跳弹擦伤了后肩窝),一边微笑着询问道。虽然在身为艾琳或者爱尔卡时,这家伙的存在感都相当之低,甚至还会因为偶尔的冷言冷语或者暴脾气而让人敬而远之,但一旦换成了简,她的亲和度就会瞬间暴涨到足以称为"作弊"的等级。事实上,在此时此刻,就连意志坚定、冷静坚毅如我也能感觉到从她身上源源不断地散发出的母性光芒,而我们所在的整个旅店包间似乎都因此而变得暖和了起来。

可惜的是，这里偏偏有一个家伙就是不为所动。

而且那家伙偏偏是最重要的那个。

"恕我直言，女士，您的这些话我无法理解。"在我们围坐的紫杉木圆桌的另一头，先前在街上救了我们一命的大恩人语调平淡地说道，仿佛正在回答今天喝过什么种类的茶叶，"诚然，我曾经拥有一名生物学层面上的父亲，并因为法律、习俗、个人誓言与政治立场而承认过不同的人是我的'父亲'。但他们目前无疑都不在此处，而且显然和我们要处理的事宜绝对无关。"

"也就是说，伊斯坎德尔·罗蒙诺索夫博士不是你的爸爸咯？"平娜问道。和平时专门摆给我看的那张臭脸不同，这家伙现在脸上的笑意堆积得简直都要沿着嘴角流下来了，"那他是你的舅舅？大叔？大表哥？爷爷？外公？还是……"

"我相信，我在之前已经清楚地表述过这点了。如果你们未能正确理解，那我愿意重新说明一次：我是一名成年人，不是'小朋友'。事实上，我就是历史学家伊斯坎德尔·罗蒙诺索夫。"

"小朋友不能说谎的哦，不然鼻子会长得很长——很长很长呢！"平娜微笑着摆了摆手指，完全不接受对方的说辞，"如果鼻子长得很长很长，那就……会怎么样啊？阿德，我有点记不得这个故事后面说了啥了。"

"我哪知道？没准儿会因为在接到窒息性毒气袭击警报时没法戴上标准型DP-9防毒面具，然后当场给活活憋死吧。"真是的，平娜这家伙从哪里听来这种白痴透顶的无稽之谈的？亏她平时看上去那么正经。

"我是伊斯坎德尔·罗蒙诺索夫。"我们的那位罩袍上散发着檀香与樟脑气味的"嘉宾"再一次说道，"如果你们坚决否认这一事实，那么，基于'谁提出，谁举证'原则，请各位举证说明，我为什么不能是伊斯坎德尔·罗蒙诺索夫？”

唉，问得好。

因为我，哦不，所有人都举不出这证来。

没错，直到对方提出这个问题，我才意识到，我们确实没有任何理由怀疑对方一定不是伊斯坎德尔·罗蒙诺索夫——毕竟，从来没有任何一条法律禁止一个人给自己起某个名字。但话说回来，无论从哪个角度来看，眼前的这位都和我想象中的“伊斯坎德尔·罗蒙诺索夫”大相径庭。就我所知，这个名字应该属于男性，而且多半是居住在大陆对面第七军团辖区的那些有着被称为“高加索人”相貌特征的男性；除此之外，从常识推断，一位能够得到联合军政府支持的历史学家就算不是那种白胡子长得可以替代鸡毛掸子、戴着超厚的老花眼镜的老学究，起码也该是个稳重而睿智的中年人。但事实上，坐在桌子对面的那人的长相却和这两种形象基本没有关系。

一百四十厘米不到的身高，长度齐腰、如同霜雪的银色长发，纤细得仿佛无法承受身上的罩袍和斗篷重量的四肢，苍白得如同被葬入冰川的往生者的皮肤，朱红色的双眼，以及既看不出任何种族特征，也看不出性别特点，但却散发着一种超乎想象的诡异美感的端正五官，我过去也看过将这些特征集于一身的人物——只不过，这些人物通常只存在于那些三毛钱一本的幻想故事绘本之中，而且性别必然是女性，其中许多还长着又长又尖的耳朵，甚至有着昆虫般的薄翅膀，就是一扇就会洒下一大堆五颜六色的粉末，还会让地上平白无故开出花儿的那种。

呃，当然，既然眼前的这位“伊斯坎德尔·罗蒙诺索夫”是真实存在的人物（自从进入旅店之后，我已经偷偷地戳了自己的大腿三次，还让咪咪狠狠地掐了一下我的屁股，以确认自己绝不是在做梦),那么他(或者是她?)自然也没有尖耳朵或者怪异的昆虫翅膀。除此之外,那张精致而苍白的脸上也没有像绘本上的幻想角色一样堆满傻乎乎的笑容——在发现我们软硬不吃之后,我在那张脸上看到的便只剩下强烈的失望。

这并不是小孩子会有的神情。

"见鬼!这副长相又不是我自己想要的!要怪就怪我们的老祖宗好啦!在黄金时代,他们为了适应外星殖民以及一些其他的乱七八糟的原因,曾经在人类的基因库里动了不少手脚,我现在的这副模样,在很大程度上也是拜这些胡搞所赐——还有,我可是男的哦!是男的哦!重要的话说两次!"

呃,这也不是小孩子会说的话。

"好吧,看来我还是得拿出这东西才行。"在又一阵沉默后,这位自称罗蒙诺索夫的伙计终于认输般地耸了耸肩,从罩袍的大口袋里掏出了一份金光闪闪的文件。在这份文件被打开时,我看到了联合军政府的"步枪与闪电"标志,以及一个结合了包括火箭、原子图案、齿轮、铁锤到战马和鲜花在内的超过二十种图形元素,在花里胡哨这点上可谓登峰造极的巨大印章——不消说,这只可能是我们的总司令官阁下,在审美方面拥有前无古人,而且大概后也难有来者的特殊才能的列昂尼德·丘尔巴诺夫大将的私人印章。

"嗯嗯,这印章是真的没错——毕竟那家伙的大印确实不太容易伪造。"平娜拿起文件,像资深珠宝鉴赏家鉴定珠宝一样仔细打量着上面的图案与文字,"授权状编号也是对的。没错,这确实是联合军政府的授权状。"

"咪咪想看看这上面写了什么。"就在我还在琢磨那复杂的大印时,咪咪已经一把抢过了文件,开始大声地读了起来,"以最高统帅暨全世界最高临时行政长官的名义，以及联合军最高议会授予的相关法定权力，我，总司令官，列昂尼德·丘尔巴诺夫特授予可敬的历史学家伊斯坎德尔·罗蒙诺索夫阁下特别权力，在进行研究所需的合理范围内，其行动自由不受任何边境检查、身份核查或者地方性政策约束，并有权征求各地强力部门的直接合作与协助，以及下达临时行政命令或征调必要物资。除非联合军最高议会提出专门决议，否则此授权截至研究结束之前一直有效，一切正规军、地方民兵、安全部队、义勇军人员在见到本授权状后应将伊斯坎德尔·罗蒙诺索夫阁下视同为临时长官，并对其提供协助。一旦罗蒙诺索夫阁下遭遇危险，任何人都应该尽一切努力保护他——因为这位伟人所肩负的责任无比沉重，他的生命安全至关重要。"

好吧，至少这就能解释之前发生的某些事了——在所有袭击我们的不逞之徒都遭受了应有的惩罚，而镇上的警备队也总算抵达现场后，我们的救命恩人只是对警备队长说了一句话，后者便立即派出了一个小队的人，将我们连人带车护送到了这所旅馆。而不是按照规定把我们这些在大街上公然大动干戈的家伙带到兵营里，去接受冗长的问话调查。

"够意思。"刚刚一脸享受地接受了艾琳，哦不，应该是简的温柔护理的德尔塔评论了一句，"看来这位小——啊，这位尊敬的先生确实是伊斯坎德尔·罗蒙诺索夫阁下。但……你刚才说啥？临时长官？我这辈子还是头一次见到权限如此之高的授权状。"

"是啊，而且你的肩膀其实很瘦呢！"咪咪好奇地摸了摸罗蒙诺索夫细瘦的双肩，"那上面为什么说你'肩负的责任无比沉重'？搞错了吗？"

"你很烦哦。"罗蒙诺索夫一把拍开了咪咪的手，同时头一次露出了明显的不悦之色，"阿德南少校，我能建议这位女士不要参与我们接下来的行动吗？如果可以，我会相当感激的。"

"不准你把咪咪和大家分开！"

"喂喂！阿德南少校！管管你的部下！"被突然发怒的咪咪一把揪住的历史学家大喊道。

"咪咪，别这样！"

"可、可这个坏家伙说不准咪咪跟着大家！"

"别！活见鬼！我刚才是开玩笑的！开玩笑的！啊——"被大呼小叫着扑过去的咪咪扑倒的罗蒙诺索夫像一只被黄鼬叼住的兔子一样拼命挣扎着，并且徒劳地试图还击。不过，虽然咪咪在体格上并没有占太多的优势，但她的那套撕、咬、抓、挠的独门功夫就连我都畏惧三分——当栗子、我和平娜终于把扭打在一起的两人分开时，罗蒙诺索夫脸上已经多了三条抓痕和一处显眼的牙印，而咪咪的脑门也肿了个大包。

"那个……我很抱歉，阁下。"在和栗子一起摁住咪咪之后，我连忙对罗蒙诺索夫道歉——毕竟，按照那份授权书，这位仁兄现在可是我的临时长官！虽说我不大清楚作为长官，他到底有多大的权限，但很显然，像刚才那样的事是不应该发生的，"那个……咪咪的个性有那么一点……直率，而且她有时候会……那个……对于和我们分开这件事相当反感。不过，那啥……"

"算了，也许您的这位部下在我们接下来的行动中也能派上用场——如果我们落到了要和敌人徒手搏斗的地步的话。"在重新坐回椅子上后，罗蒙诺索夫瞥了一眼咪咪，然后叹了一口气，"而这种可能性在理论上是存在的。毕竟，我们要去的可是日出城，这片战火不断的大陆的核心。任何意外在那里都不能算是意外。"

"没错。我还有个问题。"在确认了眼前的人的身份后，平娜就立即换上了一套恭敬的语气，但在我看来，这实在有点儿……别扭，"根据我所得到的消息，您似乎计划进行一次'田野调查'，什么样的调查需要去那种地方开展？"

"当然是最重要的调查。就这一点而言，你们的总司令官说得没错，我的研究相当重要。"历史学家答道，"毕竟，我计划查明的是结束这场战争的方法。"

2

"啊——呃？你是在开玩笑吧?!"

虽然这不像是我这种人该说的话，但在听到伊斯坎德尔·罗蒙诺索夫的答复的同时，我还是下意识地惊叫了出来——当然，各位千万不要因此而误会我对伟大事业的忠诚，以及对为全人类争取福祉、为我们的子孙后代开拓未来的热忱。即便对于我这样信仰坚定、斗志昂扬的人而言，"结束这场战争"听上去还是太……夸张了点儿。毕竟，傀儡战争已经延续了超过两个世纪，而且丝毫没有终结的迹象。虽然我们的祖祖辈辈一直不畏强敌、艰苦奋战，但直到新历991年为止，和谐星上人类的军事力量仍然连两支相互交战的傀儡大军的零头都不到。总之，无论我们多渴望战胜敌人、收复故土，但在当时的情况下，所谓"结束战争"至少在短期内看起来只是一个不切实际的梦想而已。

但伊斯坎德尔·罗蒙诺索夫却相当认真地告诉我们，他正在试图结束这场战争。

这可就有趣了。

"如果这不可能，那么我就不会去这么做。"对于我脱口而出的疑问，历史学家只是轻描淡写地说道。与此同时，位于他柔嫩脸颊上的抓痕和咬痕正在以人类肉眼可见的速度消失，很快，这些本该保留好几天的"纪念"就全都不见了踪影，"反之，既然我决定这么做，那么至少对我而言，这一目标是具有可行性的。"

"那……请问您能说得更明白一点吗？"拜托，我可是超级不喜欢这种故弄玄虚的耶！

"那好吧。既然各位已经决定冒险协助我，那么我确实有义务解释我的计划。"罗蒙诺索夫打了个响指，接着，一个小小的银灰色圆球便在一阵"嗡嗡"声中从他的罩袍下飞了出来，悬停在了我们面前的圆桌上方——我注意到，这正是在街上替我们解围的那对圆球中的一个，"穆吉，投影。"

圆球又嗡嗡鸣叫了两声，接着便在圆桌上方投射出了一份半透明的和谐星立体地图——看来，除了用那种吓人的弧形能量束把人打飞之外，这个小东西还有不少别的功能。

"正如各位所见，这是和谐星，一个孤立于银河的边缘、名不见经传的偏僻小地方，也是一千三百万现代智人后裔的家园。"历史学家捋了捋在与咪咪的打斗中变得有些杂乱的长发，同时将一只几乎和他一样高的帆布背包搬到了一旁。在这之前，他一直在翻弄着包里的某些东西，"这颗行星的居民在所谓的黄金时代，亦即联邦崩溃前的最后时代来到此处，但却在星际文明瓦解之后与外界失去联系。凭着重新发掘出的古老技术遗产，他们重建了文明，却在一朝之间毁于一旦……"

"你刚才说的这些人人都知道，说些我们不知道的。"艾琳插话道。从语气来看，她多半已经变回最常见的那个"艾琳"了。

历史学家没有搭理她，而是从桌上的花瓶里抽出一枝花，用带刺的紫色花茎指了指全息投影，说："总之，正如所有人都知道的那样，在现在的和谐星上，唯一的主要大陆——罗迪尼亚大陆

——的绝大部分土地都处于两支由所谓的'傀儡'组成的军队的控制下,而残余的人类之所以还没有被赶尽杀绝,仅仅是因为他们把主要兴趣全都放在了互相攻击上,而没空顾及已经退到角落里的我们。至于这两支大军为什么互相攻击,又打算打到什么时候,以及更重要的是什么唤醒了他们,让他们开始了这场战争,我们都一无所知。"

"这些我们也都知道。"艾琳说道,"然后呢?"

"啊,别急,我就要说到了。"罗蒙诺索夫继续道,"作为一名历史文献学兼考古学的爱好者,我这辈子虽然没什么像样的成就,却也偶尔能在命运之神的眷顾下获得些微的奖赏,比如说穆吉和贺尼。"他轻轻拍了拍正在投影全息地图的小圆球,"我的这两位朋友,就是我在某处黄金时代留下的上古废墟里找到的多功能智能无人机,那座废墟位于离这里很远很远的地方。除此之外,我也造访过一些不那么遥远的地方,比如……啊,对了,在这儿! 新坎顿群岛。"

随着历史学家的发言,他手中的花茎尖端也改变了方向,指向了位于地图上罗迪尼亚大陆东南侧的一串散布在沿海浅滩上的小岛。就我所知,虽然那里在名义上属于第十一军团辖区,但不过是些几乎没有居民、遍布泥沼的荒地,"虽然促成我那次旅行的原因纯属偶然,不过,我确实在那儿找到了一些好东西——一座科研站的遗迹。在这座遗迹中,我发现了一些可能是在它被废弃前的最后时刻转移到那里的记录。其中提到了傀儡战争爆发前数年发生的一些事件——在这段时间里,当时的联邦科学院在日出城的本部设立了一个被称为'城堡'的机构,该机构的主要任务是研究一批黄金时代的遗产,它们的代号是'国王'。"

"咦？城堡？国王？那是不是还有王后、王子和公主呀——嗯！"一见咪咪又开始不由自主地说起呆话，我当机立断，及时地捂住了她的嘴。"没问题，阁下，请继续说。这些代号具体指的是什么？"

"无法确定，因为我获得的信息也很有限——除了我从废墟中挖出来的那些文件，相关的信息只有联合军档案馆内收藏的旧纪元记录中含糊不清的只言片语。"罗蒙诺索夫解释道，"不过我可以肯定，'城堡'与'国王'的出现大概是在傀儡战争全面爆发之前不到两年，这让我不由得猜测，二者之间或许存在着某种关系。"

"所以，就为了调查这种'关系'，你打算再去日出城寻找'城堡'？"艾琳问道，"还真是果断的决定。"

"我要去日出城的理由并不仅仅如此，"历史学家摆了摆手，"还有另一个原因也促使我这么做。想必各位也知道，潜入日出城虽然非常困难，极其危险，但并不是做不到的——在过去一个世纪里，有成百上千的个人或者团队希望能够进入曾经的首都、寻找那些传说中最有价值的战前遗物，而在我所知道的范畴内，总共有十六次这样的尝试获得了成功。那些幸存者们留下了日记、手绘地图，有些人甚至还拍下了照片，而在拼凑起这些资料后，我发现了一个令人惊喜的事实——"

"——令人惊喜？是和冰激凌有关的吗？还是——呜呜！"

罗蒙诺索夫用相当……复杂的眼神瞥了一眼又一次被我用拳头强行堵住嘴的咪咪，然后双手一摊，"事实上，这事实本身也没那么特殊——根据那些记录所述，在日出城中，有一块直径接近五千米的地区遭受的破坏程度远小于其他地区。那些从日出城回来的人都说，虽然南北两支大军一直在围绕着这座巨型城市的废墟进行拉锯战,但这一区域却从未被战争波及,看上去就像是双方都要故意避开它似的。甚至还有人声称,在那里仍然残存着某种组织有序的人类社会。按照他们的说法,当地人的生存状况甚至不算糟糕,当然这一传闻目前暂时无法证明就是了。"

"我猜,这片地方大概正好包括了当年联邦科学院的旧址?"艾琳问道。

"的确。事实上,科学院的主体建筑曾经坐落的地区全部位于其中。"

"但这仍然不足以构成有力的证据,至少无法证明你所谓的'城堡'和'国王'确实和战争的爆发有关。"

"确实。但它至少提供了一种不容忽视的可能性。"罗蒙诺索夫点了点头,"更重要的是,我们还有第三个、也是最重要的证据——虽然是间接证据,但却不容置疑。"

"呃?"

"还记得今天出了什么事吗?"历史学家问道,"我可以告诉各位,这种情况并不是第一次发生。在来到绿谷镇之前,我在阿卡迪亚就遇到了两次刺杀,而在海上又差点被袭击了一次。算上今天的,已经是第四次了。"

"所以,那些家伙其实是冲着你来的?"我问道。

"恐怕确实如此——他们大概误以为我已经与你们会合了吧!我想,这或许与我和平娜上尉用明码电文通信有关。你们比预期会合时间迟到了大概一个小时,因此那些家伙判断我和你们在一起,所以才发起了袭击。"

"搞啥哦?! 跟你待在一起原来这么危险?! 你干吗不早说?!"

"要是不危险,我还需要找人护送?"罗蒙诺索夫斜了我一眼。

唉,这倒也是。

"换言之,虽然我确实无法确认'城堡'里到底有什么,但既然有人愿意花这么大力气来对付我、试图阻止我的行动,那么我可以肯定,里面极有可能真的有些什么。尤其是考虑到袭击我们的家伙的身份,这之间的关系就更加显而易见了。"历史学家说道,"那么,各位认为这个理由足够充分吗?"

3

七天之后。

通过"走为上二号"的主炮瞄准仪，我可以清楚地看到那支正从不远处的硬土路上开过的装甲纵队的一举一动。这支涂有红白双色方块徽记的部队属于那支来自大陆北方的傀儡军团，它们以荒冢谷、也就是现在被称为福波斯尼亚的巨大裂谷附近的群山为据点，也是威胁着第二军团辖区的主力（虽然他们大概从没用过超过二十分之一的力量来对付我们）。测距仪测得的距离表明，三辆重型坦克、两辆"巨蜥"装甲人员输送车，以及整整六辆"雷兽"重型自行火炮——傀儡们手里射程最远的玩意儿——离我们的距离都不超过九百米，只要开火，哪怕不借助"走为上二号"的火控计算机，在这种距离上也能保证百发百中、一击必杀。

最重要的是，这些愚蠢的猎物完全没有意识到威胁，它们直到现在都仍然排着公路行军的"一"字长蛇阵，甚至没有警戒侧翼就是最好的证据。在这种情况下，处在猎手位置的我就是它们的阎王，是它们死与生的裁决者。只要动几下手指，我就能决定谁会第一个落入阿鼻地狱，而谁能够在这个世界上继续苟延那么一小会儿。

于是……

……我什么都没做。

因为我压根儿不敢开火。

当然，勇于献身、不惧危险的我绝不会在紧要关头动摇退缩，至少不会因为个人原因而这么做。我现在之所以选择按兵不动，纯粹是出于更加深层次的考虑——在穿过高门隘口之前的四天里，艾琳每天晚上都会把坏脾气的爱尔卡"放"出来修理"走为上二号"，并在进入盐沙平原之前宣布主炮已经维修完毕。但根据那家伙的附加解释，所谓的维修完毕其实仅仅是"处于理论上的可用状态"。换言之，如果我现在摁下发射钮的话，这门超重型离子炮或许不会在出膛后因为磁场生成设备故障而打出一发"烟花"，但仍然存在极高的导致与主反应堆相连的能源转换系统过热超载的风险。换言之，有大约百分之九十四（这是爱尔卡给出的"保守估计"）的可能性，这一炮打出去之后，"走为上二号"会瘫痪数十分钟到数个小时，直到自行恢复为止。

在目前的情况下，这意味着从第一次射击中逃脱的那些家伙有极高的机会发起反击，并把我们从坦克里拽出去挨个儿用刺刀砍成肉碎，再浇在蛋包饭上当成明天的便当……呃，好吧，其实傀儡们根本不会做蛋包饭，大概也不会在料理过程中用上刺刀。但正如军事学基本常识指出的那样，在战争中，保存自己永远比杀伤敌人更重要。

于是，我选择继续和罗蒙诺索夫紧抱在一起，在"走为上二号"炮塔的狭小空间里发抖。

"嘿，阿德南少校，你……你好像在发抖哦？你不是说你很……很有自信用这招把它们骗过去吗?!"虽然身上散发着浓浓的具有安神作用的香味（这次是茴香和白蜡的味道），但这位身材娇小的历史学家在说话时牙齿仍然在打战，"你真的很有自信吧？我说这招。"

"那个……请相信我，真的，我只是有……有点儿冷。"我尽可能用冷静且清晰的语调扯了个大谎——就算没待在闷热的坦克炮塔里，我身上的那套有些褪色的荒漠迷彩斗篷、厚重的大衣和藏在里面的陶瓷护甲板也绝对有着一流的保暖效果，"我可以保证，根据我……那个……充足的经验，呃……总之，傀儡大概不会在意看上去被击毁或者不能动的目标，而且他们也不会利用车辆残骸作为伪装进行伏击什么的。总……总之，这个计划行得通，你尽管放心。"

当然，我没说的半句话是，如果这个计划行不通，就算不放心也没用了，毕竟，到时候所有人的余生长度加起来多半也不会超过一分钟。或许更短。

"喂喂，那边的谁，让开点儿！你凑得太近了！"

在我们下方的驾驶室和机械舱里，争吵的声音也没停过——当然，这也是没法子的事。由于之前从圣提奥多罗斯逃回来时使用的那招不能再用，在离开绿谷镇时，我们特意对"走为上二号"的涂装做了些特殊处置，在它的侧面装甲上绘制了一个几可乱真的弹痕和焚烧过的痕迹，并且在炮塔边缘装上了两个灌满煤焦油、白磷发烟剂以及一些别的"作料"的发烟筒。一旦遭遇傀儡军团，我们就会立即停车、降低炮管、点燃发烟筒，装出一副刚刚被袭击过的狼狈样。按照艾琳的说法，这么做至少在理论上很有可能骗过对方。

只不过，这也意味着，我们所有人在这段时间内都必须躲在"走为上二号"的内部。这辆大玩意儿的内部空间容纳四名额定乘员倒是绰绰有余，一旦塞进来七个人，那可就……有点麻烦了。

"……栗子姊姊，刚才好像有人在摸咪咪的屁股。"

"德尔塔先生！是你做的对不对？我警告你哦，如果再这么欺负咪咪的话，就算是我也会生气哦！"

"不是我的错啦！要怪就怪这地方太挤了！"

"那就把你的手给老娘举起来！"这是艾琳的声音，不过听起来，似乎是爱尔卡被放出来了。

"不行，这儿的空间不够，太矮……唉，要不你凑过来点儿。这样咪咪就能……"

"小心老娘打爆你那玩意儿！你这用下半身思考的蠢材！"

"唉，请大家都小点声。万一被听到了……"

"放心啦，栗子。这里面的隔音效果很好的，而且北军那些家伙离我们还很远……嗯，你、你这浑球儿，又在干什么?!"

"我不是故意的，只是手有点酸，只好放下来……等一等，你别这样！别——呜——噫噫啊啊啊——好痛好痛！"

虽说我倒是不担心这些声音引来傀儡的注意，但那帮家伙的吵闹实在是让人心烦——万幸的是，这种情况并没有持续太久。在不到一分钟的时间里，那支在硬土路上呼啸而过的傀儡部队就已经消失在了一座干面包似的黄褐色岩山后，只留下了漫天富含氯化钠、氯化钾和其他对皮肤相当有害的成分的扬尘四处飞舞。

我们急不可耐地关掉了发烟筒，从"走为上二号"里钻了出来。

"看来，这种招数确实有用呢。"当平娜开始用她的金属义肢施展独门铁手功，教训她那可怜的跟班之后，在"走为上号"的车厢里坐下的罗蒙诺索夫一边掏出一把梳子,开始仔细地梳理他的齐腰银发,一边评论道,"如果能够安全回去的话,我会向军团司令部提交专门感谢状——平娜上尉确实替我找到了不错的护卫人员。"

"咦咦咦?博士,你就不感谢我们吗?是我们在护送你耶!"

"但你们是收费服务的雇佣军,对吧?拿钱办事可是天经地义的事。"

"我们是义勇军,不是雇佣军啦!"

"我看都差不多。毕竟,在人类历史上,某些雇佣军甚至还使用过比这更加'高尚'的名字。"罗蒙诺索夫对我的抗议似乎毫无兴趣,"总之,我们刚进入盐沙平原三天,就已经向南进发了一百零六千米,而且只遭遇了一次傀儡。看来运气还真的是站在我们这边呢。"

"没错,但接下来的路可不会这么好走。"我掏出了随身携带的地图,指了指我们所处的位置。虽然罗蒙诺索夫的无人机助手"穆吉"与"贺尼"能投射酷炫的全息地图,但那些地图的比例尺实在太大,而且没有我们熟悉的地名标注,因此许多时候并不是非常管用,"从这里到日出城的直线距离还有四百九十千米,而且这段路有一半都是新卡斯匹安海的水面,"我指了指横亘在盐沙平原和新费尔干纳平原之间的那片浅蓝色,"这可是全世界最大的内陆盐湖,在目前的条件下根本不可能横渡。如果要绕过它前往日出城,就必须选择向东或者向西。"

"我明白,昨天讨论时,你也说过相同的话。"历史学家耸了耸细瘦的肩膀,"不过我现在心情很好,所以请继续。"

……如果他不是我的雇主兼临时上级的话,我还真想扁这个家伙。哪怕一下也好。

"……总之,理论上我们有两个方向可选,但事实上,向东是不合适的做法——虽然这么走会比从西方绕道近大约两百千米,但恕我直言,阿尔-萨尔特丘陵并不像看上去那么容易穿越,"我指了指位于地图东侧的一片环绕着一块较小的盐沼的矮山,"这一带的地形看上去不算陡峭,却非常复杂。由于存在众多河流和地下河,很多地方的地层相当松软,'基路伯'这类的重型装甲车辆如果在搞不明白路线的前提下仓促驶入,很可能会被陷住而动弹不得——而我们可没有什么抢救手段。除此之外,那里的旷野中晃荡的危险异兽也比别的地方多,而且传说……"

"啊,没错,但这正是我选择这条路线的原因。"历史学家答道,"因为同样的理由,那些试图妨碍我的家伙在新卡斯匹安海东侧出现的概率也远比西侧更小,他们会判断我们更倾向于走西边的路。"

"你确定?"我问道。

"不是绝对确定。毕竟,人类历史上的博弈给我们的教训之一就是,就算是最精明的人,也可能会高估或者低估对方的思维能力,而二者同样危险。我还记得我的几个老朋友……算了。总之,至少从概率上讲,往东比往西要安全一些。"

"呃……这么想是没错啦,"我挠了挠脑袋,"但是如果我们最后躲过了袭击,却被埋在了一坨湿漉漉的烂泥里,最后不得不用双脚走回家去,那这可就没意义了。"

"不必担心,"罗蒙诺索夫无所谓地笑了笑,似乎早就料到我会这么问,"关于这点,我已经知道该怎么办了。相信我。"

第六章

法外人之村与意外

1

又过了两天。

说实话，虽然我那从不出错的直觉（好吧，我知道这么说稍微有点儿夸张，但在大多数时候，它确实还算好使）一直对罗蒙诺索夫所谓的"知道该怎么办"颇为怀疑，而我的军事地理学素养也告诉我，强行从新卡斯匹安海的东边穿过阿尔-萨尔特丘陵并非明智之举，但在那天傍晚，当那些绿色的丘陵映入正倚靠在"走为上二号"的车厢里、无聊地嚼着酸草叶的我的眼帘时，一阵来自本能的兴奋感仍然让我的精神为之一振。

"我们到了！"像一只猫咪一样在我身边的衣物堆里蜷着身子睡觉的咪咪也开心地蹦了起来——我猜，她大约是嗅到了空气中那种植被与水汽特有的气味吧？一连多日在盐碱化荒漠中提心吊胆地跋涉之后，能够再一次见到绿色确实让人欣慰。毕竟，对于深植于我们血脉中的本能而言，绿色就意味着生命、未来，以及无数的可能性，"阿德，快看！那些山都是绿色的耶，好好哦！"

好吧，其实说阿尔-萨尔特丘陵是"山"，还是略显夸张了。在几年前，一名地质学测绘者与我一起出任务，他曾经特别提到过关于这一带的事情，还顺带给我上了一节地理课。根据地质学家们的理论，被这片矮丘环绕着的阿尔-萨尔特盐湖原本曾是新卡斯匹安海的一个湖湾，也是来自东北方的新谢米列契斯坦群山——那里是第三军团的地盘——的数十条河流的汇聚之处。

但是，由于过去千年间气候的持续干旱化，曾经的湖岸足足向南退了近百千米。原本的湖湾变成了一片半干涸的封闭式小盐湖，而长年累月的流水沉积作用形成的湖中小岛则变成了此起彼伏的丘陵。过去直接流入湖泊的河流大多在这最后数十千米中渗入地下，让这些丘陵间的低洼土地变成了一大片虽然生机勃勃，但却也遍布"陷阱"的咸湿泥潭。

从某种意义上讲，这比干得叫人嘴唇开裂的荒漠还让人厌烦。

这也是我现在忽然想把正在挥舞着双手、大喊着"好好哦"的咪咪揍一顿的缘故——当然，这也只能想想而已。我敢保证，任何人只要领教过咪咪的那套抓、咬、撕、挠的独门功夫，都绝不会想尝试第二遍。

"不必担心，少校。"与我一同待在由"走为上二号"拖曳前进的"走为上号"里的伊斯坎德尔·罗蒙诺索夫拍了拍我的肩膀。随着我们逐渐接近那片黏糊糊的丘陵和盐沼，这位历史学家的心情也变得越来越好。不知是不是我的错觉，这几天从他身上散发出的香味已经从檀木、熏香和茴香之类的凝重香气逐渐变成了轻松明快的百合与雏菊花香。当然,老祖宗搞的那些基因工程什么的鬼玩意儿,我本来就弄不太懂,"只要按照我的指示走就行了。栗子,下一个转向点在450码①外,抵达后立即向东转25度。"他又对着挂在脖子上的通信器下了一条命令。

虽然我的本能仍然对目前的情况感到忧虑重重,它就像一只嗅到危险气味的小动物一样催促着我尽快掉头返回,但我不得不承认,至少直到目前为止,罗蒙诺索夫的行动看上去都还算靠谱。每晚扎营时,除了一个人摆弄随身携带着的那只硕大帆布包里的东西之外,他都会用某种我从没见过的特殊设备和什么人进行联系,并放出他的无人机助手"穆吉"与"贺尼"进行侦查。而到了白天,只要我们沿着他指出的道路前进,就不会遇到任何比脚趾头踢到装甲板更严重的麻烦。

"我们今晚就要进入丘陵吗?"我想确认这件事。

"按照计划,正是如此。"历史学家答道,"毕竟,答应替我们担任向导的那个法外人聚落就在丘陵里面,而他们大概不会主动出来见我们。"

"法外人?好极了。"我耸了耸肩。众所周知,除了奉公守法、一心为人类文明的未来、为全人类的福祉的奋斗(至少我和我的队员们都是这样)的义勇军,以及偶尔奉命离开辖区执行任务的正规军和联合军政府特派员外,一般人不会没事就随便进入大陆深处的交战区。当然,法律并没有禁止这么做,但只要是头脑正常的人都知道,轻易进入这种地方,简直就像是一只耗子主动跳进关猫的笼子里,而且还在脑门上写着"我很美味"这几个大字一样。

但是,有一种人却算是例外,那就是所谓的"法外人"。这些

① 1码 = 0.9141米。

人的来源五花八门,既有因为个人原因选择离开联合军政府控制区的人,也有因为犯罪或者欠债而逃跑的人,还有一些五花八门的激进组织,甚至传闻说,某些法外人就是在大战开始时没有随着残余军队一起撤往大陆边缘的联邦遗民的后代。虽然在某些地方确实存在着规模庞大、建立起要塞自保的法外人组织,但大多数法外人——尤其是逃跑的犯罪者——都会选择像义勇军一样结成小队行动,或者居住在不易被发现的小型据点里,像食腐动物一样在傀儡大军混战的夹缝中偷生。

除此之外,就我所知,法外人虽然不一定是坏人,但却通常都对我们并不友好,更不值得信任——尤其是"不坏"的那些。为了能活得更长,以便有更多的机会为人类文明的未来而奋斗,过去我通常都会竭力避免与这些家伙有过多的联系。

"放轻松,我的朋友。"罗蒙诺索夫似乎注意到了我流露出的迟疑与不安,"这次将为我们提供帮助的都是一些最可靠的人——我过去曾经因为某些缘故,与他们有着不错的交情。啊,对了,我们马上就要到了。"

随着我们那小小的车队拐过一处由两座间隔不过数米的丘陵夹成的隘口,一处破破烂烂、毫不起眼,只能勉强被称为"聚落"的地方出现在了我视野的边缘。这处定居点主要由一座灰色石灰岩圆塔、几座粗陋的石头平房和一圈岩石矮墙围成,一些歪歪斜斜、搭建得相当随意的窝棚毫无章法地点缀其间,活像是暴雨后在朽木堆里胡乱钻出来的蘑菇。虽然我并没有获得过建筑学的相关学位,但这并不妨碍我得出结论:这地方的建造者显然并不具备任何作为建筑师的天赋。

"有趣。这些家伙现在就开始准备晚饭了吗?"在看到聚落之后,平娜问道。

"嗯,没错,而且好像还是露天烧烤。"前天刚被她用铁手功施以纪律教育的德尔塔放下望远镜,然后补充了一句——这家伙的一侧脸到现在还肿着,看上去活像是挨了兰檀半岛的沼蜂的一发螫针,"看不出来,这里的人饮食倒还挺有品位的。"

"我觉得有点儿怪。"我摇了摇头。没错,在围栏附近,确实有一堆篝火正在燃烧着,篝火旁也放置着一些似乎是大型动物的东西,但为什么这么大的场面,来烧烤的却只有一个人? 那些"大型动物"的样子看上去似乎让人联想到……呃,不可能吧?"等等,望远镜借我一下!"

"啊啊,既然罗蒙诺索夫博士和他们是朋友,那就好办了。也许我们也可以一起参加烧烤大会,甚至还用不着付钱! 我已经有好几个月……呜呀!"

"烧烤你个鬼啊!"我一把夺过望远镜,同时朝着还在胡说八道的德尔塔的后脑勺上来了一下狠的——也许过几天我得和平娜好好谈谈,让她稍微加强教育这个家伙的力度。

"怎么样?"在我将望远镜的目镜凑到眼前的同时,罗蒙诺索夫问道。此时此刻,我们甚至已经能从迎面而来的风中嗅到蛋白质烤焦的甜臭味,以及动物油脂在高温下释放出的那种特有的香气了——德尔塔这浑蛋从刚才开始就一直闭着双眼、大口吞咽着这满是诱人气味的空气,那样子……好吧,如果是咪咪这么做,我没准儿还可以勉强容忍。

"那个……该死,没想到会是……"在聚精会神地看了好一阵子之后,我把望远镜递给了罗蒙诺索夫——随着我们不断接近,变得越来越清晰的景物细节也让我意识到这场看上去就很可疑的"烧烤大会"到底是个什么情况,"请节哀,博士。"

两分钟后,当罗蒙诺索夫一言不发地再度将望远镜递给德尔塔时,我颇有几分欣慰地注意到,这个先前还在淌着口水的家伙突然猛地把脑袋伸出车厢外,开始剧烈地呕吐了起来。

2

作为时刻与死亡打交道的义勇军,这辈子我见过许多、许多次葬礼——其中有草草进行的土葬,死者被折叠成腹中胎儿的形状,匆匆地埋入用工兵锹掘出的土坑,然后盖上一层泥土;有因陋就简的水葬,一段简短的悼词之后,被标有军团标志的裹尸布包裹着的遗骸就会被沉入海水或者泥沼之中。当然,也有临时进行的火葬:这种时候,被焚烧的通常是已经烤得半焦、支离破碎的肢体或者躯干残块,由于无法分清死者的身份,我们往往不得不将许多个不同的名字写在同一只骨灰瓮上,再带回英烈祠——假如我们能幸运地找到可以当作骨灰瓮的东西的话。

不过,弄得这么糟的火葬我还是第一次见到。

从现场的情况来看,进行火葬的这人显然并不知道一个体内存有好几升液体的大活人到底有多难烧,更别提还有十六个人、三只狗和两只猫了。事实上,那家伙搭起的火葬柴堆的规模最多也只够烧掉那两只与聚落里的人一起遇难的猫。在没有专业火葬设备的状况下,就算要烧掉一个被切成块的成年人,这一丁点儿柴火也是完全不够的。

不过,考虑到对方的状况,心地善良的我也不好多说什么。

"喂,大家不要抢,慢慢来。每个人都有份。"

在把"走为上二号"交给艾琳——哦不,严格来说应该是爱尔卡——进行每日例行打理之后,暂时结束了驾驶职责的栗子背着一大包吃的东西,在定居点中最大的建筑物里席地而坐,不断将我们在绿谷镇和据点镇的市场上买来的食物塞给那群吵闹的孩子们。这六个法外人的孩子最小的看上去也就三四岁,最大的不超过七岁,大概是为了避免滋生寄生虫,无论是男孩还是女孩都把头发剃得很短。此刻,他们都笑得很开心,这在很大程度上得归功于我之前凭着一双慧眼精心挑选出的那些食物……

……当然,在更大的程度上,是由于孩子们压根儿没见到屋外的景象。

"栗子,在我们把外面打理干净之前,无——论——如——何都不要让他们出来。"当栗子把一包撒着芝麻粉的紫薯糕分发完毕后(那本来是我打算自己留着吃的),我趁机凑到了她的耳边,用最小的声音说道,"不行的话,让他们在那下面再过一夜也行。千万别让他们看到外面发生了什么。"

"明白。"栗子的回答简洁明了,与我一起看了一眼位于这座石屋最深处的那块原本藏在柜子下、伪装成地板一部分的地窖入口。由于生活中无处不在的危险,所有法外人聚居的地方总有一个或者几个像这样的藏身之处。虽然有经验的敌人能够找出一部分这种地方,但在更多的时候,躲在下面确实可以让一部分人在危险中逃过一劫。

在我们抵达之前,这些孩子们似乎已经在这下面待了好些天了。

我摇了摇头,离开了洋溢着欢快气息的石屋。在屋外,咪咪、平娜和德尔塔正用"走为上号"车厢里存放的工兵锹挖掘着一块还算干硬的地面,为那些没能在那场缺乏燃料的蹩脚火葬中烧掉的尸体准备墓穴。罗蒙诺索夫则站在搞了这么一出的那人面前,耐心地询问着对方。

"告诉我,你叫什么名字?"

"……"

"你的父母是谁? 我对你有点印象,我想,我上次遇到你们的人时,你应该也在场。你还记得我吗?"

"……"

"这里发生了什么事? 你看到了什么?"

"……"

"你都知道些什么? 说话啊!"

"……"

在历史学家的连番询问面前持续保持着缄默、活像是一个套着破烂衣衫的稻草人的是一个看上去十三四岁、瘦巴巴的少女。与看上去同样像是只有十来岁的罗蒙诺索夫不同,她的外表显然和实际年龄没有多大差异,因为我无法从她身上发现任何与外表不相符的智慧或者阅历感,却能感觉到强烈的恐惧与惊慌的气息——那是无助的孩子特有的气息。

"够了,"在这场滑稽戏般的问话进行了一阵之后,我拍了拍罗蒙诺索夫的脑门——这家伙现在正散发着一股类似于白胡椒与芫荽的刺鼻香气,表明他的心情似乎不太好,"你吓着她了。"

"也许吧。"或许是意识到了自己刚才行为的不当之处,罗蒙诺索夫耸了耸肩,"但如果她愿意开口的话,也许我们能更好地了解这里发生的事。"

"她开不开口都没差。"我摇了摇头,同时在少女面前蹲下身来,露出了一个尽可能亲切的笑容。或许是我那英俊、阳光而充满温暖的面容的缘故，少女的恐惧似乎不那么强烈了……呃，至少看上去是这样。但就算如此，她一时半会儿也没法回答我们的任何问题，"看看这些尸体吧。你应该认得出来的。"

"我看到了。"历史学家用脚上的儿童版小号靴子翻过了一具尸体，让那张先是被严重砸扁变形，然后又在火葬柴堆上被烧焦一小半的脸朝向天空。这名中年男子身上至少有三处深可见骨的巨大爪痕，而造成致命一击的则是同时切断了他的喉管、颈动脉和脊椎的可怕咬痕。作为一名为全人类的最高利益出生入死多年的资深义勇军成员，在瞥过第一眼后，我便意识到了杀死这人的元凶，"除了瞎子和傻子，任何人都能看出来这是什么干的。"

"异兽。"我点了点头，同时下意识地摸了摸挂在腰间的激光手枪和格斗刀，确认它们都处于随时能够派上用场的状态，"而且不止一头。这种严重撕裂的双重爪痕应该是镰刀怪的撕抓攻击的杰作，而这种咬痕……恐怕是中等大小的黑兽。"

嗯，拜战后对罗迪尼亚大陆的再开发所赐，现在的年轻人恐怕已经对"异兽"这种东西有点儿陌生了。但是，在我年轻的那阵子，这些满世界活蹦乱跳的玩意儿可是货真价实的超级公害。按照联合军政府的那些权威生物学家的定义，"异兽"这个概念指的是一切对人类怀着不正常的特殊敌意，而且具有远超出普通野生动物的攻击性的生物。从喜欢借着夜色掩护四处游荡、悄无声息地潜入民宅将人们杀死在睡梦中的黑兽，到几乎完全透明、借着清晨的云雾用剧毒触手袭击目标的漂浮怪，甚至是偶尔会毁灭小型船只的"克拉肯"，全都可以归入其中。虽然普通野兽也会造成麻烦，但"异兽"们不但拥有高度特化、几乎可以媲美军用武器的攻击性器官，而且还专门以人类为攻击目标。

对于这些不可理喻的畜生的来历,那些专家们提出了一大堆截然不同的理论。有不少人相信,这堆理论的主要意义在于为他们提供充足的理由骗取研究经费,顺便堂而皇之地在年度学术会议上互相揪胡子、扔墨水瓶缓解压力。

当然,我对这些理论一点兴趣都没有,因为我从没试着主动对付"异兽"。毕竟,比起吃力不讨好地和这些畜生大打出手,我完全有一百种更好的方式为全人类的幸福奋斗。

"不过咪咪还是觉得很奇怪,"在将两具被巨大的爪子开膛破肚的尸首塞进草草掘出的墓穴后,咪咪说道,"真浪费,而且太多了。"

"浪费?太多了?!你是说——我明白了。"我愣了一小会儿,随即理解了她的意思。没错,缺乏军队和地方警备队保护、规模很小的法外人聚落确实经常遭受流浪的"异兽"袭击,但归根结底,"异兽"只是一群动物。不同种类的"异兽"很少一同出现,它们通常也不会杀死自己吃不完的猎物,更不会将大量鲜肉就这么弃之不顾,这和见到甜食就会一个劲儿地买下来、一点都不顾到底能不能在过期之前把它们吃完的咪咪完全……"呜噢噢噢噢!喂,我、我明明什么都还没说耶!"

"但阿德你刚才的眼神已经说了哦!"猛地在我脸上抓了一记的咪咪气鼓鼓地答道,仿佛她才是那个受害者似的,"阿德刚才贼兮兮的笑容只能说明一件事:你肯定又在嫌弃咪咪每天闹着要吃好东西了。"

"才……才不是呢!"我口是心非地答道,"算了,先不谈这个。罗蒙诺索夫博士,你觉得我们今晚应该待在这里吗?这儿的情况看上去……有点不对劲。"

"我明白。"历史学家点了点头,"从理论上讲,这里确实不太安全。"

"所以……"

"但你认为,在这外面过夜就一定更安全吗?"

好吧,确实。

3

虽说那些死状诡异的尸首确实会让人感到心神不安,但当大伙儿安葬完死者,用反步兵定向雷、装有绊索的照明弹发射器和红外探照灯构筑起夜间环形警戒线,并把藏在定居点地窖里的腌肉、酸菜和水果酒取出来后,这个刚刚发生了惨剧的地方竟然又洋溢起了节日般的欢快气氛。那些年纪太小、完全不知道发生了什么事的孩子围绕在熊熊燃烧的篝火旁,被栗子的零食和咪咪的滑稽表演逗得欢笑不断,甚至还有人仿效着咪咪的样子笨拙地扭动着身体,用走调的稚嫩嗓门唱起了我从没听过的曲子。

一切看上去一派祥和,祥和得让善良的我有些心疼。

"呃,那个啥,我们就这么瞒着他们,这样好吗?"本着一贯的良知与责任心,我在离孩子们足够远的地方悄悄地问罗蒙诺索夫。

历史学家无所谓地摇了摇头,"没什么不好的。毕竟,就算我告诉他们事实,也没法让那些倒霉的伙计活过来,只能徒增悲伤和痛苦而已。我不是耶稣,这里也没有拉撒路——而且我可以保证,拉撒路其实没有活过第二遍。"

"拉……你说啥？"

"算了，这不重要。"历史学家答道，"幸运的是，这些孩子都还很小，很容易忘掉某些不愿意记住的事儿——现在让他们开心，总比让他们不开心强。以前在地球上，也有个人总是对我说：'吃吧，喝吧，开心点。因为我们迟早都会死。'我觉得这其实也挺不错。"

"后来呢？"

"后来？那家伙做了法老的维齐尔①，设计了第一座金字塔，还被从孟菲斯到底比斯的医生们当成了他们行业的保护神——喏，那可真是个有趣的家伙。不是吗？"

我耸了耸肩，暂时停止了这段让我有点摸不着头脑的对话。虽然我不大明白罗蒙诺索夫说的事儿，但至少，让小孩子们别太难过总是好事。比一大群需要照顾的小孩更可怕的，大概就只有一大群哭闹不停、需要照顾的小孩了。

不过话说回来，在幸存者中，也有一个已经不能简单称之为"小孩"的人。

"对了，那个……女孩呢？跑哪儿去了？"我突然想起了这档子事。自从我们抵达这地方之后，那个一言不发的女孩就一直像传说中的背后灵一样死死地瞪着我，但奇怪的是，当我突然想起她时，她却已经不见了。

"她啊？刚刚去睡了。"正一边喝着这里的居民慷慨留给我们的苹果酒，一边神色凝重地盯着篝火的平娜说道。她的跟班德尔塔正捂着脑袋，像只被猫吓坏的耗子一样蜷缩在她脚边——这浑蛋刚才居然试着给那些孩子们喝酒，结果立即遭到了铁掌惩戒，"她说自己不太舒服。"

---

① 维齐尔是古埃及古王国、中王国及新王国时期侍职于法老的最高层官员。

"咦咦？她肯开口了吗？她还说了些什么？"

"她说她的名字是'可可'，除此之外就不肯多说半个字儿了。我猜，全家人和左邻右舍全部被害，对这个年纪的孩子来说，肯定……非常可怕。"平娜突然伸手擦掉了从眼角流出的一颗泪珠。看来，就算是像她这样心肠冰冷，浑身是刺儿的家伙，有的时候也会表现得更像人类一点儿，"对了，话说回来，这几年你的变化也挺不少的。当年你突然退出战斗部队现役之后都发生了什么事？你是怎么和栗子她们混在一块儿的？"

"变化不少？嘿嘿，那个，我，我觉得我没什么变化啊——无论是过去还是现在，我都一直在为人类的幸福、为正义与公平而不求回报地奋斗，豁出一切保护老弱妇孺和一切没有自保能力的无辜者，与万恶的敌人们以死相拼。我的这份……啊！你、你干吗揪我的脸?! 快放开！当心我回据点镇之后，向军团司令部指控你性骚扰哦！"

"少糊弄我，阿德南·阿卡迪亚·奥雷利安努斯，我知道你以前是个什么样的家伙——别忘了，我们可是在同一个机械化快速反应连队里一起待了九个月哦！"平娜一边用力揪着我的脸颊，一边语调严肃地说道，"我知道那时候的你……而且那时的你绝不是这个样子的。"

"呃?"

"你以前绝对不是这种……吊儿郎当的鬼样子，这我比谁都明白。"或许是总算拿我那漂亮的脸蛋出够了气，平娜放开了手，朝我耸了耸肩，"虽然你那时候也整天念叨着什么'为人类的幸福'，什么'拯救世界，精忠报国'的话，但我能感觉得到，你那时起码是真心相信这些东西。而不是……"

"你是说，我现在是假装在精忠报国咯?"我装作不高兴地反问道。

"你……算了,总之,你那时候为什么要主动选择退出军团的战斗部队?后来的那两年又去了哪儿?是你家里出事了吗?还是遇到了什么变故?为什么你会选择加入义勇军?还拉起了自己的队伍?明明当年你最不喜欢的就是和其他人合作了!你从来都没告诉过我——"

"这个嘛……也许我只是想换个方式效忠人类,履行我的职责而已?"我一边揉着被揪肿的脸,一边打着呵欠,"这很奇怪吗?更何况,栗子那家伙是自己找上我的。我只是因为强烈的同情心和作为一个男人的责任感,才……唉唉,你那是什么眼神?我、我说的'责任'可不是那个意思!"

"呃,那看来是我想太多了,请继续说。"

"我是在差不多两年前遇上栗子和咪咪的,她俩也都是法外人的后代,祖先来自新谢米列契斯坦一带。"我稍微花了一丁点儿时间检索了一下脑子里的记忆,然后解释道,"至少,当我在荒角镇附近的废墟遇到她们时,栗子是这么告诉我的。"

"她们的家人也都被杀了?"

"更准确的说法是,她们是被自己的聚落赶出去的。"我耸了耸肩,"原因出在咪咪身上——在小的时候,她的精神似乎极其不稳定,而且在制造破坏方面很有天赋,这让聚落里的人们怀疑她被'邪灵附身'了。虽然她的母亲极力反对,但在一次导致了另一名孩子重伤的悲剧性意外之后,她还是被放逐了。栗子是正常人,但因为放心不下自己的妹妹,所以也一起离开了聚落。顺便说一句,栗子据说是被收养的孤儿,和咪咪并没有血缘关系。"

"这么一来,那位小姐的某些……问题也就可以解释了。"伊斯坎德尔·罗蒙诺索夫点了点头，在干冷的夜风中，我闻到了他身上传来的桂皮和山茱萸的淡淡味道，"在黄金时代，我们的祖先对人类遗传信息库的无责任操纵……呃……并不只局限于像我这样的情况。"他扯了扯自己的齐腰银色长发，有些无奈地说道，"对于'更加优秀的内在'的某些不切实际的追求在许多殖民世界中也屡见不鲜。虽然那些家伙在消除先天性精神病和遗传性脑组织病变方面的成就值得赞许，但也留下了一些……很糟糕的远期影响。尤其是当遗传学知识在世界上逐步失传，人们再也无法弄明白自己的祖先赋予自己的基因到底意味着什么之后。"

"哦?"

"我在旅途中见到了很多被这些灰色的遗产所困之人。"历史学家说道，"在一个部落里，人们崇拜一个能够迅速进行极大数字的四则运算的人，认为他是'智慧之神'，而那人甚至连自己穿衣服都不会;在另一些地方，有着精明头脑和先天反社会人格的家庭组成的地下团伙持续好几年实施着残酷而无必要的犯罪;我还见过有着十二个不同人格的高度精神分裂者，那家伙在前一刻还举着花束追求我，下一秒钟就斥责我是'狐狸精'并试图捅我一刀。相比之下，咪咪的情况还不算太差。"

"没错，但她还是没法一个人生活，"我说道，"所以栗子不得不陪着她住在荒角镇一带。那儿是商队经常出没的地方，附近也有不少新谢米列契斯坦人的农田，她们就这么东偷一袋面粉，西偷几个土豆，凑合着活了下来，直到那天栗子趁我睡着，试图把我的口粮、弹药连同'走为上号'一起偷走为止。当然，也正是因为这件事，我注意到了她们的个人才能，咪咪姑且不说，就算是栗子，也只是偷看两遍之后，就记住了半履带装甲运输车的驾驶要领……呃，当然，我之所以收留她们可不是为了利用她们，真的！那纯粹是因为我的良心和对人类的爱！我发誓！"

"好好好，我明白了。怪不得栗子总是一副对你有些亏欠的模样。"平娜摆了摆手，"不过话说回来，聚落里的这些小孩子该怎么办？"她压低了声音，有些担忧地朝着正与栗子和咪咪玩得非常开心的孩子们那边瞥了一眼，"如果是可可那种年纪的，应该已经学过基本的战斗技巧和生存知识了，和我们一起走也无妨。但这些孩子必须被送回安全的地方找人收养……"

"这不是太大的问题。"罗蒙诺索夫挠了挠他的长发，"就算是阿尔-萨尔特丘陵这样的地方，法外人的聚落也不止一个两个。虽然其他几个稍微有点远，但好几天没有这里的消息，他们肯定也意识到了些什么。说不定我们再多待一两天，这些聚落就会派人来联系了。到时候我们把孩子交给他们便是。"

"呃，前提是他们真的会派人……阿德阿德，快看！还真有人来了！"平娜的话刚说了半句，就突然指向了我的身后，"没想到这么快！"

"少开玩笑唬我。"我一边嘴上这么说着，一边朝着她指出的方向扭过了头。毕竟，活动活动脖子上的肌肉不会对我造成什么损失，而且我也确实希望能赶紧有人来接手这个麻烦的摊子。

但出乎我意料的是，那里真的有一个人。

4

有些时候,我总觉得命运之神似乎特别喜欢从我身上寻找某些特殊的乐子。对于绝大多数人而言,倒霉无非只有两种情况:在走投无路的情况下一步步走上他们不乐意走的下坡路,或者一不留神就直接一脚踩空,然后跌进无底深渊。但不知为何,我的倒霉却往往是第三种模式:在莫名其妙地摊上一大堆麻烦之后好不容易看到了一条明路,结果在迈出双脚之后才注意到旁边插着块"水泥未干"的牌子。

这回也不例外。

"太好了!有人来了!"见有人来到这里,平娜的跟班,那个缺乏信仰、贪生怕死、卑劣无能的德尔塔第一个欢呼了起来。虽然我也很高兴有人能来接下这个烫手山芋,但他如此激动的表现仍然充分表明了他的公德心极度低下,"喂!那边的!我们这里有几个小鬼要拜托你们——"

"别过去,蠢货!"我一把揪住了这个呆瓜,"情况有点不对。"

"没错。"平娜说道。纵然她并不具备我那无与伦比的警惕性,但也注意到了这种情况的诡异之处:在这种暮色四合、伸手顶多还能见个五指的时候,怎么会有人独自外出?而且没带任何照明工具! 他又是怎么避开我们设在外面、用带绊索的照明弹制成的警报陷阱的? 更重要的是,这个人……我好像在哪儿见过……

"阿……阿德,那、那不是之前死在村里的人之一吗?!"在举起自动手枪、用挂在枪管下的战术手电照亮了对方的面孔后,平娜的脸色顿时变了——那是一张没有血色、没有表情,更重要的是,没有下巴的面孔。就在不到两小时前,我和她才把这个被某种巨大异兽拍飞了下巴的男人用一块从塔楼里找来的破布包裹起来、扔到孩子们看不到的地方掩埋好,而现在,那层破布仍然纠缠在男人的双腿上,上面还沾着许多蓬松的墓土。

事实上,这个可怜虫压根儿没有用他的双腿走路,而是双脚悬空地飘浮在空中!

要是换成寻常的那些意志不坚、缺乏科学思想的家伙,这时一定已经尖叫着"鬼"或者"幽灵",像受惊的猫一样哭爹喊娘地四散逃窜了。但作为一个有着钛合金装甲板般坚固的勇气和信念,并抱持着比贫铀穿甲弹头还要无坚不摧的唯物主义精神的历劫不磨之士,我自然是不会这么做的——虽然我或许大概下意识地惊恐了那么两三秒钟,但多亏了平娜的战术手电,让我迅速意识到了这到底是怎么回事。

我从腰带上的枪套中抽出了那支傀儡制造的激光手枪,朝着那个耷拉着舌头的可怜男人头顶上大约五米的地方开了一枪。

一大团火焰就像节日里的烟花般在原本一片黑暗的夜空中炸了开来。

"呀啊啊! 有漂浮怪!"

随着爆炸的火球照亮夜空,篝火旁的欢乐气氛也随着栗子的尖叫而顿时化为乌有。对于常年在荒郊野外搏命的资深义勇军成员而言，"漂浮怪"这个词所能激起的恐惧、厌恶与不安甚至足以和"恐惧之翼""基路伯"或者"踩躏者"相提并论。没错，漂浮怪并不是最强大、最难缠、最凶狠的异兽，事实上，它们脆弱而充满氢气的躯体只消一发曳光弹或者一束高能激光，就会变成一团肮脏的焰火。但是，这并不影响它们成为义勇军圈子里俗称的"新手终结者"——毕竟，虽然脆弱而缓慢，但漂浮怪那透明的躯体可以保证它们在夜间几乎隐形，而热像仪同样无法捕捉它们的身影。尽管除了最简单的神经系统外，这些生物甚至连真正意义上的大脑也不具备，但这并不影响它们悄无声息地靠近目标，并用那些诡异的胶状触手捕获并绞杀猎物。对于那些在野外毫无防备地露天睡着，又恰巧遇上漂浮怪的年轻人而言，运气好的时候，他们会被活活勒死，然后吃掉；而运气不好的时候，他们会被悬吊在空中，然后在感官清醒的状况下被注入好几百毫升的消化液，最终眼睁睁地看着自己变成一堆活像是炖过了头的油身鱼的糟烂之物。

不过万幸的是，对漂浮怪而言，活人和尸体并没有什么区别。而更幸运的是，我们当时似乎把这具尸体埋得太浅了，以至于它可以直接用触手将其掘出。若非如此，正专注于讨论聚落里的事儿的我们很可能会被打个措手不及……虽然现在的情况也不乐观就是了。

毕竟，漂浮怪很少单独行动。

"这里也有！让孩子们到车上去！"这是艾琳的声音。虽然我不确定到底是哪个她，但无论是哪个，在这种情况下都应该能做出正确的判断，"咪咪！栗子！注意上面！"

又一个巨大的食肉氢气球被曳光弹中的金属发光剂点燃、

起火、爆炸，接着，另外一个也被激光变成了可怕的火球。一时间，原本冷清得令人害怕的夜空开始变得热闹非凡，而爆炸的火光又顺带照亮了其他漂浮怪，让接下来的射击变得轻松了许多。

"这些东西……也没什么大不了的嘛。"在我打光激光手枪能量电池所能支持的15发全功率射击，开始更换备用电池时，德尔塔那家伙突然说道，"如果只是这点儿麻烦，倒是挺不错的热身运动。"

"喂，你可别乌鸦嘴啊，万——"平娜正要劝告这家伙，却突然发现这场烟火大会中似乎混入了什么不同寻常的东西。在漫天爆燃的橘色火球中，一道幽绿色的火光突然拔地而起，并在夜空中炸散成了无数细碎的光点。

有什么东西触发了我们设在外面的警报照明弹。这显然不可能是漂浮怪干的。

所以我就说别乌鸦嘴啊！

第七章

夜间大混战与可可的秘密

1

"噫啊啊啊啊啊啊啊啊啊——"

"呜嗷嗷嗷嗷嗷嗷嗷嗷——"

众所周知,为了保护他人,尤其是无力自卫的未成年儿童而英勇奋战是件非常严肃而庄重的事儿,特别是当我这种英雄人物参与其中时,但不幸的是,总有那么几个不看氛围的浑蛋会做出脱线的举动——比如平娜身边那个在任何方面都比不上我百分之一,而且也完全配不上她的浑球儿。当那个巨大而有力的黑色身影越过聚落外的尖头栅栏,突然落在这家伙身边时,他不但被吓得忘记了开枪射击,而且还发出了一阵极其难听、令人恨不得现在就把这个懦夫踩在脚下暴打一顿的哀号声。

说实在的,这可真是给我们丢人现眼。

但……似乎也不是没用?

虽说异兽们凶悍残暴,个个都恨不得把我们剁了当馅饼的肉馅儿的主(呃,好吧,其实似乎没有证据证明它们能做馅饼,而且大多数异兽也倾向于在实际操作中省掉剁肉馅儿这一步骤,不过这不重要),但无论任何,它们并不像傀儡战士那样具备战斗纪律与军事技术,而只不过是一群野兽。毋庸置疑,德尔塔突然爆发出的绝望惨叫显然让那头肌肉虬结、活像是古地球传说中的凶恶罗刹般的怪物大吃了一惊,这家伙先是退了两步,随即发出了比德尔塔更加凄惨的嚎叫声。

这到底是在闹哪样啦?!

算了,无论如何,德尔塔那浑蛋确实替他自己争取了一点儿时间。对于我那些军事素质过硬、值得信赖的同伴而言,这些时间已经足够了:在那头黑兽改变主意、再度扑向德尔塔之前,一发大口径子弹已经打进了它的脑门……并且炸开了一块指尖大小的皮肤和骨头。

毕竟,黑兽的头盖骨比联合军配发的标准防弹头盔还要硬。这可是活见鬼的常识。

"咪咪,当心!"我举起刚刚换好能量电池的激光手枪,以全自动模式朝着黑兽猛烈开火——除了像咪咪那样有着超出正常人类的反应速度的特殊人才之外,就算身经百战如我,在面对这种敏捷的畜生时也只能用这种办法保证命中率。在一阵阵"滋滋"声中,空气被高能激光束脉冲电离了,至少有两道射束落在了黑兽身上,并在这家伙黝黑的皮毛上烧出了两个规则的圆洞、烤焦了下面的真皮层与肌肉组织。不过,除了激怒这家伙之外,这点儿伤害似乎并没有多少别的意义。我过去可是见过伤得比这重得多的黑兽仍然在死前挣扎着扑倒对手的例子,而且还不止一次。

但咪咪接下来的攻击就不同了。

在前两天没事瞎扯时,罗蒙诺索夫曾经告诉我,在古地球的东亚有句现在已经被人忘记的成语,叫作"骑虎难下"。但事实上,骑上未被束缚的大型掠食动物对一般人而言几乎毫无可能:因为这意味着主动进入它们的爪、牙或者别的掠食器官的最佳攻击范围之内,而寻常人类通常无望在这样的近距离格斗中胜过对方。但我也很清楚,"寻常"标准本来就不适合用在咪咪身上——事实上,我先前的射击仅仅是为了稍微牵制那畜生的注意力,而咪咪的攻击才是真家伙。

不是我夸口,但这种默契也只能存在于由我这么优秀的队长所统领的队伍里。

尽管遭到了牵制攻击,但如我所料,那头黑兽还是注意到了咪咪的逼近,并在刹那间猛然停下了朝我冲来的动作,转而一掌挥向了这个新的对手。基于经验,我很清楚这一击的力道有多强——就算穿着陶瓷护胸甲和塑料泡沫缓冲衬垫,直接吃下一记仍然足以让一个最健壮的成年人断掉不止一条肋骨。

不过话说回来,再强有力的攻击如果无法命中,那也就毫无意义了。

"呀——呼!"在避过势大力沉的掌击之后,咪咪将左脚用力蹬向地面、趁着黑兽本能地扭头咬来的瞬间攀上了对方的脖子,像传说中古地球时代的牛仔一样骑乘在这头畜生的背上。虽然黑兽拼命挣扎跳跃,竭力想要把这个不请自来的"乘客"给摔下去,但咪咪还是稳住了身形,并将"撕裂者"手枪抵在了这头怪物的第一节脊椎之上。

众所周知,这里是黑兽浑身上下最脆弱的地方,也是唯一可以用小口径身管武器将它一击毙命的位置。

"阿德阿德! 咪咪解决掉它了!"当被弹头切断脊椎神经的

黑兽像断线木偶般翻倒在地后,咪咪以一个足以让她入选职业体操队(当然,很不幸,这种组织在大战爆发后就不复存在了)的720度屈体前空翻从黑兽背上跳起、漂亮地落在了我的眼前,"怎么样?咪咪很有用吧?"

"没错,咪咪,你干得很棒!"我非常诚恳地说出了自己的想法,毕竟,我一个人可应付不来黑兽这样的东西。

"那这次咪咪总可以有冰激凌——"

"……那个,果脯面包呢?加焦糖的?"

"冰激凌!咪咪要冰激凌!阿德你不准骗人!"

"可是——"

"呜啊——"

多亏了德尔塔这小子的另一次惨叫,让我暂时避免了被越来越不开心的咪咪讯问的窘境。那家伙虽然没啥别的能耐,但在感知危险的敏锐度方面,有时简直和煤矿里的金丝雀不分伯仲。就在他开始狂号乱叫后不到两秒钟,另一个几乎完美融入了夜色的漆黑轮廓便如同凝聚成型的影子般出现在了咪咪身后,若不是德尔塔提前预警,正忙着和我吵嘴的咪咪很可能会在猝不及防之时被一爪拍断脊梁。

嗯,看来德尔塔那家伙确实不是没用。也许我以后可以拿个鸟笼子养着他,专门用来预测危险?不不不,现在可不是瞎想这些的时候。虽然咪咪在眨眼间就像跳舞一样敏锐而优雅地躲过了黑兽的几次猛烈袭击,但她的情况仍然不容乐观——由于忙于被动闪避,咪咪完全无法与对方拉开距离,而因为担心误伤,我和平娜都没法开火(至于德尔塔?我严重怀疑那个浑身发抖的家伙现在到底还记不记得自己手里拿着一支G-M激光卡宾枪)。这么一来,在速度和力量上都占有优势的黑兽仍然牢牢地占据着上风，而且时间每过一秒，这种情况就会变得更糟。

这下该怎么办？

虽然在广大义勇军成员中，我的战斗经验、战术水平和临机应变的能力都绝对属于一流，但很不幸，就算是我这样的优秀人才，归根结底也不是无所不能的。在考虑了片刻之后，我开始朝着停放着"走为上号"和"走为上二号"的聚落中心慢慢地退去。当然，这并不是要抛弃咪咪，我只是在按照基本战术常识行事：在设法支援其他人之前，先保证自己的安全才是最为重要的事情，至少……

"穆吉，贺尼！上！"

随着两道颇为醒目的电弧束在黑暗中倏忽闪灭，正打算给咪咪最后一击的黑兽发出了一声仿佛喉咙被噎住般的哀鸣，就这么倒地不动了。不到一秒钟后，那两道蓝色的电弧又亮起了一次——这一次，被放倒的是第三头试图依样画葫芦、利用黑暗偷袭我的黑兽。

"行了，至少这周围方圆两百码之内应该没有更多黑兽了。"当他的两台无人机助手开始迅速爬升高度，用从球状机体两侧伸出的袖珍机械爪简单粗暴地挨个戳爆空中那些残存的漂浮怪，让它们像炸碎的气球一样纷纷扬扬地飘落下来时，罗蒙诺索夫长长地呼出了一口气，"抱歉，但重启穆吉和贺尼的武器系统需要花点时间。它们前几天才进行了一次战斗行动，而且这几天晴朗时间不多，太阳能充电无法把武器系统的专用电容器充满，所以我只好把一部分次要系统的能量……"

"行了，这些小事我们可以晚点再讨论。"总算把差点从胸口里蹦出来的心脏又塞回去的我摇了摇头，"现在我们得确认这里是否安全。很少会有两种异兽一同行动的情况，尤其是黑兽，在正常情况下甚至不会有两只凑在一块儿。我怀疑也许会有更多的家伙出现。所以——呃?"

"你用不着怀疑了,少校。"就像是无常的命运打定主意要给我一个下马威似的,我的话还没说完,布设在聚落外的反步兵定向雷、照明弹和跳雷陷阱就已经接二连三地被触发了。爆炸产生的火焰、金属粉末燃烧的刺眼强光和乱飞的弹片与钢珠共同构成了一段不甚美妙的交响曲,顺带照亮了一大群我颇为熟悉的身影,"今晚肯定会很……热闹。"

所以说……我真该改改这乌鸦嘴的习惯!

2

众所周知(也许一年到头都蹲在新阿卡迪亚岛上的办公室里的某些官僚们确实不知道),所谓的"异兽"并不是对某一种生物的特指,而是对一大类对人类具有特殊的攻击性,而且本身也十分危险的牛鬼蛇神的统称。正如我之前说过的那样,这些牛鬼蛇神大多在食物链上的位置颇高,基于一游泳池不容俩凯门鳄的原则(呃,我记得那句古地球亚洲成语似乎好像是这么说的……吧?),它们平时要么单独行动,要么和自己的同类组成小群体过活,如果好几种异兽碰在一起,多半要打个你死我活。

但今晚的情况显然不属于那个"多半"。

除了那些已经被我们变成一团团"焰火"的漂浮怪,以及那三头奸诈狡猾、谋杀我们未遂的黑兽之外,在接连腾起的照明弹的协助下,我至少数出了五六种不同的异兽:其中有长得像古地球的鳄鱼与巨蜥的混合体、长着大得骇人的漏斗状嘴巴的"食尸兽",有拥有修长的锋锐爪尖、以狠毒的踢击闻名的青鳞鸵,有身躯扁平、锅盖状的外壳上全是可以随时发射(而且它们也相当乐意发射)的锋锐短刺的蛰伏怪,有令人望而生厌的喷酸寄居蟹……总之,都是些正常人绝对不想见到,不正常的人也未必想见到的鬼东西。

而且它们的数量还多得叫人恶心。

"救主领袖在上！我到底是招谁惹谁了啊?!"在用一连串短促的聚焦射击将激光手枪的第二块能量电池彻底榨干后,我一边装填最后一块随身携带的能量电池,一边自言自语道。虽说我这辈子似乎从来都只在干两件事:与逆境英勇地抗争,以及为下一场与逆境的英勇抗战做准备,但逆境逆成这样我还是第一次遇到,"所有人！到车里去！马上！"

"到……到车里去?"有些出乎我意料的是,在走出几步之后,平娜突然停了下来,朝着"走为上二号"停靠的方向指了指,"你是指……那个?"

"不然还能是哪个? 去火葬场的灵车吗?"我吐槽她。毕竟,就目前的情况来看,这么做显然是最合理的。虽说有我和我那些战力强悍、英勇无畏的伙伴们在场,我们并非了无胜算,但盲目地冒险并不是合理之举,更不能为全人类的利益增光添彩。相较之下,如果避开交锋、躲进"走为上二号"里,事情就会变得稳妥许多,就算异兽们再怎么厉害,我也不认为它们可以直接撕开一辆"基路伯"超重型坦克的装甲板。

"那聚落里的孩子们怎么办?"平娜直接反问,"明天早上你打算给他们办葬礼吗?"

好吧,看来是我错了,光是躲进坦克里恐怕并不像我想的那么稳妥。诚然,"走为上二号"厚达半尺,实际防护能力相当于半米厚钢板的复合式装甲确实能提供一些还算可靠的保护,但如果不能躲进去的话,这种保护就毫无意义了。而就算是用脚趾头想,也能明白,如果让我们队里的七个人藏在"走为上二号"里还算有可能的话,要在这么做的同时把七个孩子也一并塞进去避难就是绝对做不到的事儿了。而无论是已经被我改成敞篷式车厢的"走为上号"，还是那些简陋的石头建筑，都很难抵挡这么多畜生的攻击。虽说我们也可以试着把孩子们再送回那个地下室去，但没人能保证冲进村里的异兽会再次忽略那个地方。

当然，从理论上讲，我并不是不能把孩子们就这么丢下不管——按照联合军政府的法令和战斗条令，在没有特殊命令的前提下，任何人都首先应当选择保护自己而非他人。但我很清楚，平娜那个倔脾气多半不会容许我这么做。事实上，她到时候很可能提出让自己留在外面、换取一两个孩子能够得到庇护，要是这样可就糟糕了……

……呃，当然，我只是单纯地不希望抛弃任何并肩战斗的同伴而已，绝对不是因为如果平娜出了意外、我顺利拿到酬金的事儿就有可能遇上麻烦才这么想的！

就在我基于舍己为人、大公无私的情怀而进行着激烈思想斗争的同时，那些从不知"等待"为何物的异兽们已经突破了我们设在聚落外的层层防御手段，顶着迎面而来的狙击火力冲了进来。由于不像黑兽那样灵活得令人发指，也不能像漂浮怪那样悬浮在空中，大多数向村子冲锋的异兽都结结实实地吃到了不小的苦头——至少四五头不同种类的畜生被反步兵定向雷射出的金属风暴打得血肉模糊，还有几个走背运的浑蛋栽进了事先挖好的落穴式陷阱里，随即被里面的尖木桩戳得浑身是洞。我们的拦截火力，尤其是穆吉与贺尼的连续突击更是迅速解决了不少动作迟缓的倒霉怪物。而当"走为上二号"的两座自卫用遥控机关炮塔开始射击时，不少已经逼近我们的怪物更是顿时变成了四散飞溅的血雨。值得庆幸的是，之前围在篝火边的孩子们已经被艾琳带进了之前发现他们的那座石屋里，因此我倒是不必担心他们会看到这种少儿不宜的场景。

总而言之，在开始交战的前几分钟里，情况看上去对我们还算有利——最初发起冲锋的二三十头畜生几乎全都已经以不重样的方式倒毙在了聚落的围栏之外，后面扑上来的家伙也在源源不断地遭受同样的攻击。但问题是，无论是陷阱、定向雷、机关炮炮弹，还是我们的激光手枪的能量电池，数量都是相当有限的，而冒出来的异兽们却似乎无穷无尽。照目前的情况，再过三分钟……不，两分钟的话，我们可就真的会有大麻烦了。

"各位，我们最好先决定一下避难的顺序。"或许是意识到了这种令人不安的可能性，德尔塔那家伙突然用哀求般的语调说道，"如果没法让所有人都去坦克里避难，那就让剩下的人躲回地下室里去，至少……"

"地下室可没那么安全。"罗蒙诺索夫摇头道，"各位，异兽里有的是嗅觉灵敏的家伙。说实话，上次那些孩子们能够侥幸躲过，完全是因为他们的父母吸引了进村的畜生们的注意力，而浓烈的血腥味干扰了异兽的嗅觉。在目前的情况下，躲进那里的人的生存概率和被吃掉的概率……我想想，说五五开恐怕有点多了，四六开应该差不多吧。"

"我们就不能想办法赶走这些鬼东西吗？我是说，它们什么时候变得这么难缠，而且还这么擅长团队合作的？按理说，异兽不是被打死两三头之后就会自己逃跑的吗？"

"这我倒是知道某种可能性，从理论上讲，说不定……靠！穆吉，这边！"罗蒙诺索夫刚说了半句话，就惊叫着跳到了一旁。就在他忙着回答问题时，一只在混乱中悄然漏网的漂浮怪恰好溜到了他的头顶上，只差一点就能用那些满是黏液的触手上演一出精彩的浑水摸鱼了。万幸的是，历史学家的无人机助手及时赶到,并在下一秒钟干净利落地终结了这个透明怪物的性命。

"好极了!"我嘀咕道,"还有谁别的办法——唉?那是?"

"奇怪,那好像是可可!"平娜也注意到了。

在位于聚落边缘的一座洞穴式仓库出口处,一个身影正颤颤巍巍地跳过几头早些时候被炸死的食尸兽残骸,并朝着目前已经成为危险的交火区域的聚落边缘行动。虽然我无论如何也想不明白,为什么会有人在这种时候做出如此不啻自寻死路的举动,但考虑到那个叫可可的女孩从一开始就表现得很不正常,这倒也……不难理解。

"可可!回来!"还没等我考虑好下一步应该怎么办,平娜已经第一个冲了出去,更糟糕的是,罗蒙诺索夫也随即跟了过去。话说这两个家伙都不知道看准时机再表现自己的同情心吗?现在这种情况下,你们这样随便跑出去让我非常为难耶!

不过,既然他们已经这么做了,我也只能硬着头皮跟过去——作为一名义勇军战士,我的良心让我无法丢下自己负责保护的人不管。"咪咪,跟我来!"在打开头盔内置的短距通信器后,我迅速下达了命令,"栗子,掩护我们!"

"明白!"就在栗子跃跃欲试的声音从我的耳机内传出后不久,一连串瓢泼大雨式的机关炮弹就砸在了正朝我们扑来的一群青鳞鸟和食尸兽的脑袋上,像收割机割麦子一样放倒了它们。虽说"走为上二号"的主炮到现在仍然让我不知该拿它怎么办,但正如艾琳(或者更准确地说,机械师爱尔卡)所保证的那样,它的次要武器系统起码还是能派上用场的。

至少在它们耗光弹仓里的五百发弹药之前是这样。

"可可!可可,到这边来!那里很危险!"

趁着机关炮弹雨争取来的这点时间,平娜以一种伤残人员不应该有的敏捷迅速地穿过了遍地横陈的碎尸与弹坑,一把揪住了正稀里糊涂、跌跌撞撞地朝外走着的可可。"快和我回去!"

"不行!"可可的答复让她瞬间愣住了。

"啥?"第二个赶到的我问道。与此同时,拼命撒开那两条儿童式小短腿狂奔的罗蒙诺索夫和显然并不积极的德尔塔还被甩在后面二三十米外。

"我——不——回——去!"女孩用望向杀父仇人似的目光瞪了我一眼,然后把怀里的某个东西抱得更紧了,"让我走!"

"不行! 外面危险!"平娜硬揪着她,试图把这个执拗的女孩拖回去,"乖,只要和我们待在一块儿,你就不会受到任何伤害——"

"不行!"

"听话!"

"真的不行! 如果我回去的话,大……大家都会因为我而死的!"

"我们能保护所有人,相信姐姐!"

"不可能的! 你们也都会死的……都会死的……谁都保护不了……"

"为什么?"

"不为什么! 让——我——走——啦!"

虽然可可只是个瘦小得活像是一捆芦苇的女孩,但她挣扎起来的力道却大得像是条离了水的鲤鱼,甚至连平娜也没法在她不配合的情况下将她带回去。除此之外,不知为何,她的手中一直紧握着某个细长的圆柱状物品,死活也不肯松开。当我想要看个究竟时,还被她狠狠地打了一下脑门,眼前顿时冒出了不少不甚可爱的小星星。

　　"别磨蹭了！我们的时间不多！"见可可死活不愿意往回走，我不得不善意地提醒道，"再不快点回去的话——"

　　"阿德！那边那边！"

　　"呃？"听到咪咪的提醒，我立即在第一时间举起了激光手枪，准备对付袭来的异兽……但话说回来，朝我冲过来的这货好像不是异兽。事实上，它看上去非常眼熟……

　　在失去意识之前，我接下来的记忆大概可以用如下这几句话粗略地加以表述：

　　这是咋回事？

　　这玩意儿是怎么跑到这儿来的？

　　这可真痛啊！

3

我这辈子有过许多从意识模糊中悠然醒转的经历,大多数时候,这种经历发生的场合是酒馆的酒桌或者公会的卫生间,有时则是收容醉汉的临时拘留所,甚至是臭气熏天的垃圾堆。当然,我偶尔会在其他人的床上醒来——这些床全都是那些好心好意把我接回家过夜的朋友们的,而不是别的什么人的。

毕竟,像我这样素行良好、品行端正的人,可是绝不会有那些不纯洁的经历的。

不过话说回来,在那个充满了混乱、暴力与杀戮的夜晚,我获得的许多体验都是完全新奇的,其中就包括了在疾驰的车厢里被活活颠醒的经历。由于不远处发动机的热度,以及不断的颠簸磕碰在我身上制造出的种种不适感,有那么几秒钟时间,我还以为自己已经被某头庞然大物囫囵吞下,现在正在它热乎乎的消化道里展开人生的最后一段历险呢。

万幸的是,情况并没有糟糕到这个地步。

"嗯……啊,这是怎么回事? 我在哪儿?"

"说来话长。"回答我的是罗蒙诺索夫。就像往常一样,这位历史学家看上去颇为镇定。他的两台无人机助手正在他身边盘旋,从机体两侧伸出的多功能机械臂上盘绕着幽蓝色的电弧,"大致而言,我们目前正在您的专用座驾'走为上号'里,位于我们之前计划留宿的聚落西南方大约十五千米处……而且这一距离还在增加。"

"我们走了这么远?"

"你已经昏迷了半个小时了。幸好,根据穆吉刚才对你的检查,除了不算严重的软组织挫伤外,你没有什么大碍。"不知为何,历史学家身上似乎正在散发着类似酸苹果发酵的香味……这是心虚的味道吗?"那个,之前的事故真是不幸。"

没错。随着记忆逐渐回到我的脑子里,我勉强拼凑出了在那一团糟的几秒钟里发生的事儿:我们在"走为上二号"的机关炮火力掩护下冲出聚落,试图把正在稀里糊涂往外跑的可可带回来,结果我却被一个违章行驶的大玩意儿撞翻在地、当场失去知觉……呃,等等,当时撞飞我的似乎就是"走为上号"!

"是——哪——个——浑——蛋——开——的——车?!"随着最后一片记忆的拼图变得明晰起来,我的怒火顿时像被浇了一桶汽油的火炉一样爆发了:莫名其妙地被撞飞已经让人够窝火的了,还是被自己的车撞飞? 这是在给今年最佳笑话集征集资料还是闹哪样?!

"抱歉,是它开的车。"罗蒙诺索夫打了个响指,让他的无人机贺尼将一束光线投向了封闭式驾驶室的后部通风窗,"爪爪的自主学习程序虽然不错,但还不是很出色。不过就结果来看,至少情况还不算坏。"

"这是——"在望向驾驶室的瞬间,我立即狠掐了自己手背三下,又左右开弓甩了自己俩耳光。虽然我这辈子见过的奇闻逸事也不算太少,但拜托你们不要动不动就挑战我的理智底线行不行？为什么一只四尺高的熊玩偶会坐在驾驶座上开车啊啊啊啊？这到底是演的哪一出？童话剧吗？

"嘿，嘿，冷静点。"就在我竭力维持自己理智的同时，熊玩偶又对我的精神防线发起了重重的一击，"我是爪爪，你好。"

"好你个大头鬼啊！是你刚才开车撞我的对不对？你这垃圾场里滚出来的破烂玩意儿——"

"没礼貌，真是没礼貌。"熊玩偶一边用带爪子的双掌转动方向盘，一边答道，"我可是质量优秀的ABL-750智能管家机器人，虽然不具有严格意义上的智能，但我的控制程序足以让你这种傻瓜感觉不出我和人工智能的差别。能够在废墟里待上八百年还可以被一个外行人基本修复，足以证明我是黄金时代最伟大的科技结晶之一。怎么？你不服？"

"服你个头啊！"

"我从你的话语中分析出了强烈的不满情绪，"熊玩偶答道，"但很不幸，那次驾驶意外属于不可抗力。首先，你的这辆半履带装甲载具质量低劣，尤其是制动系统，老化严重且效率不高。万幸的是，动力系统的低效率部分抵消了这种麻烦。其次，我在36小时前才被修理到恢复基本功能的地步，多频谱光学传感器和测距仪根本没有得到合理的更新，而驾驶技术的学习本就不是我的长项。综上所述，在目前情况下，发生事故在所难免。抗议也没用。况且你不是也没死吗？"

"修……理？"我看了看熊玩偶，又看了看放在驾驶座一旁、和它的块头差不多大的那只双肩包——在之前的那些天里，罗蒙诺索夫一直背着这只背包，而且一有空就捣鼓装在里面的东西，很显然，他当时就是在修理这个倒霉玩意儿，"算了，我们现在要去哪儿？"

"当然是离聚落越远越好。"正站在"走为上号"唯一的一挺固定式机枪后警戒着的平娜说道。由于那只金属义肢活动不便，她现在的姿态颇为滑稽，但显然也没有别的选择。德尔塔那家伙把脑袋缩在双腿之间躲在一旁，似乎试图假装自己是只乌龟。可可则蜷缩在平娜的脚下，像一只受伤的小动物般呢喃着。至于罗蒙诺索夫……算了，他的身高压根儿够不着那件重型武器，"至于为什么，你问她吧。"

"可可？是她让你们这么做的？"

"……都……都是我不好，我不好……"蜷缩在平娜脚下的可可小声念叨着，"是我害了所有人……可可是坏孩子……"

拜托你说点我听得懂的好不好！

"算了，我来解释吧。"似乎是对这种打哑谜的做法感到有些厌烦，身上开始透出薄荷与胡椒的混合味道的罗蒙诺索夫冷不丁地拍了一下可可紧握着的双手，让她把藏在十指之间的某样东西露了出来——那是一个奇怪的圆柱状物体，大小和标准激光手枪的能量电池相仿，闪烁着一种特殊的、让人很容易感到"有什么地方不对"的幽绿色光芒。虽然我过去从没见过这东西，不过这并不妨碍我本能地对这玩意儿产生某些拒斥感，"你听说过报丧女妖的传说吧？"

我点了点头。对于这个故事，我倒还算有些印象：在孩提时代，很多人都曾从自己的母亲或者邻家的阿姨那里听说过，在很久以前，曾有一个女孩因为举止不良而被村里的人们驱逐，最终消失在荒野之中。而不久之后，一个半是骷髅、半是活人的女妖常常在夜里出现在那座村子附近，一边哭号，一边四处徘徊。在被人们几次目击之后，村里人决定驱逐这个女妖，却遇到了从黑暗中涌出的大量怪物，结果被全部吞噬殆尽……"那个……难道可可她……"

"可可倒是没问题啦，"历史学家摇了摇头，"那个故事本身也只是个荒诞的鬼故事而已。事实上，它的大部分内容都不过是对古地球时代的鬼故事的再创作，甚至还带有某些不必要的道德说教成分，以及对女性的鄙夷。不过，就算是这样的故事，也有其真实成分。在经过一系列调查之后，我有理由相信，所谓的异兽并不是自然演化的产物。"

"哦？"

"仔细想想，这并不难理解。"历史学家说道，"要知道，早在古地球的全新世初期，我们的老祖宗就已经对当地的一切陆栖动物形成了压倒性优势：人类具有组织与合作的能力，可以制订复杂计划，能够使用工具，这一切是动物不具备的。无论有多么强有力的捕食或者自卫器官，长得多么强壮，新石器时代开始后，动物们对人类都已经失去了胜算，就算偶尔有几个'暗夜'或者'幽灵'这样的例子，孟加拉国的不列颠政治专员们也曾在报告中提到某些案例……但大多数动物仍然会在自然选择压力下主动避开人类，而不是相反。换言之，习惯于对人类发起毫无意义的攻击的异兽其实并不正常。"

唉，虽然不少地方我都听不太懂，但大致的意思倒是明白了。"所以你认为，这其中另有隐情？"

"这是必然的——而且我们的祖先做得到这点。对于他们而言，改造遗传基因本就不过是家常便饭，而要让自己的造物产生一些在自然条件下不存在的特殊性状，比如在接收到某些特定信号后做出特定的反应，更是轻而易举。"历史学家点了点头，"根据我发现的记录，一些从黄金时代遗留下来的特制信标发出的信号能够将一定范围内的异兽召集起来，让它们聚集到某个区域——也许我们的祖先是为了方便管理他们的野生动物园才这么做的，又或许这是为了便于组织围猎或者其他消遣活动。但无论如何，这种信标的存在正是报丧女妖传说的来源。"

"好了，我明白了。"我说道。作为一名久经历练的义勇军战士，我那经过无数次锻炼的优秀推理能力足以让我自行为这个故事凑上剩下的拼图：很显然，可可大概是通过某种渠道捡到了那个东西、并且将它启动了，随后，被这玩意儿引来的异兽杀死了聚落里的全部成年人，只留下了当时侥幸隐藏起来的孩童。在我们抵达后不久，那玩意儿又一次运转起来、并引来了袭击聚落的那些怪物，万幸的是，可可及时意识到了情况不对、并试图把这个灾难之源带出村子，于是才有了先前的那一幕……"那么，你其实已经猜到了这些事，博士？所以才在那个时候让你的破烂绒毛玩具把我的车开出来？"

"虽然艾琳或者栗子的驾驶技术要高明得多，但她们需要留下来保护孩子们。除此之外，如果没有装甲车的掩护，我们恐怕会在保护可可脱离危险的过程中遭受伤亡。"罗蒙诺索夫答道，"由于当时情况紧急，所以我只能让爪爪这么做。毕竟，既然知道了异兽是为什么而来的，那么要解决这档子事就容易多了。我们只需要把引来它们的东西带到尽可能远的地方扔掉，然后绕路回去，那些家伙就不会再来打扰聚落了。"

"敢问这个'足够远'指的是？"

"根据我的估算，十千米是基本安全距离。但出于谨慎考虑，二十千米算是比较保险的。"

好主意。如果能把这东西直接扔到我的仇人……啊不，扔到人类文明的敌人的家门口肯定会更加令人心情舒畅，但可以让那些畜生安静地滚蛋，也算是好事一桩。不过话说回来，自从接下这份工作之后，我似乎就没遇到过这么顺利的事儿，现在的情况如此顺风顺水，反而让我感到了几分不安。

"喂，"我挠了挠脑袋，"你们确定这计划没问题？"

"当然没有。"罗蒙诺索夫身上飘出的令人放松的玫瑰花与香草味儿表明，他这话是认真的，"首先，根据贺尼的定期侦查，在'走为上号'冲出聚落附近的包围圈后，那些畜生就全都跟在我们后面追了上来，这说明我们的推断基本正确；其次，虽然你的这辆车确实该好好修修了——尤其是那该死的悬挂系统——但它仍然能维持五十千米的时速，足以确保就算是黑兽，也无法在长时间追击中赶上我们；最后，根据我手头所有的地图，我们目前选择的道路离阿尔-萨尔特盐湖周边足够远，应该不存在一不小心陷入沼泽的危险。"

"嗯，那倒是好事。"我正想长出一口气，却突然想起了另一档子事，"不过话说回来，燃料的情况怎么样？我没记错的话，'走为上号'上次加注燃料还是在我们穿过高门隘口之前……"

"不必担心，"正在开车的熊玩偶答道，"根据您的车辆的仪表显示，我们的燃料非常充足。"

"充足？有多少？"

"差不多是满的，而且还在越来越满。"

4

"越来越满？唉……不会吧？"在稍稍思考了大约一秒钟之后，我突然想起了一件微不足道的小事。这件小事虽然微不足道，而且本不该造成太多的麻烦，但在眼下……那个啥……

"怎么了？你吃坏肚子了？抱歉我们现在可不能停下让你方便哦！"罗蒙诺索夫注意到了我的表情的变化，"那些怪物就在我们后面不到五百米的地方，如果停下来太久……"

"不是肚子的事啦！"我告诉他，"是燃料表的事。我刚刚想起来，一年前，我曾经更换过'走为上号'的燃料表——那时我的小队还在第三军团的地盘上讨生活，你也知道，那儿的义勇军里有不少手脚不干净的家伙。就算你把车锁得严严实实，他们也会把燃料箱里的油给弄走。为了避免被惦记上，我让栗子给燃料表做了点手脚，如果加满的话……"

随着一阵颤动，"走为上号"的发动机突然开始哀鸣，接着，它的行驶速度显著地慢了下来。"奇怪，燃料表满了，"那只浑蛋布偶说道，"但发动机的转速在迅速下降，无法理解。无法理解。"

没错，这家伙当然无法理解——毕竟它自己也说了，它"不具备真正的智能"。不过,具备真正的智能的我倒是完全可以理解这是怎么回事。于是,在进行了一番思考与推演之后,我言简意赅地说出了自己的感受。

"我靠!"

第八章

正义的朋友与信标的秘密

1

眼睁睁地看着死亡降临是什么样的感受？

作为一位充满了乐观主义精神、时时刻刻以昂扬的斗志和坚定的决心面对未来的义勇军战士，我平时从不考虑这个问题。毕竟，正如某位古代英雄教导的那样，死亡并不可怕，无法完成职责才是最可怕的。在我的想象中，我的死亡也许是在一片混乱中被一枚乱飞的弹片击中，也许是在一次最为壮烈的冲锋中如同一位真正的英雄一样在最后一刻中弹倒下，当然，就个人情感层面而言，我也并不反对老死在床上这个选项（当然，最好是在可爱的年轻妻子和更可爱的女儿的注视之下）。但直到今晚之前，被一大群畜生扑倒在地，然后惨遭生吞活剥这个选项还没出现在我的预料范围之中。

照目前的情况来看，它大概很快就会变成现实。

"我说，我们就不能想点别的办法吗？"在"走为上号"开始明显地减速之后，我拍了拍伊斯坎德尔·罗蒙诺索夫的肩膀，又指了指被可可握在手里的那东西，"比如说，把那玩意儿扔一边去？"

"没用。根据我所发现的记录，这类信标在吸引异兽时的定位并不非常……精准。从理论上讲，在以最大功率启动之后，周遭五十到一百千米内的异兽都会察觉到信号，而信标周围半径一到五千米的区域都可能成为异兽的攻击目标区。"历史学家摇了摇头，"这也是我不让穆吉或者贺尼直接把这鬼玩意儿扔出去，而必须亲自带走它的缘故：由于发动机的散热装置缺乏必要的更新零件，目前它们可持续飞行的最大航程半径不超过五千米，不一定能确保聚落的安全。"

"妙极了。"我懊恼地咕哝道。说实话，世界上最让人烦闷的事并不是意识到自己已经大难临头，而是在意识到大难临头的同时，却发现自己完全无法把这档子倒霉事儿归咎于除了自己之外的任何人。没错，虽然乍看之下，我可不是自愿落到这步田地的，但除了我之外，所有人都只是在当时做出了相对正确的抉择而已。当然，那只该死的熊玩偶算是个例外，但它自个儿说得很清楚，它"并不具备真正意义上的智能"，就算被我的那个白痴小伎俩误导，也是理所当然的事儿。

"该死该死该死！浑蛋浑蛋浑蛋！"在想明白这点之后，我索性自暴自弃地大叫着推开了一脸不知所措的平娜，接过了她手中的机枪。与此同时，随着可怜的装甲车的发动机耗尽燃料、彻底停工，我们终于被困在了黑灯瞎火的荒野之中。而在我们身后不算太远的地方，一群群五花八门的牛鬼蛇神正兴致勃勃地朝我们蜂拥而来，"你们所有人快走！这是命令！我留在这里拖延它们！"

"呜呀呀呀救命啊——"之前一直不肯吭声的德尔塔突然爆发出了一阵足以让报丧女妖都为之赧颜的哀鸣,随即第一个跃出车厢,没命地朝着一旁跑去,但其他人却全都待在原地,一点也没有离去的意思。

"我让你们离开!听到了没?"

"听得很清楚,"罗蒙诺索夫说道,"但我拒绝。"

"我们也是。"咪咪和平娜一同说道。

"啥?"

"我不做没有意义的事情——在目前的状况下,试图徒步逃跑本身就是无意义的。人类在徒步状态下根本跑不过大多数异兽,而你也没法光靠这东西抵挡住那些怪物。"历史学家拍了拍我手中的机枪,"至少,你不可能替我们争取足够的时间。"

"你只是想满足自己罢了,"平娜立即补了一刀,"我很清楚你这种人是怎么想的:你知道自己对目前发生的情况负有责任,因此希望在最后时刻表现一下你的男子汉气概,好获取一点虚假的安慰。"她用那只完好的手弹了一下我的后脑勺,"我可不会这么容易让你如愿以偿:你想在生死关头自己当英雄,让我们去做懦夫。这点小心思,我可不是看不出来喔。"

"咪咪也不会走的!"

"综上所述,我宁愿留在这儿——这样的话,至少我还可以在最后关头正派而光彩地进行一次自卫战斗。"历史学家打了个响指,两台已经处于战斗戒备状态的无人机立即激活武器,拉开了相互间的距离,准备投入战斗,"在别无选择的情况下,让对手付出尽量大的代价可是我的信条。"

"正好,我也这么想。"我飞快地用手背擦掉了从眼角流下的一丝温润液体,当然,这多半是因为太过疲累而流下的汗水,而不是眼泪。真的！随即将右手食指伸进了机枪的扳机护圈，开始估算起最佳的射击距离——虽然靠一挺机枪阻挡住这么多牛鬼蛇神不怎么现实，但俗话说得好，一切皆有可能。没准儿下一秒钟就会有一颗陨石什么的正好掉进这帮黑压压的鬼东西里，把它们……

咦，好像还真有什么东西从天上掉下来了。

在交战区内度过了这么长的刀口舔血的日子，我对于弹头或者别的东西与空气摩擦时所发出的啸叫已经相当熟悉了，无疑，刚才的声音只可能是中等口径火箭弹的齐射声，而且发射位置离这里大概并不很远。更重要的是，火箭弹的发射数量相当多，而它们的预计落点……

"哇哦……"

随着第一批满载高爆炸药和铝粉燃烧剂的火箭弹在兽群中起爆，刚才还气势汹汹地冲着我们追来的牛鬼蛇神们顿时被爆炸气浪接二连三地抛上了天。无论是丑陋的食尸兽、敏捷的黑兽，还是阴险的蛰伏怪，在这一瞬间全都像是惨遭坏脾气熊孩子暴力的塑胶玩偶一样脆弱不堪。而对于那些侥幸躲过了第一批打击的家伙而言，它们的命运也不过是在几秒钟后惨遭更多的火箭弹，以及接踵而至的迫击炮弹、枪榴弹和机关炮弹罢了。

人们都说，异兽在对人类发起攻击时是不知畏惧的。但作为生物，它们的生存本能在最后关头仍然压倒了强烈的攻击欲。随着兽群数量在铺天盖地的火力急袭中被消灭过半，剩下的那些头脑还算灵光的(或者更准确地说，还有"头脑"这玩意儿可言的)家伙立即开始四散逃窜，试图逃避制裁——但事实证明，这同样也是不可能的。在一阵仿佛无数愤怒的大黄蜂般的发动机嗡鸣声中，十多艘有着带有装甲的上层建筑的小型武装气垫艇排成了一个弧形攻击阵型,迅速越过泥泞的盐沼和坑坑洼洼的土路,对试图逃窜的怪物们展开了猛烈的攻击,机关炮、机枪和重型火焰喷射器的交错火力就像是夏末的骤雨般将这些生物接连击倒、撕碎、点燃,最后让它们变成一团团在原野中闷烧着的血肉余烬。

一切很快就结束了。

"啊,我不是在做梦吧?!我真的不是在做梦吧?!"我朝着咪咪伸出了脸,希望她能照例揪我一下,好让我能够确定我们是真的已经成功获救,而不是被自己绝望的头脑创造出的幻觉迷惑了。让我颇感意外的是,咪咪居然没有这么做——这个平素总是神经粗大到令人艳羡的女孩现在也像其他人一样圆瞪着双眼,一脸惊愕地看着眼前的"奇迹",看上去活像是中了传说中美杜莎的石化术。

好吧,虽然没人替我证明这不是个梦,但既然眼下的情况如此有利于我们,那把这当成现实似乎也没什么问题。于是,在经过这么一番无懈可击的推论之后,我心安理得地在车厢里坐了下来,还从一个只有我(也许还有艾琳)知道的角落里掏出了一瓶珍藏的苹果酒,优哉游哉地自斟自饮起来。

"阿德阿德!咪咪也要!"

"别,你最好还是保持清醒,毕竟我们目前的处境算不上完全安全。"我一边从积极得过分的咪咪手里夺回酒瓶,一边数落她。

"但我们现在明明已经安全了呀!"

"谁知道呢?毕竟我们可不认识这些人。保持警惕总是好事。"我摇了摇头。当然,这话其实只在理论层面上是正确的——虽说我们确实不认识这些突然冒出来的救兵,不过那些武装气垫艇我倒是认识，它们全都是第六军团控制区内的谢林工业联合的产品。换言之，这些家伙全都是货真价实的人类。光凭这一点，我们也基本可以将他们断定为友军。

……那个啥，应该是这样没错……

……应该是吧？

"喂，你们几个！"在最后一头异兽也变成一堆布满弹孔的烂肉之后，一辆气垫艇停在了动弹不得的"走为上号"旁。接着，一个穿着全套战斗装备的高大男人（至少从声音判断，那应该是个男人）从气垫艇一侧的武器操纵席上跳了下来，那顶带有锃亮的封闭式面甲和呼吸面具、包裹着整个脑袋的H-32型头盔让他看上去活像是只巨大的昆虫，"对，说的就是你们，不许动！"

"啊？"

"放下武器，都下车站好！"

或许是因为一时间脑袋转不过来，我们在稀里糊涂中居然全都照着这家伙的话去做了，就连罗蒙诺索夫的那只破烂玩具熊也从驾驶室里摇摇晃晃地爬了出来，举着爪子做出了投降的姿势。接着，我才总算意识到了问题所在："唉，等等，为什么要让我们缴械啊？"

"因为那些畜生根本没械可缴，也听不懂人话。所以我只能要求你们缴械。这不是理所当然的吗？"头盔男理直气壮地答道。

"说的也是……呃，等等，你白痴啊！我的意思是，我们可是人类哦，是友军耶！"

"友军？很抱歉，你们看上去并不像啊！"头盔男在面甲后哼了一声，"喏，你们有这个吗？如果有的话，那就确实是我们的人。"

　　"啥?"当头盔男举起那玩意儿时,我愣了一小会儿,然后才意识到了那个圆圆的小金属片到底意味着什么——说起来,我这还是头一次在这么近的地方、看到一个活人朝我出示这东西来着……

　　"唉嘿嘿嘿……各位,有话好说。"我努力挤出了一个与我纯洁无邪的内心最为相配的灿烂笑容,"那个啥……安东虽死犹生?"

　　"你不配说这句话。"在举起拳头之前,头盔男简明扼要地答道,"懦夫。"

　　接着,我的脸上就挨了重重的一拳。

2

　　或许是由于与我同车的人员全都是女性(德尔塔那家伙不知怎的没被逮住,由于长相秀丽,伊斯坎德尔·罗蒙诺索夫被当成了年轻女孩,而他非常聪明地没有拆穿这一误会),除了我之外,其他人并没有吃什么苦头。在把我们重新赶回车里、并安排一辆气垫艇拖拽"走为上号"的同时,头盔男一度对爪爪产生了兴趣,试图将它的"头套"给取下来,但最终以失败告终。对于这一事实,他只是摇了摇头,自言自语地宣布爪爪其实是个"奇装异服的不良儿童",而罗蒙诺索夫的"穆吉"与"贺尼"则被视为危险的不明物体,像上市出售的螃蟹一样被绳索捆了个严严实实,然后封进了一个上锁的锌皮弹药箱里。

　　接着,在气垫艇的拖拽下,"走为上号"又一次上路了。

　　"喂,你认识这些家伙?"就在我忙着用军用水壶里的那点剩水对肿胀的脸进行冷敷时,罗蒙诺索夫凑了上来,"他们是谁?"

　　"原来你也有不知道的事啊,博士。"我没有急着回答,而是感叹了一句,在今天之前,我一直觉得这名由我负责护送的历史学家似乎是无所不知的。没想到他也会有主动向我提问的时候。

"我当然会有不知道的事儿，事实上，我一直非常乐于承认自己的无知。"历史学家拍了拍自己小小的胸口，用几乎可以形容为自豪的语调说道，"只有在承认与面对自己的无知之后，我们才能有计划地将它变成'已知'——这就是科学。既然我在这片大陆上开展研究工作，那就证明了这里对我而言存在着巨大的'未知'，明白吗？"

好吧，说得不错。不过在这种时候和我说这个似乎没什么意义就是了。"好吧，其实那些家伙是阿尔-安东旅的人，这个浑蛋透顶的世界上的麻烦制造者之一。有些人甚至宁愿遇上异兽和傀儡，都不希望撞上他们。"

历史学家惊讶地咂了咂嘴："有这种事？他们是干啥的？强盗？黑道？邪教？还是屡教不改的萝莉控？"

"小妹妹？就算你是女性，而且是小孩子，这么说我们也是不应该的！"目前正与另一名同伙一起抱着自动步枪、坐在"走为上号"驾驶座里监视我们的头盔男开口道，"我们是堂堂正正的义勇军！为了人类的幸福、为了正义与公平，我们时刻愿意牺牲一切，肝脑涂地！正如圣安东曾做过的那样！"

"安东虽死犹生！"他的同伙条件反射般地附和道，"永生永生，永世永生！"

"阿德南少校，这些家伙真的和你挺像耶！"历史学家压低了声音，凑在我耳边说道，"他们怎么会不把你当自己人？"

"怎么说呢？那些家伙的某些……判断标准与我这种正常人不大一样。"我小声地说道，"阿尔-安东旅理论上确实是义勇军的一部分，而且我得承认，他们都是些正派人士——但你得知道，一旦一帮人正派得有些过头了，那也会让人非常困扰。"

"这我倒是了解一二。毕竟，在阿巴拉契亚以东的殖民地刚建立的那些年里,你如果打算和当地人和平相处,确实也挺麻烦的。"历史学家又说了些稀奇古怪的话,"那么,你的意思是,我们在他们眼里不够正派?"

"严格来说,安东旅根本不认为,除了他们之外,这世界上有什么正派的人。"平娜说道,"他们认定,各个军团和联合军政府不过是一群苟且偷安的懦夫,而绝大多数义勇军都不过是唯利是图的小贼与投机者。至于不上战场的普通人,更是被他们视为潜在的叛徒。在这个世界上,只有他们自己以及协助他们的那些人会被安东旅视为'自己人'。因为他们的老祖宗圣安东就是这么教导他们的。"

"圣安东……我倒是听过这个名号。他似乎在大陆南部是个很受尊崇的英雄人物,"历史学家评价道,"甚至在某些地方,他的名字与救主领袖被一同提及。"

"没错。在傀儡战争爆发时,圣安东和救主领袖——目前已经没人知道他们的真名———同在当时负责守卫首都的第一军团里作为中级军官服役。在大战之初,第一军团的几个旅被派往南方,对抗两支傀儡大军中的一支,并在贝达荒原遭到惨败,两人所率的部队都被打散,之后他们就踏上了截然不同的道路。"我回忆着孩提时代曾经听到过的故事。经过两个世纪后,知晓这个故事的人基本上已经仅限于安东旅及其支持者,外加那些因为各种缘故经常和他们扯上关系的人,"在对发生的一切进行了反复思考之后,救主领袖做出了一个艰难的决定:他决定不再抵抗傀儡,而是领导人们逃离他们。"

"有趣,不过我能理解,"罗蒙诺索夫点了点头,"许多时候,逃跑比应战更需要勇气。"

"救主领袖放下了武器,转而劝说人们从无法战胜的强敌面前暂时逃离,在之后的一年中,他聚集了数以千计的追随者,并制订了一项撤离计划——在日出城陷落、各个军团不得不四散撤退时,这些准备工作起到了很大的作用,大大减少了我们的损失。而圣安东则选择留在敌后,他组织了一群极端憎恨傀儡的人,对这些敌人进行袭击。虽然圣安东本人在不久之后就战死了,但他的支持者却越来越多,最后,他们组成了阿尔-安东旅——这个世界上最大、最激进的义勇军组织。由于常年在交战区活动,而且经常主动攻击傀儡,安东旅的伤亡率高得吓人,但总是会有不要命的家伙愿意加入他们。"

"两条不同的路,但很难说谁对谁错……"罗蒙诺索夫沉吟道。

"也许吧。但圣安东的信徒不这么认为:他们坚持认为,人类的未来只能依靠像圣安东那样的殉道者来保卫——这也是安东旅不待见我们的原因。当然,按理说我们和他们无冤无仇,大概也不会摊上太大的麻烦,我估计他们只是想调查调查我们了解的情况,仅此而已。"我挠了挠头发,"唉,对了,你不是历史学家吗? 为什么会不知道这么常见的故事?"

"阿德南先生,你得知道,所谓历史学,是一个涵盖范围极为广泛的学科,包括了一切已然发生的人类活动及其后果,而每一个相关研究者的专业领域,都仅仅是这个学科中的沧海一粟罢了。我的专门研究领域有两项:传说中的上古文明史,以及科技考古学,仅此而已。"罗蒙诺索夫伸出一根手指,在我眼前晃了晃,"所以说,我当然有可能在其他方面存在知识盲点。明白吗?"

我怎么可能明白啦!

"喂,你们几个,下来!"当"走为上号"和"护送"我们的气垫艇队在一处河谷旁停下后,头盔男和他的同伙立即粗暴地用步枪把我们赶下了车。

"虽然我很感谢你救了我们,但我现在必须对你们的粗暴做法提出抗议!"在下车后,平娜从迷彩大衣的衣兜里掏出了她的军官证,"看好了! 我可是由第二军团的军团长任命的正式军官,正在奉命执行公务! 难道发誓要和大敌斗争到底的勇士们就是这么对待自己的战友的?"

"就是就是,这可是公务哦。"罗蒙诺索夫连忙掏出了他的那份授权书,"看在总司令官和联合军政府的分上,我建议各位马上给这辆没品位的破车加满燃料,然后让我们离开。当然,如果能派十个靠得住的人替换掉某些不靠谱的家伙,那就更好了。"

"喂喂喂!'走为上号'可不是什么破车! 而且你刚才说谁不靠谱? 你给我好好解释——"我扑上去想要教训满嘴胡说的历史学家,结果立即被几名安东旅的士兵拽住了。

"公务?"头盔男接过平娜的证件和罗蒙诺索夫的授权书,透过面甲的目镜瞥了两眼,"这也许是真的。我就姑且假定你们没撒谎好了。"

"什么叫也许是? 什么是'姑且假定'啊?"平娜开始发飙了,"就算你们在交战区待了好几年、一直没和外界来往,联合军政府的印信和证件总该认得的吧?"

"是的,但这什么都说明不了。而且那个躲在和平的阿卡迪亚岛上发号施令的懦夫团伙也和我们无关。"头盔男对部下做了个手势,那些家伙立即将我们粗暴地推进了位于河谷边缘悬崖下的一座粗陋的预制板平房里,就连可可和爪爪也不例外,"有什么话,请直接对我们的指挥官说。"

好吧,虽然这家伙的态度不是很好,但把联合军政府称为

"懦夫团伙"我倒是不反对。更重要的是,至少他们看上去还愿意和我们交涉,这已经比我预料中的最坏情况要好得多了。

于是,我以最为自信谦和的笑容望向了坐在平房中间的一只三角矮凳上的指挥官。

"很高兴见到您,长官。"在瞥见那个留着一头灰白长发、穿着破旧毛皮大衣的中年男子的义勇军中校肩章后,我立即像模像样地敬了个礼,"第二军团特设义勇军分队的阿德南·阿卡迪亚·奥雷利安努斯少校向您报道。"

"好。"那中校心不在焉地把一只手抬到帽檐的高度,算是还了礼。就像这座营地里的其他阿尔-安东旅士兵一样,他的大衣、胸甲和帽子都已经非常陈旧了,显然好几年没有清洗过。布满污垢的衣领与帽檐边缘满是绽开的线头,胸甲表面可以看到明显的凹痕与刮痕,甚至连猪皮手套和带有金属护膝的裤子上也全是破破烂烂的小洞,隔着老远就能闻到一股机油与发霉皮革的味道。事实上,除了放在脚边的一支激光卡宾枪外,这人身上唯一的新东西就是挂在手工制作的帆布弹药带上的一串能量电池——这些东西显然是从某个被击毙的傀儡战士身上夺取的,"我是阿丹中校,很高兴见到你。"

哦耶,他说很高兴?那至少情况不算太糟!也许是我的人格魅力起效了!没错,像我这样浑身浩然正气、一看便知道是正人君子的人,本来就不应该被误会……不,现在还不是高兴的时候,我得先把情况解释清楚才行!"我们……呃,在被您的部下带到这里之前,我们正在执行一项由联合军政府委托的护送任务,却不幸遭到了一群异兽的袭击。万幸的是,就在那时,我们恰好遇到了……"

"这我都知道,事实上,这并不完全是个巧合。"阿丹中校摆了摆手,示意我不必再说下去,"是我命令C中队和D中队出击的。"

"你知道我们遇到了危险?所以才——"

"不,我只是为了对付那些该死的畜生而已。"阿丹说道,"在过去的几天里,阿尔-萨尔特丘陵附近的异兽出现了反常的活动迹象,它们突然开始不分种类地大规模聚集起来行动,并因此和我们的斥候小组发生了多起冲突,甚至造成了我们的人员伤亡。最重要的是,在丘陵西北部,一处与我们有一定合作关系的法外人聚落最近突然失去了音讯,在最后与我们联系时,他们发来了语焉不详的求救信号。这些迹象让我怀疑,这一带很可能发生了什么意外,我才下令让整个大队将营地移动到这附近,准备对此进行调查,结果却又遇到了一次更大规模的异兽反常聚集。"说到这儿,他突然打住了话头,"对了,你们看上去也是从那个法外人聚落的方向来的?"

"没错。"我说道,同时露出了与我纯洁无邪的心灵最为相符的诚恳微笑,"我们也不知道发生了什么情况,遇上这档子事对我们而言完全是个不幸的意外。"

"是吗?真可惜。我还以为你们会对这些畜生突然出现大规模反常行为的原因有些了解,"阿丹中校耸了耸肩,似乎有些失望,"毕竟,这可不像是自然现象。"

"没错,我也听说过那些传说,呃,就是报丧女妖啥的嘛。"我"嘿嘿"笑了几声,"不过,那应该只是骗小孩的传说吧?毕竟——"

"我不这么认为。也许你们这些一直躲在安全的地方、像地洞里的鼹鼠一样过活的家伙对此不太清楚,但事实是,确实有某些邪恶的手段可以让那些心怀不轨之徒召唤异兽,虽然没人知道他们是怎么做到的。"阿丹说道,"不过你们的出现看上去确实像是个巧合,那么……"

"中校先生,这并不是巧合,"就在我心里的一块大石头快要落地时,一个清脆的声音说道,"他们是坏人。"

搞啥?!

3

　　"喂喂喂，小妹妹，乱说话可是不好的！"在被无缘无故地指认为"坏人"之后一秒钟，机智的我便立即做出了反应，"你说谁是坏人呢?！"

　　"就是他。"怯生生的小女孩打了个寒战，但还是伸出一只小手指向了我，"他，他，还有他——"不断发着抖的可可又挨个儿指向了罗蒙诺索夫和其他人，唯独漏过了爪爪——看来可爱的熊玩偶对女孩子永远有着某种特殊的影响力，就算是这种无妄之灾，也无法波及它们，"怪物都是被他们引来的。"

　　"你是认真的吗? 小姑娘?"让我略感宽慰的是，阿丹中校似乎也不太相信可可的指控，"你凭什么这么说?"

　　"就是啊，你凭什么这么说? 虽然你的聚落里的大人确实都被异兽杀光了，在我们抵达聚落之后，也确实有一群怪物又来袭击了那儿，而且还一路追了我们好几十千米，但就算这样，你也不能随便——呜喵！"有着坦白癖的咪咪第一个跳出来试图摆事实、讲道理，结果很快后脑勺便被我打了一记爆栗子。

　　虽然那些都是真的，但拜托你别在这种时候一口气都说出来行不? 无论怎么看这都对我们不利耶！

"有趣,"阿丹中校点了点头,"我确实可以认为这些都只是巧合——但这巧合似乎也太过分了一点。"

"那个……唉……有时候人就是会走背运嘛。"我赶紧说道,"您现在也看到了,我们是一群坦率而诚实的人。如果要指控我们,至少得拿出点证据来吧?我能理解可可小姐因为失去亲人而陷入了巨大的悲伤,因此记忆和判断能力都出现了问题……"

"就是就是!虽然阿德平时又懒又馋,不会照顾人,睡觉老是打呼噜还超级大声,遇到危险就想第一个开溜,总是要我替他冲锋在前,而且还总是不肯兑现承诺让我吃到冰激凌,但他刚才确实说的都是实话哦!"不出所料,从来不知道"审时度势"这个词儿咋写的咪咪又跳出来给我添乱……不过算了,胸怀宽广的我当然不会在眼下计较这些事情。

"也对。"安东旅的指挥官点了点头,"这位小姐,既然您刚才指控您的这几位同行者,那么请拿出足以令人信服的证据来。我以阿尔–安东旅北方第二大队指挥官兼军法长的名誉向您保证,我们不会放过任何一个为非作歹之徒……但也不会容忍好人被他人构陷。"

"就是就是!"咪咪跟着起哄,"阿德真的可以算是个好人哦,至少不是太坏……呜喵!"

"拜托你别插嘴行不行?!"

或许是因为胆怯,在宣称我们是"坏人"之后,可可有好一阵子没能说出话来,但是,就在我以为一切就会这么过去时,这个总是像一只受惊的小动物般蜷缩着的女孩却战战兢兢地举起了一只手,将一直攥在手中的那支信标举了起来,"我有证据。"

"我以前听说过这种东西,也见过实物。"阿丹中校接下来的发言让我的脊背又凉了一点儿,"这就是传说中的'罪孽之杖'吗?"

"是的。"

"罪孽之杖"？那算是个什么见鬼的名字！算了,先不说这个。至少阿丹那家伙看来确实见过这玩意儿,而且多半也对这种东西的用途了解一二,这对我们可不是个好消息。

虽然从理论上讲,直接否认这东西是那个什么"罪孽之杖"、就这么设法蒙混过关也不是不行,但既然阿丹对这东西已经有了一点儿了解,那这么做就不太保险了。值得庆幸的是,这玩意儿已经不再像之前那样闪烁着令人不安的蓝光,这表明它多半已经回到了待机或者关闭状态,不会再继续招来什么大家都不喜闻乐见的玩意儿。"抱歉,请允许我插一句话,"我说道,"我承认这东西确实有可能是那些异兽被招来的原因,但光是它的存在并不构成证据——毕竟没人能证明我们中的任何人曾经使用或者持有过它。"

"就是这样！"伴着一阵淡淡的月桂香味,罗蒙诺索夫递给了我一个赞许的表情。说起来,自打我俩认识之后,这家伙似乎还是头一次用这种眼神看我,"中校先生。也许您可以质疑我们的身份,甚至是我们持有的授权书,但您既然是为了正义而战的义士,就应该明白坚持程序正义的必要性。如果您从那件被您认为是犯罪工具的物品上发现了我们的指纹或者生物信息,又或者有别的证据可以证明那件东西出自我们之手,那么我愿意接受您所认为的一切合适的制裁。但如果不能,还请您慎重地思考一下'正义'这个词汇的含义。"

啊哈,就是这个！基于这些年与各路神仙打交道的经验,我很清楚,像阿尔-安东旅这类组织里的家伙最吃的就是这一套。当然,像我这种正人君子自然也时刻坚持正义,但这些家伙对正义的偏执已经到了可以称为死板的地步。在很多时候,这种死板足以让心灵最坚强的人被活活逼疯，但在另一些时候，这种死板也能被设法利用，让那些不幸碰上倒霉事的家伙救自己一命。面对安东旅的伙计们，授权书、职位或者在阿卡迪亚岛上的后台通常毫无用处，但"正义"这个词儿却很可能非常好使。最重要的是，且不说在这地儿根本没有条件检测那些玩意儿，就算有，也只能证明我们的无辜，毕竟我们真没碰过可可的那东西。

"嗯……"如我所料，阿丹中校开始迟疑了。就是这样！只要再照这个路数发展下去，我们就能安然无恙地脱身了——到时候说不定还能搞到一些燃料和弹药作为赔偿！"我们现在确实没有办法采集这些证据，所以如果没有别的证据可以证明……"

"我还有！"可可突然说道，"我还有证据！"

开啥玩笑？

在接下来的几秒钟里，我飞快地调动着脑子里的每一点运算能力，试图找出这个"还有证据"到底会是哪门子证据，但即便聪明伶俐、思维敏捷如我，却还是百思不得其解。毕竟，除了那个惹来无数麻烦的信标，可可身上就没有别的能构陷我们的东西了，除非她的妄想症……

"我以我的灵魂与获得救赎的机会宣誓，这些人都是邪恶之徒。"

什么？

"小姑娘，你在开什么玩——唉？"我话刚说到一半，就意识到了可可到底打算说些什么。虽然在正常人更多、大家也更友爱和睦的北方没什么人知道这个，但我确实听说过，那些来自南方的圣安东信徒们有一种习惯：在许多情况下，以圣安东之名发下"灵魂之誓"也可以被用于代替证据，并得到采信。当自愿发誓者是柔弱的妇女和儿童时，这种誓言更是会被认定为事实。

"你确定要这么做吗？小姑娘？"

对于阿丹的问题，可可只是伸出了她的右手。

"好吧。"阿丹点了点头，示意他的一名卫兵前往屋外。几分钟后，卫兵将一个热气逼人的炭盆摆到了我们面前。在成堆燃烧的火炭上，三个核桃大小的铁球被烧得微微发红，让人光是看上一眼就会产生被烫伤的错觉，"请发誓。"

在走向炭盆之前，可可用极端憎恶的眼神瞥了我们一眼，仿佛我们就是这个世界上的一切不幸的源头。她单膝跪下，将一只手伸向了炭盆。接着，拿着一只大得夸张的火钳的阿丹走到了她身边，从炭盆里夹起了第一只铁球。

可可一把握住了那东西。

嗯，我得承认，虽然这辈子我见过的大场面着实不少，但这并不代表我就没有同理心。在可可握住烧红的铁球、皮肉烧焦的味道开始扩散的瞬间，我立即下意识地收紧了自己的十指，仿佛那要命玩意儿落在了我的掌心里似的。

"以我的荣誉与灵魂，以我获得救赎的希望起誓，"可可浑身上下都像遭到电击般颤抖着，仿佛遭到了极大的痛苦，但她仍然一字一句地说着可怕的话，"这些来到我的聚落里的人都是恶棍和凶手，是我们的敌人。"

呜哇！这太过分了！小妹妹，我们到底是有多大仇多大恨？！值得你这么对我们？！

"以圣安东的荣光与英名起誓，这些人都是杀人犯，是血管中流淌着毒液的魔鬼。"当第二个滚烫的铁球落入手中时，可可继续说道，她的汗水和泪水已经将脸上的灰尘冲洗成了一片模糊的色彩，嘴角在抽搐中被咬破了好几处，但即便如此，她还是在说着，"以人类的良心与永恒的道德起誓，这些人必须受到严惩,因为他们用黑暗的古代科技招来了最为邪恶的存在。"

惨了。真的惨了。

"作为见证者,我宣布这一誓言与证词有效。"当可可终于摊开已经被严重烧伤的手掌、扔掉最后一个铁球时,她的脸色已经变得比冻死的尸体还要白了。"那么各位,你们是否承认这一点呢?"阿丹问道。

我当然……不会承认啊!这算什么?根本不符合逻辑好不好!凭什么一个人只要自我伤害,说的话就能算话啊?!不过很不幸,我明白那帮圣安东的疯狂崇拜者的一贯做派,也知道不能和他们讲道理。当然,我也明白接下来我们要怎么做才能摆脱嫌疑:要么拿出可以证明我们"绝对没有做这件事"的证据或者证人,要么学着那个不知道发了什么疯的小丫头去发一个这样的誓。

后者我可不愿意去做,老实说,直接给我脑门上来一枪都要畅快些。至于前者……

"请等等,中校。"就在我急得不知所措时,罗蒙诺索夫突然说道,"我们还有一项决定性的证据,可以证明我们是无辜的。"

第九章

艾琳与我的奇妙冒险

1

我……是谁?

就在几秒钟前,这个问题对我而言还不算是问题。我知道我是阿德南·阿卡迪亚·奥雷利安努斯,英勇无畏、大公无私、全心全意为了人类的未来奋斗的义勇军少校,一个活生生的当代英雄(好吧,也许英雄这个词稍微夸张了点儿,但也差不多了……吧)。但现在,我可不敢这么说了。

这在很大程度上和我目前的处境直接有关。

尽管无法确定这到底是怎么一回事,但当那些诡异的光影和难以言喻的声音消失之后,我发现自己已经不再身处于那帮阿尔–安东旅的浑蛋私设的野鸡公堂上了。而又过了一秒钟后,我弄清楚了自己目前的处境。我正站在一道冰凉的水帘之下,赤身裸体,手里还握着一块做成小熊形状、散发着玫瑰精油味道的香皂。

"啊……咧?"

不消说,这一完全出乎我意料的事实让我感到相当惊讶。虽然像我这种精忠报国、讲究卫生的人自然是不讨厌洗澡的,但在眨眼之间突然来到这种陌生的地方,还是让我有些难以接受。更重要的是,在又过了两秒钟后,我意识到,自己身上(如果能够这么表述的话)似乎发生了某些异变,我的胸口和臀部的……质量比例似乎有了点变化,除此之外,大腿、两腿之间,以及别的一些地方也和之前不太一样了。

事实上,我……

"艾琳,你洗好了没有?"一个我极为熟悉的声音问道。

"等等,别急,我这就来了!"

好吧,虽说开口的是我自己的嘴、动的也是我自己的喉咙,但我很清楚,刚才说话的并不是我。艾琳·爱尔卡·简·安特米欧娜,我的机械师兼候补驾驶员兼小队里的女服务生,才是真正"说话"的那人。而现在的我则待在她的身体里……

……见鬼,这算是啥?

到底发生了什么事啊!

万幸的是,要想清楚这个问题的答案倒不算难——因为我的记忆还算清晰。仅仅几秒之后,我就从脑子里大致搜索出了这档子事儿的前因后果:在那个有着令人无话可说的疯狂偏执劲儿的女孩按照安东旅的疯子们最喜欢的方式发下誓言,把我们逼进不利局面后,罗蒙诺索夫突然宣称,他有一个法子可以在不必进行自残式发誓的前提下证明我们的清白。当然咯,我们立即同意了这个计划,毕竟,没有人愿意学着那疯丫头的样子让自己遭一回罪。

"阿丹中校,我想你也许曾经听说过一件事,"在征得我们的同意后,历史学家胸有成竹地对那个一直在(当然,以完全非法且不正当的方式)审问我们的家伙说道,"在搜集关于'罪孽之杖'的历史资料时,我曾经发现了一些很……有趣的记载。这些记载提到,这种古老的设备对使用者的身份有着一些限制……"

"这我也有所耳闻。"阿丹沉吟了片刻,"有人说,'罪孽之杖'只能由特定的持有者触碰才能发挥作用,并出现特殊的反应,是真的吗?"

"我无法确定,但至少,这种说法不像是空穴来风。"历史学家答道,"如果你愿意的话,我们可以逐个触碰那件……东西,假如没有任何反应,那就意味着它要么根本不是所谓的'罪孽之杖',要么我们压根儿和这东西无关,不知您意下如何?"

"我无法确定你们所言是否属实,但这么做至少不会有什么损失。"在与他的几个幕僚交头接耳一番之后,阿丹说道,"不过我警告你们,如果任何人试图利用这东西召唤怪物们袭扰我们,那么你们将被视为敌人就地正法。"

"这是当然的。"历史学家点了点头,随即第一个从几乎已经昏迷、正在由一名安东旅的军医为她包扎伤口的可可手中接过了那根玩意儿。当然,它没有任何反应,既没有发光,也没有发出奇怪的声音或者弄出别的什么花样。接着,咪咪、平娜,甚至那只熊玩偶爪爪也挨个这么做了一遍,同样啥事也没有。

接着就轮到了我……

所以说,这到底是怎么回事?为什么在拿到那东西之后,我眼前只是"嗖"地闪过了两道蓝光,等到回过神来就变成了艾琳?就算是开玩笑也不是这么开的吧?还是说因为我平时的某些需求忍耐了太久,所以才做了这么个不知羞耻的梦?但就算是做梦,这也太真实了点儿……

就在我继续胡思乱想的当儿,艾琳已经用略带咸味的水流冲干净了头发上的香皂泡,开始穿起了衣服。在她将短裤、裹胸布、胸甲和机械师的工装裤制服一件件套到身上时,我也顺带着透过她的视线的移动看到了非常多的赏心悦目、令人兴奋的画面……啊不对,我可对这些没什么兴趣!之所以会看得聚精会神,完全只是因为我非常关心与我朝夕相处、并肩战斗的同志的身体健康!别的什么不纯洁的想法我可是一丝一毫都不会有!

"艾琳姊,有时候我还真是羡慕你。"当艾琳穿好制服,拿着机械师护目镜和皮革工具挎包离开洗澡的天然泉眼时,栗子的抱怨声又一次传了过来,"现在阿德他们都还不知道怎么样了,你却有心情洗澡,万一………"

"从逻辑上来讲,我的行为没有问题。"艾琳一板一眼地回答道——说实话,以第一人称的角度听到艾琳说话还真是新奇的体验。这时候艾琳的声音和我平时听到的完全不一样耶!"这周围的异兽已经全都被阿德他们引走了。而由于这些异兽的存在,这附近不会再有别的可能对我们不利的家伙——就算有,也肯定在之前就被聚集到这里的异兽赶走或者消灭了。因此,至少在聚落附近的区域内,目前是安全的。最适合进行诸如洗澡这样的会导致我们缺乏自卫能力的活动了。"

"这个……说的也是。"栗子一开始似乎还想反驳几句,但却发现对方的逻辑完全无懈可击,"不过阿德他们现在还没回来,我很担心………"

"在这种时候担心又没有用。"艾琳拍了拍她的肩膀,顺手从工具包里掏出一把糖果,分给了那些刚从"走为上二号"后方的石屋中走出来的孩子们,"至少孩子们都没事,这已经很不错了。"

"但如果阿德他们有什么三长两短怎么办？我该怎么做才好？自从当年阿德收留了一无是处的我和咪咪之后，我们就一直在给他添麻烦……我们……我真的非常非常非常对不起他啊！"栗子拼命地摇着头，显然她并不觉得现在的情况很"不错"，"我们之所以没有在荒郊野外饿死，能活到今天全都多亏了他！如果他们出了什么事……我……我就再也没法把亏欠阿德的那些恩情还……还……"

唉，我是很高兴你这么关心我们啦，但我们现在可是真的出了事啊！为什么我现在已经待在艾琳的身体里了，却没法开口说话？这算是啥啊？喂喂喂！该死的，谁能告诉我这是怎么回事?！为什么我不能——

您要结束观察模式吗？

一个声音……啊不对，更准确地说，一个不属于我的想法突然毫无预兆地插入了我的思绪之中，着实让我吃了一惊。但在还未细细思考之前，我的意识中属于潜意识的那部分已经抢先给出了答案。

是。

指令确认，结束观察模式。

随着这个"声音"的消失，我突然意识到，一切似乎都在那一瞬间起了……微妙的变化。在这之前，我仅仅是像一个提线木偶一样被无力地"关"在艾琳的身体里，控制着这个身体的是艾琳自己的意识，而现在，一切都反了过来——控制着这个身体的是我，而艾琳的意识，不，严格来说是三个意识，则变成了三个只能被我模糊察觉到的、躲在脑海深处的存在。

"太好了！"我下意识地说道。

"啊……呃？你说什么太好了？"正在忙着哄孩子们的栗子

一脸茫然地问道。

"没什么。那个……呃……我突然想到了一件事儿。"我舔了舔嘴唇，想要对栗子说明白目前的情况，但却突然愣住了——要是我直接把一切挑明，栗子很可能根本不会相信。毕竟，这种疯狂又匪夷所思的事儿，就连我自己都不太能够接受，"那个……刚才阿德他们联系了我。他说他们现在被一些阿尔-安东旅的坏蛋俘虏了，希望我们……"

"什么？你说阿德怎么了？他们……等一等，你刚才在洗澡耶！就算阿德要联系我们，也应该是待在坦克附近的我先收到信息才对吧？"栗子问道，"毕竟我们现在只有'走为上二号'里的通信设备能用。"

"啊……其实那个……"在不知所措中，我习惯性地将双臂抱在了胸前，却随即发现自己犯了一个不算小的错误。艾琳的胸部以她这个年纪的女性而言相当丰满，就在我将双臂用力压在胸口上的瞬间，一阵混合着羞涩与慌张的情绪顿时像冲破阀门的滚烫蒸汽般涌上了"我"的脑门。毋庸置疑，这显然是艾琳、而不是我才会有的独特反应。与此同时，我能够感觉到，之前因为那个奇怪的"声音"而暂时被压制住的艾琳的意识突然重新活跃了起来，开始与我的意志相互抗衡。

"这……这……糟糕。"虽然不太清楚到底发生了什么，但我知道，现在的这种状况多半不是什么好事。随着分属于艾琳的三个人格的意识都开始活跃起来，不同的情感、记忆与思绪的碎片就像被洪水裹挟着的泥沙一样开始在我的意识中四处冲撞，将一切都蛮横粗暴地搅得乱成一团，"这算是啥？到底是怎么回事？谁能告诉我发生了什么事啊啊啊——"

个体自主规制程序出现错误，不符合错误信息库中的任何特定案例。分析失败。在我慌成一团的同时，那个"声音"又一次冒了出来，轻描淡写地把这些我虽然听不懂、但却明显能感到非常可怕的语句说了出来。启动故障保险模式，开始切断链接，重新设定权限与控制范围，异常状态：D11000750。

"搞啥？"我条件反射般地问了一句。

接着，我就像一坨不可燃垃圾一样从艾琳的身体里被丢了出去。

2

重新设定权限与控制范围……重新设定权限与控制范围……重新设定权限与控制范围……

在一片超出了我的语言描述能力的混乱与混沌中,这段刻板的语句不断地在我的思维中重复着。与此同时,数以百计,甚至可能是数以千计的景象在我的眼前不断闪烁切换,就像是有人在播放一段段被剪辑后的录影片花。

只不过,这些录影实在是真实得有些吓人。

有那么一瞬间,我是一名步兵,穿戴着傀儡军团中的战士们最常见的封闭式头盔和轻型陶瓷躯干护甲,与整个班的队友一道在步兵战车两侧展开野战队形,一边射击,一边前进。横飞的流弹和激光束在黄昏的天穹下划出一道道斑斓的痕迹,就像是某种代表着死亡与终结的神秘符文。

在下一个瞬间,我是一名炮手,在电机单调的嗡鸣声中调节着火炮的射角。我并不真的清楚自己在瞄准哪里、又在打击什么,巨大的爆炸不断在我身边的黑暗中展开,甚至在自行火炮的半封闭式装甲战斗室内也能看到那些炫目的亮光。无疑,那是对方的还击,在这个世界上,发生的绝大多数较量都是势均力敌的。按照伊斯坎德尔·罗蒙诺索夫的说法，比人类历史上所发生的大部分较量更加势均力敌。

重新设定权限与控制范围……重新设定权限与控制范围……重新设定权限与控制范围……

我在一艘战舰的操舵室中，遵照指令控制着这艘钢铁巨兽的行动。因为和谐星上适宜居住的大陆仅有一片，对海洋的争夺在这里相对并不重要，但交战双方仍然各自拥有着舰队。当舰炮炮弹落在隐现于远方天际线上的海岸上时，我一时无法分清那到底是爆炸，还是初升朝阳在海面上的反光。

我身处一间巨大的房间之中，甚至连躯体也不具备。无数全息影像在我的视野中腾挪移动，构成了一幅恢宏的星图。在这幅图景中，我看到了浩渺的银河，数以百计我闻所未闻的星球的名字被无数标签标识，而和谐星则位于不起眼的一角，围绕着一颗同样不起眼的恒星旋转着。当我的意识探向那个微不足道的图标时，一切开始在我的眼前迅速变大、展开，千百万的细节如同飞流直下的瀑布般猛然落入我的脑海。罗迪尼亚大陆、阿卡迪亚大岛、桃花石次大陆、余夜洋与黎明洋、盐沙平原、阿尔-萨尔特丘陵、新卡斯匹安海……在大陆南北交战的无数载具、战士，以及其他无法估量、时刻都在变化着的数据……有那么一瞬间，我觉得自己的意识几乎就要被溺死在这骇人的信息之海中了。

重新设定权限与控制范围……重新设定权限与控制范围……重新设定权限与控制范围……故障排除完毕。开始进行随机载入。如有需要，请自行选择新的权限与控制范围。

"啊——"

我在自己的意识中无声地尖叫着，并最终重重地坠入了一个躯体之中。或许是由于刚刚脱离令人眼花缭乱的"走马灯"、还没适应过来,在融合的瞬间,这个躯体的手臂抽搐了一下,结果——

"噫呀呀呀呀啊啊啊啊啊啊——"

这一回,我可是货真价实地用嗓子发出了尖叫。没法子,在遇到突如其来的危险时,人类总是会条件反射地做出这种行为。当然咯,我好歹也是个经验丰富、处变不惊的资深义勇军指挥官,寻常的危险根本吓不倒我。但我想,大概没几个人会在突然发现自己正坐在一架飞行器的气泡式座舱里,而这架飞行器则正在一头栽向一座一看就硬得吓人的石头山时还能处变不惊吧?

万幸的是,虽说我这辈子从没到过比据点镇主城区山顶的欢乐街更高的地方(别乱想,我当时去那儿只是为了执行义务警备任务罢了,可没做别的事儿),更没有丝毫飞行经验,但我现在占据的这具身体却在行得多——在最初的混乱与抽搐结束之后,我的这具新身体立即条件反射地将面前的操纵杆向后猛拉到底,让这架飞行器在与岩山亲密接触前的一瞬间重新腾向了空中。

不是我吹嘘,但刚才这一下子起码把我的命吓短了十年,哦不,二十年。真的。

"AF-2号机,报告情况。"就在我凭着这具身体的本能开始重新拉升机体、向上爬升时,一个比自动播放的录音还要死板平淡的声音从"我"的头盔内侧的通信器里传了出来,"我们发现你刚才突然降低了高度,是机械故障吗?"

"啊,是,是机械故障。"一时间有些慌乱的我连忙答道,"故障已经排除,没有问题,可以继续执行任务。"

"收到。继续按预定航线飞行。"那个全无感情的声音不疑有他,只是平板地说道,"还有十千米进入目标空域。"

目标空域? 好吧,看来刚才被我"借"走身体的这家伙正在执行一次空中打击任务,而且从这健壮有力的躯体和清晰的感官(我之前在艾琳身上已经尝试过一次了)来看,这家伙显然也是个傀儡。但他到底打算去打谁? 别的傀儡军队? 还是联合军政府的部队? 这点我可得赶紧确认一下。

需要搜索操作对象的记忆库吗?

是。

多亏了那个总是在关键时刻主动冒出来帮忙的"声音",我接下来的行动进行得颇为顺利。与艾琳不同,这个正被我"附身"的家伙的自我意识暗淡而空虚,并没有太激烈的挣扎。因此,在几秒钟内,我就不受干扰地大致查明了他的浅层记忆——他所属的航空部队是两支傀儡大军中的南方军团的一部分,总共装备了十二架"地狱翼"攻击机,驻扎在新卡斯匹安海的东岸。就在四十分钟前,这支航空部队被派去打击某个位于西北方的丘陵地带、被识别为敌人的地面目标群。总之,这似乎是和我没多大关系的事儿。

等等……位于新卡斯匹安海西北方的丘陵地带……

那难道是……

3

"见了鬼了!"我以只有"自己"能听到的声音嘀咕了一句,同时立即开始思索起了对策。照这家伙那平板单调,但却非常准确的表层记忆来看,即将遭到攻击的地方多半正是阿尔-安东旅那帮人的营地。既然我刚才没有成功把我们目前的情况传达给留守组,那么,空袭导致的混乱将是我们逃离的大好机会……不对,这么想可不行。毕竟空袭也可能波及我们自己。更何况,阿尔-安东旅的家伙无论如何也是人类,换言之,他们也算是我们自己人,就这么把炸弹砸在他们脑袋上的话,从道德层面上讲实在是件相当说不过去的事情。至少我这种高风亮节之士是不屑于这么做的。

那我到底该怎么办?

还没等我想明白这个问题,飞在队列最前端的四机编队已经在一层薄云的掩护下越过了一排围墙般的荒山,像袭击猎物的猛禽般朝着前方的河谷俯冲而下。对于所有曾经与傀儡们——无论是南军还是北军,反正他们的装备都是一个模样——实打实地交过手的人而言,"地狱翼"正如它们的绰号一样,是名副其实的地狱使者。这些有着可调节光学迷彩的蝠翼形飞行器虽然块头不大,但内置式武器舱内却可以装下数百公斤重的激光制导炸弹、上千发23毫米航炮炮弹和几十枚带有穿甲弹头的火箭弹,哪怕只有区区一两架,也足以对任何被它们盯上的目标构成极大的威胁。事实上,就在大半年前,贸然接下一单护送生意,啊不,任务的我就曾经亲身体验过这一点。

只不过,这次扔炸弹的成了我,而挨炸的却换成了别的倒霉鬼。

虽然"地狱翼"的两座涡轮风扇式发动机制造出的噪声足以让地面上的人察觉到危险的临近,但在黑暗的夜晚,要单凭这一点锁定高速移动的空中目标是根本不可能的。直到第一批炸弹起爆的火光在位于河谷中的营地里接连腾起,那些可怜的安东旅士兵们才意识到大难临头,开始用手头一切能打得响的玩意儿对空还击:步枪、机枪、火箭弹和各种口径的火炮全都狂乱而毫无准头地朝着天空怒吼,仿佛那条河谷中突然爆发了一座全新的火山。不过我很清楚,这景象虽然颇为壮观,但却无济于事。由于并非专门为防空作战而设计,绝大多数朝着夜空喷涌而出的弹药对空中的"地狱翼"造成的威胁并不比据点镇一年一度的救主领袖祭典上燃放的烟花更大。就算偶尔能够命中,安装在"地狱翼"关键部位的陶瓷装甲也可以将大多数小口径弹药和弹片造成的损伤削减到可以忽略不计的程度,只有如同雨点打在玻璃窗上的"乒乓"声能够让我意识到,飞机确实已经中弹了。

当然,造成双方最大不对等的仍然是信息层面上的差异,在进入这具新身体不到半分钟后,我就深刻地意识到了这一事实。"地狱翼"的驾驶员有着全套的夜视设备和高效的火控装置,可以悠闲地穿过毫无准头的地面火力、将十字瞄准线对准一个又一个目标,然后投下致命的"货物",而整个中队内部的战术数据链则极为高效地让所有战机共享战术数据,并且按照战况为每一架战机的每一件武器实时分配打击目标。相较之下,安东旅的那些可怜人甚至连普通的探照灯也没有几台,只有零星的照明弹能让他们偶尔看见从空中划过的死神之影。虽然这些家伙的坚定意志和近乎狂热的信念让他们在如此绝望的形势下仍然没有溃逃,而是继续坚守在岗位上,但这也仅仅是让来自空中的火力更容易杀死他们罢了。

这简直就像是在欺负一群瞎子。在看到营地中的一辆又一辆装甲气垫艇、履带式运输车和越野车变成燃烧的残骸,弹药库、营房和火力点接连被腾起的烈焰吞没时,我思忖着,**实在是太不公平了。**

"AF-2号机,我注意到你没有开火。"就在我忙着就这场交战的公平性胡思乱想时,那个平板的声音又在我的耳边响了起来,"你的武器系统是否发生了故障? 能否排除? 请尽快回答。"

"啊啊,那个啥……没啥,就是有点卡壳了而已。"来不及从这具躯体的记忆中搜索出合适答案的我信口答道,然后才意识到这瞎扯淡连我自个儿都骗不了。

唉,毕竟我不是个有急才的人嘛。

"该答复无法理解,请重新报告情况。系统故障自动诊断程序能否运行? 是否能够排除故障? 立即……"

我直接关掉了通信器。虽然对面那家伙多半是傀儡军团里的指挥官什么的,但反正我也没必要听他的指挥——我可是正义的使者,光荣的义勇军战士中的一员,当然不能与这种货色同流合污。更何况,反正目前的这具身体和这架飞机也不是我的,就算被我窃取了身份的这个倒霉鬼后面要面临军法审判什么的

（如果傀儡们有这东西的话），那也和我没半毛钱的关系。

更何况，我早就想尝尝把啰唆又惹人烦的上级轰飞的感觉了。既然有这样的天赐良机，不尝试一下那简直是对不起自己，啊不对，是对不起全人类。

在关闭通信、切断全部战术数据的上传之后，我迅速锁定了离自己最近的一架"地狱翼"，加速贴到了它的后方。在这架攻击机的驾驶员意识到身后的"友军"并不是自己人之前，超过五十发机炮炮弹已经在两秒钟内接连砸进了位于它两侧机翼翼根处的发动机，并在下一个瞬间造成了火箭发射巢内的弹药殉爆。炽热的气浪甚至让我的这架"地狱翼"也像狂风中的风筝般摇晃了好几秒钟，然后才恢复了稳定。

原本我已经做好了立即遭到围攻的准备，但或许是误以为那架"地狱翼"是被地面火力击落的缘故，这种情况并没有发生，而聪明机警、善于随机应变的我当然不会放过这样的大好机会。很快，另一架正向一辆装甲气垫艇发起攻击的"地狱翼"也沦为了凌空爆炸的大火球；第三架则在准备朝营地里的一处高炮阵地投弹时被我打掉了半边机翼，旋转着砸进了谷地中央的河水之中；接下来，刚刚结束轰炸，正在爬升的第四架也被轰了个稀烂，剩下的半截机身一头砸进了一座营地内的板房……还好那破屋似乎是空的。

当然咯，闹到了这个程度，就算剩下的那些傀儡再怎么迟钝，也肯定注意到了我的反常举动。还没等我开始庆贺自己离王牌飞行员只差临门一脚，两架完成投弹、原本正要离开这里的"地狱翼"已经一左一右朝我逼了过来。这具身体的表层记忆随即告诉我，由于弹舱内仍然是满的，这架飞机在格斗中必然会陷于不利地位。而且目前的情况……哦不对，我的良心和责任感也不允许我优哉游哉地把那些负载扔下去。

"喂喂喂，之前的那个谁，你还在吗？"

请说明您的需要。

"让我恢复原状！越快越好！"

好吧，我知道这么做有点不那么英勇无畏，不过话说回来，能屈能伸才是大丈夫之道。根据眼下我所了解的那点儿极为有限的情况，我实在无法确定，如果这具身体被打成一堆烧焦的肉末，我会落得什么样的下场。是在自己的身体里醒来？抑或是和这家伙一起死去？虽然前一种可能性未必不存在，但考虑到我所肩负的、事关全人类未来的重大责任，在这种时候赌运气实在不大合适。

正在重新同步数据，请稍候。

"稍候？稍候是多久啊？麻烦好歹给个准数行不行！"

那个"声音"并没有回答我的问题——当然，现在的我也没空再问了。因为就在一秒钟后，我便不得不操纵着这架"地狱翼"做出了好几个大幅度垂直机动动作，以此避免被对方太过容易地咬住尾巴。但正如俗话说的那样，"傀儡们全都差不多"，那两个驾机猎杀我的家伙的技战术素养一点也不比我现在所"附身"的这家伙差。尽管我像一只被主妇用苍蝇拍追打的苍蝇般非常努力地左躲右闪，但没过太久，一通炮弹便撕掉了这架飞机的小半截垂直尾翼。

"喂喂！拜托你给我快点啊！看在我……啊不对，看在全人类的分上！"

那个"声音"仍然毫无回应。或许它就像那些官僚部门里的办事员那样，有着一套非常神秘、绝对不可为外人道的行动日程表。只不过，在对付那些官僚时，我好歹还能攥着钞票或者可能发生"走火故障"的手枪闯进他们的办公室里"激励"他们一下，而对付这家伙，我却是一点办法也没有。

"快点啊快点啊快点啊，快让我出去……"随着另一轮不算特别精准、但也不算不准的机炮射击，我的这架"地狱翼"又丢掉了好几个零部件，而操作也变得越发困难了起来。为了稍稍缓解身后的威胁，我甚至不得不凑近地面上对空火力相对密集的位置，冒着被当场击落的风险逼迫咬着我尾巴的家伙们暂时退避。由于实在是过于接近地面，我甚至不需要借助任何设备就能清楚地用肉眼辨别出地面上的目标细节：变成扭曲废铁的装甲气垫艇、被弹药殉爆的烈焰吞没的防空火力点、像蚂蚁一样扭动挣扎着的伤员、一动不动的死者、像受惊的蟑螂般拼命地无规则机动着的各种车辆……

……等一等，其中的一辆车好像特别眼熟耶。它看上去就像是……

……不，不是像，那就是"走为上号"。

尽管像"走为上号"这样的半履带装甲运输车在任何地方都不少见，但多亏了傀儡那超出普通人类的敏锐视力，在"地狱翼"从它的上空掠过的短短一刹那间中，我辨认出了"走为上号"的敞开式车厢内的那些身影。之前莫名其妙地诬陷我们的可可双手抱膝、蜷缩在车厢的最内侧，不太擅长驾驶车辆的平娜正与咪咪一道，忙着把一箱燃料灌进驾驶室后的主燃料箱里。那只玩偶熊，啊不，智能管家机器人爪爪正瘫倒在车厢里，似乎是遇上了什么麻烦事，而伊斯坎德尔·罗蒙诺索夫则在费力地把一个又大又沉的玩意儿往车上拽。

唉，那玩意儿好像就是我自己耶。

从眼下这场面来看，平娜他们大概是在空袭开始后不久就趁乱逃出了被羁押的地点,并且找到了"走为上号",准备离开这个正在化为人间地狱的鬼地方。当然咯,这样的主观能动性非常符合义勇军的信条,也充分体现了我们不甘坐以待毙的奋斗精神,但却显然未必是个好主意,尤其是当我们的宝贝装甲车已经被列入打击名单之后。通过从尚未被切断的中队战术数据链中传来的战术信息,我注意到,一架离这里只有不到两千米的"地狱翼"已经将"走为上号"列为下一个打击目标,再过五秒钟,它就会用空对地火箭精准地摧毁这个暂时还无法动弹的活靶子。

"五秒钟?哈。"我深吸了一口气,强行操纵着伤痕累累、随时都有可能分崩离析的"地狱翼"转了一个180度大弯,掉头扑向了正要执行攻击任务的那架"地狱翼"。虽说目前的情况不容乐观,但也不算太糟。在这一带的空域中,除了我的这架之外,就只剩下那架编号AF-11的"地狱翼"还剩下几发适合用于打击装甲车辆的空对地制导火箭,只要在被击落前敲掉它,至少"走为上号"的处境会稍微安全不少。

三秒。

急转弯让"地狱翼"千疮百孔的机体发出了凄厉的哀鸣。虽然这玩意儿并不是我的财产,但这声音仍然让我一阵阵肉疼。在完成机动动作的同时,我检查了一下机炮剩余的弹药量:不到三十发,连一秒钟的自动射击都不能维持。

两秒!

之前拦截我的那两架"地狱翼"正在再次准备进入攻击位置,不过我并不在乎,反正它们也来不及在我完事之前发起下一次攻击,而迎头扑向"走为上号"的那架"地狱翼"同样也没有丝毫要规避的迹象。在机载火控计算机的协助下,我让机炮迅速锁定了这玩意儿，再过一秒，我就会让它知道与义勇军、与我和我快乐的伙伴们作对的下——

"咦?!"

就在我准备用机炮开火的瞬间，有什么东西击中了我的"地狱翼"——不是追击我的那两架，而是来自地面的火力。或许是将迅速接近的我当成了敌人，之前正忙着发动"走为上号"的咪咪不知何时已经操起了那挺固定机枪，朝着我劈头盖脸地打来了一大堆钢芯穿甲弹，而更糟的是，其中的一发恰好命中了这架飞机已经因为攻击而严重受损的翼根部位。

如果我没记错的话，这飞机的油箱似乎就在那儿来着。

所以说，命运有的时候就是这么不公平，为什么像我这样从没有做过任何亏心事（呃，至少没做过非常严重的亏心事）的正义之士会落得这样的下场？虽然这个身体完蛋了我未必会送命，但如果本体也没了那可肯定是死路一条了啊！在整架"地狱翼"被殉爆的燃料和弹药炸得粉碎之前，我看到了对面那架"地狱翼"射击时的火光，从理论上讲，这只意味着一种可能性。

"呜哇哇啊啊啊——"

我就这么发出了没出息的惨叫，坠向了名为绝望的地狱。

第十章

日出城温泉浴场与好客的主人

1

"喂喂！那只可是我的！"

"这里的螃蟹还多得很，你吃这只不行吗？和雇主抢东西可不合适哦。"

"什么叫多得很？你可是吃了三只！三只哦！"在以迅雷不及掩耳的速度从餐桌上的大盘子里抢过剩下的半只蜜糖焗蟹后，我一边扯开螃蟹的腹部甲壳，忙不迭地把蟹黄和用来移动那四对长腿儿的肌肉束塞进嘴里，一边义正词严地谴责我的雇主，历史学家伊斯坎德尔·罗蒙诺索夫，"而且，为什么我们这边的螃蟹都是公的，还这么瘦？简直是除了壳就只有壳了好不好！"

"那可没办法，毕竟偶然性是一种不可否认的客观存在。"历史学家白了我一眼，"我以前认识的一个兼职做历史学家的家伙就老是说，'历史是由一连串的活见鬼组成的'。学会接受偶然性的必然存在，是确立辩证唯物史观的必要条件之一……"

"偶然你个大头鬼啦!"正用灵便的右手和不那么灵便的左臂义肢撕扯着金色的蟹腿,并用多功能军刀的刀锋一点点把里面的嫩肉剔出来的平娜罕见地站到了我这边,"你之前肯定偷偷调换过螃蟹,别以为我不知道!"

"就素就素!"正往嘴里猛塞她姐姐栗子替她剥好的蟹肉的咪咪也附和道。

"你们凭什么污人清白!"我注意到,历史学家的身上冒出了一股松节油的香味,这表示他现在不是很开心,"我可从来都非常注意节制饮食哦。毕竟,在很久以前,有一个曾经做过日耳曼地区长官的老伙计就很喜欢胡吃海喝,结果当维斯帕先的军队前往亚平宁时,他的下场……"

"谁知道你说的是啥啊?!"我和平娜一起吐槽。唉,只有在这种时候,我俩算是特别有默契的呢。

"好啦好啦,大家不要吵不要闹,这里还——有——很——多哦!"就在我、平娜和罗蒙诺索夫眼看就要扭打成一团时,穿着粉红色围裙的阿良托着一大盘刚刚煎好的大螃蟹走了进来,在她身后,目前以简的身份帮忙的艾琳则端着另一盘螃蟹,以及一大壶热气腾腾的甜茶,"这种雪蟹在这儿并不是稀罕的东西,河里随处都可以摸得到,所以各位客人无论要多少都是有的哦。如果不够的话,待会儿还有新鲜的卡斯匹安白鳗鱼配罗勒大蒜酱,外加本地的特色菜辣味烘蘑菇,不过我个人不推荐你们吃太多辣的东西,否则待会儿泡温泉的时候会有些热过头呢。"

"温泉?你刚才说温泉?传说中日出城里的温泉还存在吗?真的还存在吗?"咪咪第一个激动地问道。

"当——然啦!这里可是两百年间从未被外界的战争波及过,保留了无数古代、甚至是黄金时代奇迹的桃源哦。"负责招待我们的可爱女生拍了拍咪咪的脑门，"各位客人敬请期待就是了。"

哇哦……

……真正的温泉啊……

……搞不好这里还真是天堂呢。

2

好吧,在继续讲述这个故事之前,我有必要稍稍交代一些相关背景,以免诸位弄不明白前因后果。我和罗蒙诺索夫因为螃蟹问题发生小小纠纷的这一天是我们在离开绿谷镇、正式开始这趟大陆深处探险之行后的第二十七天,也是阿尔-安东旅营地之战后的半个月,而正在大吃山珍海味,同时憧憬着温泉天堂的我们眼下正身处于联邦故都日出城的中心部位,亦即伊斯坎德尔·罗蒙诺索夫计划调查的那块被称为"城堡"的神秘区域之中。对于我们而言,能在这种地方得到如此舒适的招待,实在是件出人意料之事。毕竟,就在十几天前,我们还差点儿和近两百名安东旅士兵一道、变成在阿尔-萨尔特丘陵中徘徊的孤魂野鬼。而在当时的我们的想象之中,位于大陆最深处的日出城更是令人望而生畏的魔境。

哦,没错,你们肯定很想知道我是如何在看似必死的绝境中逃过一劫、逢凶化吉的吧?那当然是因为我的高尚品质、百折不挠的奋斗精神与优秀的战斗素养……好吧,至少我希望是这样就是了。事实上,我的幸存更像是个彻头彻尾的奇迹。当我在自己的身体里睁开双眼时,其他人是这么对我说的。虽然并不清楚发生了什么事,但趁乱逃跑的他们仍然注意到,对阿尔-安东旅营地发动奇袭的"地狱翼"编队突然开始了自相残杀,对地面目标的袭击效果也因此大打折扣。自然,他们也注意到了我的英勇举动,以及最后被击落时的悲壮场景——尽管没人知道在天空中大显神威的那人正是我。

"以救主领袖的名义,我这辈子都没碰到过这种事儿。"哪怕时间已经过去了超过两个星期,我还是能回忆起平娜当时那一脸恍惚的惊讶神色,"你在碰到那什么信标之后就昏过去了,所以错过了这幕好戏,有一架'地狱翼'突然背叛了同伴,一口气打掉了四架同队的飞机! 等到它被击落的时候,另一架'地狱翼'本来打算朝我们发射火箭的,结果却在最后关头把那些火箭全都打在了一旁的空地上!"她眉飞色舞地挥舞着拳头,活像是个给朋友讲述新奇见闻的小学生,"如果你不相信的话,可以问问其他人! 在我们撤退的整个过程中,都没有一架敌机再主动对我们发动过攻击! 我真的没骗你!"

"是是是,我相信你说的是真的。"在听完这番话后,点头如捣蒜的我终于确信,自己之前的奇异经历应该并不是一场梦。不过,我也并没有向其他人说明实情,这主要是因为接下来向我汇报情况的艾琳提到,在来找我们之前,她曾经出现了某些"不可思议的奇怪感觉"。而我很清楚,要是在队伍里的一干女孩子面前把一切都说明白,我很可能会被当场视为女性公敌,甚至遭受可怕的不白之冤。

毕竟,对我这样有着丰富社会经验的人而言,什么话该说,什么话不该说,我可是很清楚的。

在挨个听取其他人的汇报后,我大致拼凑出了那天晚上我"缺席"的时间内所发生的事。在我碰到所谓的"罪孽之杖"并陷入昏迷数个小时后,阿尔-安东旅的营地就被一大群"地狱翼"炸成了火海,被视为危险分子而羁押起来的平娜等人也成功地逃脱了。与此同时,由于接到了只身逃回的德尔塔那家伙的报告(这浑蛋事后居然想凭这点邀功,结果自然是挨了平娜一通修理),留守在法外人聚落中的艾琳和栗子迅速驾着"走为上二号"赶到了那处营地附近,并用那门根本无法使用的离子炮成功地吓退了追来的安东旅士兵,让我们得以成功离开了那片修罗场。

虽然我并不清楚在坠机前的瞬间到底发生了什么事,但既然我并没有在另一具躯体内死去的记忆,那么很显然,很可能正是那个"声音"在"地狱翼"坠毁前的瞬间将我送回了原装正版的身体里。对于没有兴趣体验死亡的我而言,这可是天大的幸运。

而我们的幸运还远远不止于此。

众所周知,在口口相传的英雄故事里一直有"时来运转"这么个说法。但在绝大多数时候,这玩意儿甚至比第三军团发售的民防六合彩的大奖还要难以捉摸。故事里的英雄们只要一鼓作气克服了艰难困苦,就能够遇上各种各样的好事儿,最后顺利走上人生巅峰;而在现实中,每当你刚刚遭受完一个困难的蹂躏后,通常还有更多的困难正在排队等待着你。不过,我们在过去半个月中的经历却是绝对的例外。自打在一片混乱中逃出安东旅的营地后,我们就再也没有遇到过追兵,也没有遭到傀儡的攻击。甚至就连漫山遍野四处乱晃的异兽们也仿佛接到了什么指令,全都远远地避开了我们的所经之处。在某些地方,我们甚至注意到,就在我们抵达前不久,当地都还有两支傀儡的军队在交战。可当我们开始接近这些区域时,那些麻烦的家伙却全都突然停止交火、分头撤离,就这么"恰到好处"地避开了我们。

虽然这种状况看上去"巧"得有些过头,不过我的信条告诉我,好运气就是好运气,要是不好好利用那才是要遭天谴的。趁着在这大陆深处难得一见的和平状态,罗蒙诺索夫很快便抵达了另一处与他有联系的法外人聚落,并顺利找到了能领着我们穿过阿尔-萨尔特盐湖的向导。更加幸运的是,在启程之前,那个聚落里的居民们甚至非常好心地收容了那些被我们救助回来的孤儿——准确地说,是除了可可之外的所有孤儿。虽然基于强烈的社会责任感,我也曾试图劝说他们把可可一起留下,但居民们却只是面露难色,并支支吾吾地告诉我,这个神色阴沉、沉默寡言的姑娘在当地没有任何亲友,而他们也缺乏足够的物资和人手去照顾与自己毫无关系的人。虽然这些家伙在说这些话时全都露出了言不由衷的神色,就差没把"这是借口"这四个字儿直接写在脸上再加上横线标粗了,但我最后还是没有多问什么。

毕竟,谁家里没有本难念的经呢?

就这样,带着这位曾经不惜把一只手掌烧伤、承受巨大的痛苦也要诬陷我们,而且一路上都没给过我们一丁点儿好脸色看的新"队员",我们穿过了危机四伏的丘陵与盐湖,并在告别向导后沿着位于卡斯匹安海东岸的前109号高速公路一路南下,最终抵达了坐落在烟波江河口、雷布灵司峰下的日出城遗址。在这一路上,我们几乎随处都能看到南北两支傀儡大军经年累月交战留下的痕迹,但诡异的是,除了远远地打了几次照面之外,即便在这种超级高危地带,我们竟然几乎没有和傀儡发生任何近距离接触,更别说爆发冲突了,而之前利用"走为上二号"苦苦练成的装死绝技也没能被我们用上第二遍。拜这好得让人不可置信的运气所赐,按照原计划需要至少三个星期才能走完的南下路线最终只花了我们不到六天时间,而在今天凌晨,我们成功地

从一处位于市中心的浅滩涉过了烟波江,抵达了城里唯一未被
破坏的神秘区域。

　　接着,在踏上这片土地之后,我们意外地发现,在这片与世
隔绝两个世纪的区域居然还有人生活。更重要的是,这些人相
当欢迎我们的到来。

3

"客人，请您千万不必客气。"在领着吃饱喝足的我穿过一条长长的走廊后，负责接待我们的阿良微笑着推开了一扇厚重的木门，一股带着淡淡的硫黄味儿的湿热空气随即包裹住了我，"这里是澡堂，洗完之后从左边第一扇门进去就是温泉，您的同伴现在应该已经在那里面了。如果有需要的话，随时可以联系我们。"

"呃……那个，我还是头一回见到这样的澡堂耶。"在阿良介绍完后，我颇有几分感慨地小声说道。在据点镇，仅有的两座澡堂都是又挤又暗、活像是屠宰场和垃圾站的结合体，澡堂内部的空气中永远飘着次氯酸那挥之不去的怪味，而不是太凉、就是太热的洗澡水尝起来则有股铁锈的滋味。虽然由于管理混乱，澡堂里偶尔也会出现男女隔间突然倒下这样的好，啊不对，坏事儿，但在更多的时候，长着青苔、四处淌着肥皂水的水泥地板会逼着你时刻当心脚下，因此这些坏事造成的不利影响通常会被降到最低限度。

但是，这里的澡堂却完全不同。位于木门之后的并不是封闭空间，而是一处建在山腰岩盘上的露天场地。直接从雷布灵司峰山体深处引出的温热泉水沿着由山岩雕成的照壁上的兽头状喷水口持续不断地喷涌而出,让这儿一直包裹在一片氤氲的半透明水汽之中。在场地的边缘,透过半人高的青石围栏,刚刚冲过澡的人可以一边让凉爽的山风吹干自己的身体,一边俯瞰日出城近四分之三的区域——即便已经被废弃了两个世纪,但这座曾经的和谐星第一大都市仍然能让每一个初见者感到震撼。

呃,虽然各位应该都学过和谐星的古代史,但我还是要在这里稍稍提一提日出城的过往。据传,这座城是我们的先祖第一次降落到这颗行星上时的落脚之处,并因为其优越的地理位置而被选为了后来的行星首府。在高耸的雷布灵司群山(它们是罗迪尼亚大陆由两块陆地板块合并时隆起的产物)之下,来自西南方的兰檀半岛的烟波江一路向西北奔腾,最终在此地汇入行星上最大的海迹湖中,并为雪蟹、油身鱼和其他许多种超级好吃的本土水生动物提供了家园,而由此形成、遍布沃土、交通便利的三角洲区域,理所当然地成了建立城市的好地点。在数百年间,当年的殖民者后裔以及后来的联邦政府不断经营着日出城,最终让它从一个山与河之间的小小聚居点变成了一座覆盖了整个三角洲地带,由主城区、工业区、港口、农田、卫星小镇和无数道路构成的宏伟都会。

然后,就像我们的祖先突然从太空中降临此处一样,随着傀儡战争的开始,一切都突如其来地结束了。

在冲完淋浴后,四顾无人,我并没有急着进入内侧的温泉,而是一时兴起来到了石质护栏旁,用固定在那里的一架老式双筒望远镜眺望整座城市。在夕阳下,水流平缓而宽阔的烟波江看上去就像是一截镀上了金边的缎带,过去市镇当局架在江上的桥梁与码头则只剩下了一些爬满青苔的混凝土结构,看上去就像是点缀在缎带上的细小祖母绿碎石。由于常年无人管理,不算茂密的温带阔叶林与灌木丛已经逐渐夺回了失地,将大部分较小的卫星城镇和主城区的不少外围区域都变成了陷在深绿色海洋中的孤岛。而在那些尚未被绿色掩盖的地方,战争的残迹随处可见。在某些地方,巨型弹坑已经形成了一座座小型湖泊,被整个摧毁的高层建筑就像损坏的积木一样堆积在各处,面目模糊的焦黑残骸散落在一丛丛疯长的灌木与高草之间,其中一些是被摧毁的战机、坦克、自行火炮和装甲车这类重型武器,而另一些则来自更为久远的年代——这些私家汽车、城市轻轨车厢和其他公共交通工具的残骸证明,这个世界上的人们曾经过着某种比现在舒适得多的生活。

即便是现在,持续两百年的傀儡战争也还在断断续续地践踏着这具规模宏大的文明残躯。在望远镜的视野尽头,我看到了至少两架"逐云者",这种飞翼状的小型侦察机是傀儡军团在天空中的眼睛。在地平线附近,由建筑废料搭成的临时工事突兀地矗立在崩塌的天桥与断裂的公路之间,而在远方倾圮的大厦废墟中,偶尔还能瞥见身披厚重伪装服的人影一闪而过。总体而言,日出城在这两百年中并非两支傀儡大军交锋的主要战场,但这里也远远算不上安全。

——除了我目前身处的这片土地之外。

在义勇军和探险者中,关于大陆深处"桃花源"的传闻一直流传着。但是,直到"走为上二号"穿过了旧联邦政府总部广场、涉过被本地人称为"界河"的那条小河后,我才头一次确认了这些传闻的真实性——在这片位于雷布灵司山主峰和新卡斯匹安海的湖岸之间、方圆不过数千米的土地上分布着好几个大小不等的别致小镇和渔村。曾经的高楼大厦被全部拆除,建筑材料被用于构筑本地人那些漂亮而精致的住宅,而重见天日的土地则变成了农田、果园和鱼塘。虽然与日出城千疮百孔的其他部分只隔着一条深不及膝的小河,但这里丝毫没有被暴力波及的痕迹。事实上,当我们的坦克刚刚进入这片被本地人称为"桃源"的土地时,我甚至没有看到任何一个携带武器的人,也没有看到哪怕一张带有丝毫敌意或者恐惧的面孔。当我们表明来意后,他们便立即将我们这些稀客奉为了座上宾。按照他们的说法,我们可是近四十年来第一批成功来到这里的外人,仅凭这一点,我们的到来就值得好好庆祝一番。

嗯,没错。这里的一切都相当和平,甚至到了有些不真实的地步。虽然已经在这里待了大半天的时间,但在向下俯瞰时,我还是下意识地揪了一下自己的胳膊……

"嘿,你不进来一起泡吗?"有人戳了戳我的后背,"没想到你还有在冲完淋浴后看风景的优雅习惯啊。"

"唉……那个……我只是在想些事儿而已。"我"嘿嘿"傻笑了两声,然后才把眼睛从望远镜的目镜后挪开,"你怎么这么快就泡好了?"

"没办法,这里的温泉含硫量有点高,对我的皮肤而言,刺激性似乎太强了点儿。"伊斯坎德尔·罗蒙诺索夫撩起裹在腰间的浴巾下摆,露出了开始发红的小腿,"而且平娜她们几个也太吵了。看来女生们在一起洗澡时会变得聒噪这一点,无论在哪颗行星上都一样。"

"那倒也是……呃,等等,你刚才说你和平娜她们一起泡澡?真是让人羡……哦不,真是过分!凭什么——"

"里面是混浴啦,而且本地人平时似乎并不在乎这个。"历史学家耸了耸肩,"再说,如果不是你非要留下来多吃一盘螃蟹,刚才也可以和我一起进去的。唉,等等!别急着走啊!"

"别拦着我!现在进去的话正好还能……呃,不对,我突然觉得有点冷了,得赶紧暖暖身子!"我一边试图挣脱历史学家的手,一边解释道,"这么做是完全合理的!我可是队里的指挥官哎!万一在这种时候感冒了,耽搁了接下来的行动……"

"那也用不着非要进去啊!乖,到这边来。"罗蒙诺索夫像哄小孩一样把我半推半拉地拽到了那些不断流着温泉水的喷口前。很快,白色的水雾就完全遮住了我们的视线,而热水撞击在石质地板上的哗啦声则掩盖了我们的说话声,有那么一阵子,我只能感觉到水声、潮湿的硫黄味水汽,以及从历史学家身体里传来的、带着幽香的宜人温度,"朝我这边凑近点儿,对,再靠近点儿……啊,行了,就是这样……阿德南少校,我想和你谈点儿事。一对一地谈。"

"谈啥?那个……呃……如果是那方面的要求,请恕我拒绝!虽然我必须承认,你这样子看上去确实挺可爱的,但我的取向不允许我——呜嗷——"

"你的脑子里就只装着这些玩意儿吗?!"还没等被热水和蒸汽弄昏头的我说完这句蠢话,历史学家已经用小小的脚跟狠狠地踩在了我的脚趾头上,而当我惨叫出声时,又不由自主地朝气管里吸进了好几口含硫的热水,险些给呛得背过气去,"你这没脑子的蠢材呆瓜猿人种马色魔——"

呜!看来这家伙在污人清白方面的本事不比平娜更差。

"算了。"在一口气为我冠上至少一打(当然,全都是完全不合适且错误的)贬义形容词后,发泄完毕的历史学家耸了耸肩,开始讲起了正事,"我要谈的事相当重要,因此我不太希望被其他人撞到或者听到。"就在罗蒙诺索夫说这话的同时,一个小小的黑影从我们头顶迅速地飞掠了过去——很显然,在找上我之前,他的两位"伙计"早就在这附近戒备着了,"所以说我们只好在这里谈……不准把视线朝着下面,你看哪儿呢?"

"没,没看哪儿!"我下意识地后退了一步,"那个……什么事这么重要?"

"这么说吧,"历史学家抓了抓银色的长发,"如果我说,在我们被请到安东旅的营地里做客的那天晚上,你所做的事情不只是没出息地趴着睡觉,你大概不会否认吧?"

"呃? 你怎么知——"

"不要小看了我的逻辑推理能力——真正优秀的历史学研究者都必然擅长推理、联想与分析,如果不具备这种能力的话,再多的历史资料对他们而言都不过是一些互不相关、真假难辨的只言片语罢了。"历史学家拽了拽我的胳膊,示意我在喷涌的水帘旁跪坐下来,好让他的脸能够凑到我的耳边、以足以被水声掩盖的最低音量交谈,"我现在基本上可以确定,那天晚上发生的事绝非偶然。告诉我,你究竟是怎么做到的? 你在那时到底干了什么? 又知道些什么?"

好吧,这还真是个不错的问题。

4

"就是这些?"在我以一贯的客观公正、毫无掩饰的方式将那个晚上发生的一切讲述完毕之后,历史学家露出了有些……微妙的神色。很显然,他对于这样的回答并不完全满意,但至少也谈不上有所不满,"你真的不知道自己到底是怎么做到的?"

"那是当然!说到底,让我们挨个握一次那个什么什么破杖不就是你提出来的主意吗?"我抱怨道,"我还以为你会知道些什么呢。"

"要是你不藏着掖着,而是早点儿和我商量的话,我当然可以告诉你一些有用的信息。"历史学家说道,"等等,你之前不说这个,莫不是因为艾琳……"

"别说那个了,"我摇了摇头,"你还是先告诉我这到底是怎么回事吧。你之前明明说,那东西的作用仅仅是用来把那些异兽召集到指定的地点,为什么我一碰到那东西就会突然失去意识,然后在梦里变成其他人啊?这是啥?魔法吗?"

"这个……说得简单一点,它确实算是一种'魔法'——我以前遇到过的某人曾经说过,足够先进的科技事实上就是魔法,至少在落后一方的眼里是这样。"历史学家轻轻地叹了口气,"比如说吧，我的这具身体就可以被看作是某种'魔法'。原装版的'正常'人类可没法像我这样持续几十年都不会出现肉眼可见的衰老迹象，也不会一直维持十二岁的外貌，而这具身体的其他附带特征，比如特殊的外分泌系统，以及远比正常人强力的免疫系统和自愈能力，都足以让我在某些文明倒退非常严重的世界或者封闭社区内被视为魔鬼或者圣人——当然，具体情况要看对方的哲学体系与意识形态。但是，在一千年前的黄金时代巅峰期，这种级别的基因改造完全是稀松平常之事，就像现代人在果园里嫁接苹果树一样普通。事实上，由于当时的人类大规模运用基因优化与改造技术，甚至还出现了一些组织，要求在基因层面上对人类'正本清源'，保证我们的'本来面貌'。同理，你拿到的那个信标，以千年前的技术标准来看，其科技含量也根本算不上高。但对现在的人而言，却足以挑战你们对这个世界的认知了。"

"那它到底是什么东西？"

"因为残留的记录和样本实在有限，而我也不是专业技术人员，因此我无法非常准确地描述这件东西到底是怎样的工作原理或者特性，但发生在你身上的事至少让我确认了一项假说：从某种意义上讲，异兽和傀儡，其实就是一样东西。"

"啊？！"我一时间有些不敢相信自己的耳朵，"你说啥？！"

"我知道这听上去有些难以置信，但你平时难道就从未感到奇怪吗？"历史学家问道，"如果认真思考过，那么任何人都不难意识到，傀儡与异兽这两种看上去完全不搭边的玩意儿，其实有着非常明显的共同特征。"

说得倒是轻巧！不过拜托你也设身处地替我想一想，像我这样一天到晚都在拼死拼活地为了人类的未来、为了履行我的神圣职责而奋斗的大忙人，哪会有空胡思乱想啦！"你说的'共同特征'指的是——"

"意义，"历史学家说道，"无论是傀儡还是异兽，除了少数像艾琳那样不太'正常'的个体之外，他们的行为全都缺乏意义。"

"呃？"

"就算你和绝大多数人一样不喜欢动脑子，但肯定也曾经在战斗中考虑过这个问题——为什么那些被称为'傀儡'的家伙会希望你们去死？为什么他们要彼此攻击？联合军政府的官方说法其实无法回答这个问题，他们只是先入为主地将傀儡定义为'邪恶'，并单方向宣布这些侵占了人类土地的入侵者罪该万死，仅此而已。"说到这儿，罗蒙诺索夫突然朝着露天澡堂边缘的石质围栏方向指了指，"但你能不能告诉我，这所谓'入侵'的意义何在？！"

"呃……这个……"

"啊，你不知道。当然，这并不奇怪——因为这种入侵本就是**没有意义**的。在人类历史上，驱动人群有组织实施暴力的原因只有两种：形而下的经济因素，或者形而上的意识形态理由。后者通常又基于前者而产生。"历史学家说道，"如果有谁要夺取一片土地，通常有以下几个原因：这片土地对你有价值，或者以某种方式对你产生了威胁，又或者是因为传统、契约与意识形态——但后几种因素往往与第一或者第二个因素存在着种种关联。"

"所以……"

"所以这也是我们无法理解傀儡们的行为动机的原因——在这一路上，你我都看到了那些家伙的所作所为，除了战斗和破坏，他们几乎完全不从被占领的土地上获取什么，也不在这里生产或者制造什么,更不存在贸易、旅行或者交换活动,当然也无所谓契约、荣誉或者复仇。换言之,以人类的角度来看,这场战争根本毫无意义,反倒是和异兽们的行为方式有异曲同工之妙。"历史学家伸出了两根手指,在我面前比画了一下,"毕竟,那些被我们统称为'异兽'的危险生物对人类特有的敌意和攻击性同样也是不合理的,无论从费效比①还是必要性来看都极端不划算,但它们却仍然在攻击人类。"

"据说'异兽'也是在傀儡战争爆发之后逐渐扩散开的……"我想起了过去听说过的一些传闻。

"没错,这种相似性无法以'巧合'来概括,唯一合理的解释只有一个,那就是人为的干预。事实上,傀儡和异兽的生理结构确实存在着受到这种干预的痕迹。"历史学家点了点头,"基于特定目的的人为干预是人化自然与自在自然产生差异的根本原因。在自然环境下解释不通的东西,在人化自然环境下却是合理的——比如金鱼。如果一条长着醒目的金色鳞片、身躯粗短、尾巴开裂,还长着鼓胀眼睛的金鱼出现在自然环境中,它多半没法在猎食者面前存活超过几分钟,因为这些性状绝对不利于生存。但对于人类而言,这些性状却是有价值的,因此金鱼不但没有灭绝,反而还随着人类扩散到了数以百计的世界上。能明白我的意思吗?"

好吧,其实我并不太懂这个"自然"那个"自然"什么的,但我以前确实也养过金鱼——在清洗可能被有毒物质污染的装备时,很多部队会把清洗用水倒进金鱼缸里测试毒性。目前在我看来,历史学家关于金鱼的那番话确实有些道理。

---

① 即投资回报率(ROI),是投入费用和产出效益的比值,用以衡量投资活动中的经济回报。

"所以，你已经知道傀儡的全部底细——呜嗷！疼疼疼！"在脑门上突然挨了一下后，我连忙捂着脑袋后退了两步，"你干吗学平娜她们的坏习惯啊？"

"因为你这人呀，有时候就是迟钝到让人恨不得好好揍两下。"历史学家坏笑了两声，"你倒是想想，要是我已经弄明白了所有事情，那我们为什么还要特地冒险跑到这地方来？在我们找到关键证据之前，我能做的只是提出假说、进行推测，但无法确定其中到底有多少是真实的。毋庸置疑，'傀儡'和'异兽'的产生很可能都是人为干预，甚至是基于计划严密的基因工程试验所产生的结果，但我们的祖先这么做的目的是什么？它们又是如何被唤醒的？以及最重要的，我们要怎么样才能结束这场已经持续了两百年的无意义战争？别忘了，'找出结束战争的方法'，这才是我得到的委托。"

"明白了，"我点了点头，"就这些？"

"不止。在我说'可以'之前，那天晚上的事你最好保密，尤其不要告诉除了我们的队员之外的任何人。种种迹象都表明，有某些人并不希望看到我们取得进展，假如他们知道了这些，恐怕会采取更加极端的方式来对付我们。"历史学家想了想，然后继续说道，"除此之外，为了我们共同的事业，我建议你在这几天最好当心点儿。"

"呃，当心谁？桃源的人吗？"

"不是。我对本地居民的诚意与友善度基本上……还算有把握。虽然真正重要的事要对他们保密，但也不需太过提防。"历史学家摇了摇头，"我希望你帮忙盯着的是另一个人。"

接着，他以最轻的声音在我耳边说出了那个名字。

第十一章

可可与古代遗物

1

"喔啊啊啊啊啊啊啊——"

当伊斯坎德尔·罗蒙诺索夫抬手打了一个响指,让他的无人机助手"穆吉"将一幅三维全息影像投影在一份摊开的地图上后,聚在大厅中的本地人顿时发出了阵阵混合着惊讶与崇敬的赞叹声。

当然,考虑到这地儿的居民全都是和外面的文明社会隔绝两个世纪、连手电筒都很少见到的土包子,会有这样的反应也在意料之中就是了。

"好厉害啊!外面的人都在用这么好的东西吗?"在惊叹不已的众人中,之前一整天都在负责招待我们的阿良表现得最为激动。事实上,她现在就差直接在脸上写上"我想要这个"这行大字了,"这真的是科学,不是魔法吗?"

"特别高明的科学本身就可以被视为魔法哦!"历史学家半

开玩笑地笑了笑，"啊啊，当然，穆吉是黄金时代的遗物，现代人——至少是居住在和谐星上的现代人——目前已经无法制造这样的东西了。但在阿卡迪亚和其他人类的居住区，我们确实还能制造一些技术不那么复杂的设备。"他指了指挂在大厅顶部的硕大油灯，以及不远处的壁炉中哔哔剥剥燃烧着的干柴，"比如说，所有联合军治下的城镇都有电灯、自来水系统和电线杆，在据点镇这样的地方，就算自己家里没准备发电机，一天通电十个小时还是能保证的。"

"唉唉！有这么好的事情吗？"阿良兴奋地问道，"除了偶尔从外面捡来的设备之外，我很少见到用电的东西耶！没想到外面的人的日子过得这么好！有这么方便的——"

"呃，其实也算不上特别好就是了。"或许是不太会应付激动的女孩子的缘故，历史学家有点儿尴尬地挠了挠脑门，"那个啥……总而言之，就像我之前保证过的那样，只要你们能协助我查清藏在这片土地中的秘密，我们就有可能找到结束这场毫无意义的战争的方法。到时候，桃源就能与其他地区恢复联系，也能重建贸易往来、共享技术，甚至还能携手寻回那些失落的科技，重振我们的文明，让和谐星的所有人都过上更加幸福而舒适的生活！我相信，这显然是最符合各位利益的做法。"

利益。 自从抵达这里之后，罗蒙诺索夫就一直在向本地人反复强调这个词儿。虽然在我这种大公无私、乐于奉献的人听起来，这种说法实在有点……市侩，但我倒也不是不能理解他为什么要这么说。毕竟，人类在本质上是一种基于经济理性行动的生物，当双方存在统一利益时，合作关系显然也会变得更加牢固和可靠一些。

"那您到底要找什么呢？"大厅中年纪最大的男子说道。如果我没记错的话,这个名叫角的秃头老人是桃源中近两千名居民的首席代表,换言之,他是这地方说了算的那位,"究竟是什么样的圣物,居然强大到可以结束这两百年来的战争?"

"具体情况仍然有待调查,但根据我的推断,'那东西'大概和桃源一直未被战火波及、平安无事地留存到现在的原因有着某种紧密的联系。"历史学家答道,"在我们刚刚叨扰贵地时,您似乎也提到过,本地人的祖先是大战刚爆发时被困在城内、无处可去的难民。当战争的魔爪无情地撕碎一切时,这片土地却奇迹般地庇护了你们一代又一代人免遭毫无意义的暴力荼毒,你们应该也曾思考过这背后的原因吧?"

"这个……我们这儿确实是有一些关于守护神或者古代宝藏之类的传说,但早就没什么人在乎了。"阿良可爱地歪起了脑袋,抓挠着她的红色短发,"谁叫我们桃源的人都是活在当下的呢? 当初,我们的老祖宗被傀儡军团攻击,又没能跟上逃往边疆的联邦军队,在碰巧找到桃源之前的许多年里,他们都只能在战火连天的内地颠沛流离,过着有一天算一天的糟糕日子。从那时起,我们就决定不去记忆历史了——毕竟过去的事儿只能让人感到难受。"

"好吧。其实这也不算意外,"罗蒙诺索夫耸了耸肩,"就算你们不清楚自己土地上的秘密,我也还有别的办法确定目标的位置。"他朝着一名本地人代表做了个手势,示意后者取出一幅手绘的桃源地图,并将这幅地图摆在了无人机助手投射出的全息投影下方,"穆吉,按照地图的比例尺对投影进行缩放并调整影像方位。"

"指令确认。"无人机用平板的合成语音答道。那些由光线构成的高楼大厦随即缩小,由一人高变成了儿童积木的大小,看上去倒是和站在一旁的罗蒙诺索夫的幼儿体型颇为相配。"喏，这就对了。"历史学家点了点头，"各位请看，这就是两百年前，傀儡战争尚未爆发时的日出城——我在一座属于联邦科学院的旧设施里找到了当时的城市地表建筑群规划图。而这里，就是当时的联邦科学院。"

"好奇怪的大房子哦。"阿良像是看到了新玩具的小孩一样好奇地朝历史学家指出的影像伸出了一只手，小心翼翼地碰了碰它，然后又立即把指头缩了回去。虽然她这话显得有点儿少见多怪，但我大致上倒是能够了解她为什么会有这种想法。全息影像描绘出的两百年前的科学院大楼是一座造型颇为怪诞的建筑，由三座巨大的螺旋塔形状的主建筑、至少二十座圆锥形的副楼，以及一大堆造型凌乱的天桥拼凑而成。很显然，这玩意儿的设计师要么是抽象主义艺术的狂热爱好者，要么就是蓄意要迫害像我这样可怜的整洁强迫症患者。不过万幸的是，在全息图像下方的地图上，这块地皮目前的使用方式被标注为"仓库"和"不可燃垃圾堆放场"。毋庸置疑，无论那座建筑物的审美水平多么差劲，至少它在两个世纪前就已经消失了。

这可真是件幸运的事儿。

"虽然战争没有波及桃源，但我们需要土地，需要建筑材料，而且长期无人维护的大型建筑物也会变成随时可能倒塌的危房，"阿良解释道，"所以过去的绝大多数高层建筑物都被拆掉了，这也是没办法的事。"

"也就是说，我们根本是白跑了一趟？"在一旁的平娜沮丧地问道。

"未必。"历史学家说道，"根据记载，联邦科学院有规模庞大的地下建筑群，其代号为'城堡'。过去联邦最重要的资料储存中心、实验室和关键设备全都被藏在这里。事实上，'城堡'的某些部分的坚固程度甚至达到了高等军用掩体的级别，并且配置了当时最先进的自动化防御系统。如果我没猜错的话，桃源居民所拥有的工具应该无法开启位于这类地下设施的入口的防爆门，因此本地人大概从没下去过。"

"这倒是。"角点了点头。这位本地人的首领不知何时拿出了一支造型古朴的毛笔，在地图上画出了十多个红圈，"请看。在这里、这里、这里、这里、这里，还有这里……"他用枯瘦得活像是干柴棍的手指挨个点着那些红圈，"这些地方都有过去留下的地下室或者地道一类的设施。如果我的记忆还算靠谱，其中至少有七，不，至少八个地方存在着'打不开的门'。"

"好极了。而且这些地方正好全都在联邦科学院旧址附近，也就是说，它们都属于'城堡'。只不过，并不是所有通往地下的入口都有用——按照记载，'城堡'内部分为多个相互隔绝的区划，每个区划内又有数个到十余个不同的实验室，以及大量功能性建筑。而我正在寻找的、与那个代号'国王'的研究计划相关的资料和其他东西很可能都集中于某个单独的实验室之中。"历史学家兴奋地咬了咬嘴唇，"虽然我们在理论上有办法进入这些地下建筑，但要逐个搜索的话还是太困难了，甚至近乎不可能。根据残存的资料，在'城堡'中，仅仅连接各类设施的隧道总长度就超过了一百二十千米，分布在从地下四米到六十米的深度，而且在强化防御区段内还有额外的……"

呃，虽然各位也许很想知道伊斯坎德尔·罗蒙诺索夫在那一天到底还说了什么，但很不幸，我所听到的对话也就到此为止了。虽然作为队里的指挥官，从理论上讲，我有必要听取一切与任务相关的资讯。但我一直以来都是个不那么在乎技术问题的人。在我看来,抓紧时间好好休息、养精蓄锐,第二天精神饱满地投入工作才是最为合理的选择……没错,这可绝对不能和偷懒混为一谈!

总之,在那时,我打着呵欠离开了众人聚会的大厅,准备返回分配给我的房间好好睡上一觉。但就在这时,一阵代表紧急通信的短促蜂鸣声从我藏在左耳中的迷你麦克风里传了出来。

"阿德阿德! 你听得到吗? 快到这边来!"在我开启通信频道后,栗子焦急的声音立即像锥子般扎进了我的耳朵里,"出事了!"

2

"好极了,我就知道这个浑蛋根本靠不住!"五分钟后,在分配给可可的房间外,我将一只脚重重地踏在了那个醉睡如泥的家伙的胸口上,慢慢地加重了力道,"喂,你这连送去垃圾回收站都不配的废渣,给我起来!"

"呃,怎、怎么了?"那个被我踩住胸口的白痴带着一脸欠扁的神情爬了起来,随后立即挨到了一通货真价实的痛扁。说实话,时隔这么些天,看到平娜又一次对德尔塔这厮使出她的招牌铁手功,着实是件让人感到赏心悦目的事儿,"长、长官! 您这么做实在是太粗暴了! 我、我什么都没干呀啊啊——"

"我付钱让你当治安官助手,可不是叫你什么都不干的!"在以一记漂亮的下勾拳揍在那个猥琐男人的肚子上后,平娜用足以将饥饿的黑兽都吓得汗毛倒竖的声音吼道,"你——还——记——得——我——要——你——做——什——么——吗?!"

"那,那个……呃……长官,您好像……您让我看着可可,别让她走丢了。"德尔塔的那对灰色的耗子眼珠来回转悠着,显然正试图弄清楚激怒他的长官的原因,"但是……那个……咦? 她是什么时候——惨了——"

在看到屋里那张空荡荡的小床后,德尔塔就像被毒蛇盯上的耗子一样彻底愣住了。

"够了,上尉。"就在平娜准备再度对这个不成器的家伙实施教育、好帮助他建立起更加良好的工作习惯时,背着一只硕大的背包、匆匆赶来的罗蒙诺索夫拦住了她,"在我看来,您最好还是原谅德尔塔先生的这次……失误。因为他至少在主观上并没有打算犯错。"

"原谅? 然后让这家伙下次再坑我们一回吗?!"平娜很不开心地摇了摇头,但还是不情不愿地放下了那只机械义肢,"只是叫他看守一个普通女孩子,居然也能出这种问题! 像这种没用的——"

"恕我直言,虽然你对德尔塔先生能力的评价没什么大错,但恐怕可可并不是什么'普通女孩子'——至少现在不是。"历史学家在房间里四下张望了一阵,接着拿起了一只写着德尔塔名字的铝制军用水壶,拧开壶盖,将里面剩下的水全都倒在了地板上,"请看这个。"

"啥?"我打开手电筒,仔细地打量了一番历史学家从水里找到的东西。但它们怎么看都只是一些没形没状的黑色碎块。

"在之前因为研究需要而和丘陵地带的法外人接触时,我曾经顺带从他们那儿学到过一些草药知识,"历史学家拈起了一块被泡胀的黑色玩意儿,"这是昏睡菇的伞盖,一种原本产自地球、却在引种到其他世界的过程中发生了变异的药用真菌。简单来说,这玩意儿可是这个世界上最安全有效的天然镇静剂了。"

"嗯,你这么一说,我倒是想起来了,"我点了点头,"但我们明明没有人携带——"

"我可没说这是可可从我们这儿偷来的，"历史学家一边胸有成竹地答道，一边打开了背后的大背包，"事实上，早在一个星期前，我就已经注意到可可趁我们不注意时在野外采集这东西了——啊，不对，准确地说，其实是这位老兄发现的。"

"爪爪？唉，它怎么死了？"在看到历史学家从背包里抖出来的那几块毛茸茸的残块后，跟着我们一起赶到的咪咪惊叫道，"好可怜啊。早知道以前就应该多和它玩玩……"

"愚蠢。"熊玩偶摆动着一只小爪子，勉强将它那可爱过头的脑袋转向了咪咪的方向，并用很不可爱的语调说道，"愚蠢透顶。我怎么可能死呢？"

"唉，原来你还活着啊，那真是太好——呜喵！"

"你就不能蠢得有点儿底线……嘛，算了。总之，请不要对一个从未活过的对象提起'死'这个概念。"熊玩偶用仅存的爪子轻轻地敲了咪咪的脑门一下，"我现在只是受到了一丁点儿损害，失去了行动能力，但这算不上什么。"

如果这家伙没有在半个月前就严正声明自己并不具备真正意义上的智能，而只是拥有一系列让它看上去很"聪明"的只读程序的话，我几乎要为它现在的坚强表现感动得涕泗横流了。在我看来，爪爪可不仅仅是受了"一丁点儿"损害，事实上，现在的它几乎已经完全成了一堆只剩下回收价值的破烂——熊玩偶的上半截身体被齐胸斩断，一截胳膊则被整个儿削掉了。与上身脱离的下半身甚至还遭到了一次额外的重击，在破损的皮毛外套下，大量破损的零件乱七八糟地从参差不齐的裂口中探了出来，让人一看就有种相当不舒服的感觉。

"嗯，这么说也没错。至少你的主要存储设备与能源系统都还完好无损，"罗蒙诺索夫点了点头，"影像播放设备呢？"

"还好使,老大。"随着一道绿光闪过,熊玩偶的一只玻璃眼珠亮了起来,将一幅全息影像投影在了我们面前。在这段持续不到半分钟的录像中,与我们一起在野外宿营的可可趁着夜色悄悄起身,从本该负责放哨、但此时却在打瞌睡的德尔塔(又是这家伙!)身边溜了过去,在一棵腐朽的树木旁采集着什么。而随后播放的那段录像则是刚刚录制的——由于画面抖动得太过厉害,我只能通过模糊的残像勉强辨认出,爪爪似乎试图阻止突然闯入室内的可可,结果却被对方手中的劈柴斧粗暴地砍倒在地。

虽然这么承认让我有些不好意思,但说实话,这两段录像确实让我受到了轻微的惊吓。对见多识广的我而言,可可对熊玩偶施加的那点儿暴力根本不值一提,但她在录像中的眼神却让我感到了莫名的不适,那是一种空洞而毫无感情的眼神,一种根本不像是属于活生生的人类的眼神。比起憎恨、愤怒和厌恶,这种空洞反而显得更加令人生畏。

"总之,事情就是这样。"历史学家总结道,"在让可怜的德尔塔先生睡了个好觉之后,可可就去了我的房间,砸烂了我留下来看守行李的爪爪,并且取走了我放在那儿的东西,以及我替她保管的古代信标——与我预料中的一模一样。"

"预料中的? 所……所以说,你其实早就知道可可会做这些事了?"平娜惊讶地问道。

"至少我认为她有这么做的可能。"历史学家耸了耸肩,"在离开阿尔-萨尔特丘陵之前,我曾经询问过其他被我们救下的孩子以及附近的法外人聚落的居民,所有人都提到,可可在大约一个月前曾经走失过一次,在那之后,她的行为就已经变得相当怪异了。而考虑到她很可能恰好是在那段时间'捡来'了那件古代信标,也就是安东旅的那帮人所谓的'罪孽之杖',要是没有人在幕后搞鬼,那反而才是怪事一桩。"

"但她的目的是——"

"和之前那些刺杀我的家伙一样。他们多半是想要得到我随身携带的某些关键资料和设备,以达成他们的目的。"历史学家的回答还是一以贯之地语焉不详,"我想,可可大概被植入了某些强制暗示,一旦满足预设的触发条件,就会强制她采取行动——如果对方拥有黄金时代的技术,这是完全做得到的。我相信,这么做的人预先判断出了我可能选择的行动路线,并设计了相应的方案:如果我们被可可招来的异兽杀死了,那么他们只需要从我的尸体上找到他们想要的东西带走就行;如果这一计划没能成功,那可可就会设法留在我们身边、跟着我们来到日出城,然后执行B计划。"

我本想问问这个"B计划"到底是个什么玩意儿,但当我开口时,提出的却是另一个问题:"但这事儿还是有些不合理,如果可可被植入的暗示是'召唤异兽杀掉我们',她当时为什么带着信标往村外跑? 还有,在安东旅的营地里,她为什么要诬赖我们? 这对实现目标并没有好处。而且,那时她的行为更像是……更像是基于她自己的意志。"

"我也这么觉得,不过这并不重要。"历史学家说道,"唯一重要的是,既然可可已经如我预料的那样采取了行动,而德尔塔先生也如我所料的那样未能制止她,那就意味着,我们所面对的一个问题已经解决了。"

当然,没人问他那到底是什么问题。

就在我们颇有默契地朝着屋外走去时,自打接受了平娜"教育"后便一直默不作声的德尔塔突然战战兢兢地开了口:"呜……那个啥,既然这都是你们计划好的,那我挨的这顿揍能算是工伤不?"

"想得美!"我们所有人异口同声地答道。

3

在我的想象中,传说中封印着古代秘密的大门看上去应当更像是绘本故事里的勇者们闯荡的地下城的城门——坚固、宏伟、庄严,布满了华美的装饰和神秘的咒文,最好还要多出几条"擅入者死"之类的警告。但当我们跟着手持一台古老的个人终端的罗蒙诺索夫来到那扇门前时,实际看到的景象却与这些想象截然不同。

……呃,好吧,其实也不是完全截然不同。至少在坚固这一点上,这扇本地居民口中"打不开"的门确实是达标了。在它钢青色的门板表面,数以百计敲打、凿击,甚至是爆破留下的痕迹都清晰可见,但这些破坏手段全都未能对它造成任何真正意义上的损伤。除此之外,这扇门看上去完全就只是一扇非常普通、正好能容两人并排进出的厚重大门,和据点镇自治政府的办公楼的大门没有太大区别。只不过,堆放在它附近的大量建筑垃圾和堆肥让这扇门远不如据点镇政府的那扇门那么威严。

"你确定可可是从这里下去了?"捂着鼻子的平娜问道。在她身后,我的全体队员,以及几十名拿着猎枪和农具的桃源居民们也纷纷发出了类似的抱怨——很显然,他们对于半夜三更来到这个曾是某座大楼的地下一层、现在却被当成两个居住社区之间的垃圾堆放场的地方这事儿不太高兴,"这扇门看上去不像是被打开过的样子。"

"看上去像不像无关紧要,我放在'那件东西'里的追踪器才是关键。"历史学家朝着平娜举起了手中的个人终端,指了指显示屏上的一个正在发光的标记,"可可现在就在这下面大约两百米的地方,十一点钟方向。这套追踪器发出的中微子定位信号穿透力非常强,而且被干扰的可能性极低,因此我们不需要担心出错的可能。"

"但愿吧。但就算这扇门之前打开过,它现在也已经给锁死了。看来我们的小朋友至少还是明白要随手关门的道理的。"平娜用她的金属义肢笨拙地猛敲了几下大门,然后摇了摇头,"你打算怎么办?是用锥形装药爆破,还是干脆上铝热剂,来个——"

"我们哪会有那种东西啊?!"栗子一脸黑线地吐槽她,"都是因为我们不好,阿德这两年一直没赚到什么钱,根本就买不起这种装备。"

"什么我们不好,分明是阿德自己动不动就想赖在据点镇休息,还花了那么多时间参加根本没有报酬的欢乐街治安巡逻任务!咪咪好几次找到了好赚钱的委托,他都说没空——啊!"咪咪的抱怨还没说到一半,栗子就及时地捂住了她的嘴巴,并做了个"安静"的手势。

多谢了,栗子!干得好!

"就算我们有那些玩意儿,这扇门的坚固程度也不是一般的破坏手段对付得了的,'走为上二号'的一发离子炮的最大出力射击大概勉强可以熔穿它,但有引发地道崩塌的危险。除此之外,我带来的那套设备在理论上也能用于入侵门禁系统,但它已经被可可带走了。"罗蒙诺索夫说道,"不过,我们完全可以用更和平的方法进去。"他走到坑坑洼洼的门前,揭开了一块镶嵌在金属门板上的盖板,露出了下面的终端,"艾琳。"

"唉?"队里的机械师兼女仆兼助理驾驶员挠了挠头。

"你来打开它。"

"啊哈?"艾琳看上去完全不知所措,"我……我怎么可能知道这玩意儿的密码? 你这不是强人所难吗?!"

"你不需要知道,"历史学家掏出一把多用途军刀,递给了艾琳,"让爱尔卡出来,就这么简单。"

"呃,好吧。"在几十双好奇的眼睛注视下,艾琳闭上双眼,开始唤出并存于她脑子里的三个人格中的一个。说实话,直到现在,我都还没弄明白她到底是怎么完成这一神奇的过程的,"嗯,让我瞧瞧,你小子要的就是打开这东西? 不需要再让它关上、也不在乎是不是完好? 对吧?"

"没错,都不需要。我只要它打开,"历史学家微微一笑,"您请随意。"

"那你算是找对人了,小子。这种和平年代设计的玩意儿可是防君子不防小人的,由本天才机械师亲自出马,它就连小菜一碟都算不上!"机械师端详了终端一小会儿,然后熟练地把军刀的刀尖当成螺丝刀,卸下了整个终端的控制面板,并驾轻就熟地拆卸起暴露出的一大堆线路和电子元件。没过多久,原本关得严丝合缝的大门就开始缓缓地开启——与此同时,一阵活像是一百只受惊老猫的惨叫般的警报声也响彻了这个堆满垃圾的混凝土大坑。

"唉,这样没问题吗?"栗子有些担心地握紧了双手,"万一出了什么事，让阿德遇到不必要的危险的话——"

"尽管放心，"爱尔卡充满自信地朝着栗子露齿一笑，"类似的玩意儿我以前也见过，一旦被暴力破坏，它们就会自动发出警报通知值守人员，但也仅此而已了。我向你们保证，除了吵了点儿，它没有任何危害……呃，应该是这样没错……这、这又是怎么回事——"

当位于曾经的地下室墙壁上的一连串一人高的暗门在"嗡嗡"的电机声中接连开启时，机械师的那股子自信立即消失不见了。又过了几秒钟，那张脸上的笑意变成了不知所措的惶恐。很显然，在发现自己捅了娄子之后，爱尔卡立即机智地躲了回去，把这个身体的控制权重新扔给了艾琳。

这么做还真是有够无赖的耶！

"啊，那个啥……我什么都不知道。没错，我真的什么都不知道喔！"手足无措的艾琳连忙条件反射般地解释道。不过倒也没人多说什么，毕竟，比起指责无辜的艾琳或者提议让爱尔卡解决问题的罗蒙诺索夫，我们现在还有更大的麻烦需要关心。在足足一打开启的暗门之后，有一半没有任何动静，但另一半可就不那么平静了。还没等刺耳的警报声完全停歇下来，一群块头不小的家伙已经从门后的黑暗中冒了出来，而且各个瞅上去都显然不是什么善茬。

"可恶，居然还有这么一手！"历史学家恼火地咬了咬嘴唇，一股轻微的芥末味儿在他身边弥漫开来，"不不不，这完全是我失算了……像这种要地怎么会没有最起码的自动化安保设施呢？以大战前最后三十年本地技术水平的标准……"

虽然罗蒙诺索夫说这只是"最起码的安保设施"，但至少在我看来，它们显然已经超出了"最起码"的水准。这些从暗门中冒出来的安保机器人个个都和轻型装甲侦察车差不多大小,有着昆虫式的两对步行足和一对多功能机械臂,看上去有些像是传说中一种叫作"阿拉克涅"的奇幻生物。虽然由于常年缺乏保养,就算这些还能动弹的机器人已经锈迹斑斑、步履蹒跚,有些甚至还在钻出来的过程中包裹了一身的瓜果皮、烂菜叶和其他用来做堆肥的有机垃圾,看上去活像是审美品位恶劣的狂欢节人偶,但任何看到它们的装甲板和机械臂上的固定式武器的人都会明白,和这些家伙对着干显然是件费力不讨好的事儿。

"呼,还好还好,"让我感到颇为不解的是,我身后的平娜居然在拔出武器的同时松了口气,"幸好不是傀儡。朝机器开枪至少不会让我像射杀有血有肉的对手那样产生罪恶感。"

喂,你的注重点好像不太对吧!

"这是什么鬼? 呜哇——"在那些大家伙摇摇晃晃地爬出来之后不久,与我们一起赶来的一名桃源居民非常不幸地成了它们的第一个攻击目标,在被对方发射的弹药命中的瞬间惨叫着倒在地上,当场丧命……哦,不对,他其实还活得好好的。毕竟死人可不会这样夸张地抽搐着大喊大叫。

"装备的是电击枪? 这倒也不奇怪……"历史学家点了点头,"毕竟这儿以前可是首善之区,就算是安保机器人也不能随便杀害非法入侵者,看来情况至少还不算坏……"

嗯,这么说倒也没错,既然情况不算坏……等一等! 这算是哪门子的"不算坏"啊?! 虽然我素行良好、遵纪守法,打小就没犯过比乱穿马路、随地大小便或者偷吃食堂里的棉花糖更严重的罪行,更不至于被手持电击枪的执法队给盯上,但我也不是不知道这玩意儿的厉害。在刚从一个二道贩子手里入手了几把电击手枪时,咪咪就曾在胡乱摆弄它们的过程中不小心把一发电击飞镖打在我的腿上,结果害得我在大半天里走路都不利索。虽然我很清楚,这种东西确实打不死人,不过挨一下那可是会让人痛得想死啊!

总而言之,我是绝对绝对不愿意被这些鬼东西在身上插上几发飞镖的。为了避免这种情况的发生,最好的办法显然是剥夺它们这么做的能力。

于是我拔出激光手枪,对离我最近的那台机器人以最大射击出力开了火。

"你干什——呀啊!"

当激光手枪握把上方的能量读数下降十分之一后,一个因为极端痛苦而扭曲得活像是破锣般的惨叫声在我耳边响了起来。当然,发出惨叫的并不是被我瞄准的机器人,这些老古董显然远远没先进到会假装自己很疼而且还能喊出来的程度。"喂,你傻啊!"历史学家连忙喊道,"没看到这些玩意儿的装甲板上有能量武器偏转涂层吗?!"

我最好是看得到啦!这玩意儿上面全是该死的垃圾,而且现在又这么暗,我怎么可能看得出它有那什么混账王八蛋涂层啦!这不是欺负人吗?呃,虽然我很想这么回答他,但在看到那位因为我鲁莽的射击而被烧伤了肩膀、正泪眼婆娑地在地面上打滚的村民之后,我还是很有良心地把这几句话吞了回去。"我说,你才是专家吧?"我问道,"你的那些'伙计'呢?它们对付不了这些东西吗?上次不是它们打倒了那些袭击我们的傀儡吗?"

"穆吉和贺尼的武器系统针对的是活体生物的神经系统,可不是机器人的电路什么的。"在躲过一通劈头盖脸飞来的电击飞镖后,历史学家一边与他的那对"伙计"拼命朝着远离那些机器人的方向发足狂奔,一边解释道。说实话,他的这副又矮又瘦的身板居然也能跑出这种速度，倒也充分表明了人在紧急状态下可以发挥出多么惊人的潜力，"总之，根据我的判断，我们目前持有的武器并不足以有效对付这种级别的对手。"

好极了，多谢提醒。不过就算他不说，我也能看出这点就是了。在这些不怀好意的大家伙钻出来之后，在场的所有人立即不约而同地举起了手中一切带扳机和管子的玩意儿，将子弹、霰弹甚至激光雨点般地砸向了这些玩意儿，但除了噼里啪啦地听个响儿之外，实际效果约等于零。当然，我不认为这些家伙的装甲能够抵挡得住"走为上号"的那挺重机枪，更别提"走为上二号"装备的那些无比凶残的大杀器了。但很不幸，这两辆车现在都停在差不多一千米外的空地上，至少眼下压根儿指望不上。

"别担心，少校。"历史学家显然看出了我在想些什么，"虽然我们暂时没有能直接干掉它们的手段，但这并不意味着我们就对付不了它们。"

"呃？你是指——"

"所有本地人，多谢你们帮忙！现在请立即离开这里！"历史学家一边大喊，一边朝着已经开启的地下大门挥了挥手，"其他人，跟我一起下去！现在！"

第十二章

梦境与惨淡透顶的现实

1

在一片令人窒息的黑暗与闷热中，动弹不得的我就像是一只陷入蛛网中的昆虫，什么都做不了，只能凭着残存的那点儿半清不醒的意识倾听着周遭的声响。事实上，这根本就算不得一个选择。毕竟，就算我现在不想听，这些声音也会粗暴地钻进我的耳朵、敲打我的鼓膜，让我的脑子在一阵又一阵的胀痛中颤抖。

那些不断骚扰与折磨着我的声音有很多种：爆炸声，飞行器高速撕裂空气的啸叫声，建筑物垮塌的沉闷轰鸣，易燃的纤维在高温氧化时化为灰烬的轻微脆响。这里到处都是火的声音、风的声音、人的声音、死亡的声音……空气中弥漫的毁灭气息让我时刻都能清晰地意识到，我正处在一片毁灭风暴的中心，而我身边的一切，随时都有可能走向万劫不复。

当然，这幕戏剧的结局对我而言并无悬念。在我意识的角落中，一个念头告诉我，此处并不是我的终焉之所。而在我身边也并非只有燃烧着的毁灭与死寂，我能够感觉到，某个我熟悉的人正在照顾我，在干热的、带着燃烧气息的风中，我能够嗅到一丝细微的、属于女性的味道，而我也下意识地知道，这意味着某个关心我、爱护我的人正待在我的身边。我意识的一部分告诉我，我此时此刻感受到的一切并非脑中的幻觉，也不是目前正在发生之事，而是很久之前留下的记忆，但我混乱的大脑却拒绝进一步说明这段记忆来自何时，又为何会在这时重新冒出来。

"咪咪？你回来了？"一阵模糊的脚步声由远及近，一个声音在我的耳边问道。温热的气息刺激着我的额头，让我感到了一阵并不合适的悸动，"找到能帮忙的人了吗？"

"咪咪找到了哦。"另一个距离远一点的声音说道，"虽然之前和我们在一起的大家都不知道到哪儿去了，不过这附近还是有人的哦。"

"那就太好了……唉，等等！你说不是我们的人？"第一个声音惊慌了起来，"我不是说过，不要在这种地方随便接触陌生人的吗？万一阿德有个三长两短，我们这辈子都没法报答——咦？那是谁？别、别过来！你再接近的话，我是真的会开枪的喔！"

"栗子姊姊，你别害怕啊！"来人有点儿困惑地说道，"这位大姊姊是自愿来帮我们的。你之前不是说，我留在这儿根本帮不上忙，所以要我去别的地方找人来帮助阿德吗？所以我才——"

"像你那样直接用胶水去粘阿德头上的伤肯定是不行啦！我以前不是早就告诉你了吗？那种强力胶是有毒的！既不能用来吃，也不能拿来粘别人的伤口啦！万一阿德出了什么事，我们俩这辈子都会背着恩将仇报的恶名，到时候我们该……不对，等等,咪咪你快点离那家伙远一点儿!那制服……那、那可是傀儡啊!"

"我没有恶意,"第三个声音说道,平稳而缺乏感情,"我也对你们没有威胁。"

"开什么玩笑!你以为我们会相信你的鬼……咦?傀儡什么时候也会这么说话啦?从来没见过耶!难道你其实是人类?"

"问题指代不明。如果需要答案,请以符合逻辑的语言给出'人类'这一概念的具体定义,"第三个声音继续平板地答道,"否则问题无从回答。"

"算了,能说出这话的怎么看也不像是正常人。不过这家伙到底是怎么搞的……"

"本个体的半有机体中央集成处理模块,又称'人造脑'的部分机能因为外部原因,目前已经发生C级故障,部分存储数据损失,无法恢复,等待回收再启动中。"

"数据损失?啥意思?咪咪你到底是在什么地方找到这么个怪人的?我看这家伙的脑子肯定有问题,万一她对阿德不利,我们……"

"这个……唉嘿嘿……这位大姊姊好像不记得自己是谁了。咪咪是在南边的山下面的一辆'基路伯'重型坦克附近找到她的,里面的其他人都已经死了,而她好像也不记得自己为什么会在那儿的样子——但在咪咪问她能不能帮忙时,她说她有'必要的紧急救护能力',所以咪咪就带她来了。"

"这……等一等!我以前也听说过这样的事儿,虽然所有人都以为那是骗小孩子的童话故事,根本不可能是真的……不不不,现在这种情况,要是不试一试的话那就太可惜了……喂,那个谁,我要怎么称呼你呢?"

“48420-30001ENG。”

“4842……这、这是啥鬼？电话号码吗？还是配额食品领取本的编号啥的？算了，反正也记不住，我就叫你艾琳好了。咳咳，艾琳，那个……嗯，请告诉我，你现在的任务状态和自我身份定位是——”

“数据缺失，无法判明。”

“能否重置？”

“可以。根据《紧急状态条例》第3-1条的规定，任何自然人均有权限在特殊状态下对我的上述状态进行重置，而我目前的硬件条件也基本支持这类操作。您的要求是——”

“请帮帮阿德！怎样都好，请帮帮他，我没法处理他现在的伤势！如果他有个三长两短，我……我就不能……”

“临时任务确认，为伤员提供医疗援助，成功概率预判：高。”平板的声音说道，“在已损坏载具0333-2A10里的战地医疗装备足以完成该任务。你们还有什么要求？”

“你能给咪咪做冰激凌吗？”

“抱歉，我并不明白这个名词的具体含义，只知道那是一种食物。不过，我确实拥有制作食物的技术。”

“那……这个愿望呢？咪咪……呃……咪咪一直希望有更多的人陪着大家，虽然我们和阿德在一起也并不寂寞，但要是多一个人就更好了。因为咪咪和栗子姊姊都不太会照顾人，所以咪咪一直想要一个温柔又擅长照顾人的大姊姊，但最好不要像栗子那样什么都顺着阿德，就连他做了错事也不肯说。还有，如果有人能帮阿德修理那些枪啊、车子啊之类的东西，那就更好啦。虽然阿德总是说他什么都会，什么都懂，但其实很多时候，咪咪知道他那么说只是为了让我们放心而已……其实他只是没有钱请懂行的人帮忙,所以只好勉强自己去……呃,我是不是要求得太多了? 以前大家都说咪咪是自以为是、贪得无厌的坏孩子……"

"不,咪咪不是坏孩子,这些都是好孩子才应该有的愿望——为了其他人,而不是自己许下的愿望。"平板而毫无起伏的语调消失了,取而代之的是另一个同样为我所熟悉的声音,其中似乎还带着几分……欣慰?"而且,这些愿望并非无法完成,我想,只要……"

有什么东西突然粗暴地压在了我的前胸与后背上。接着,我便被带离了梦乡。

2

"呜哇——噗哇哇哇哇——咳咳咳咳咳——"

在艾琳和栗子一前一后的帮助下,我撕心裂肺地咳嗽着,痛苦而缓慢地吐出了那些呛在气管与喉咙中的水。虽说作为一名立誓为全人类的未来奋斗终生的义勇军战士,我并不惧怕任何艰难困苦。但如果要让我把不同的倒霉事件按不受欢迎的程度排名次的话,除了烧伤和中毒之外,溺水大概就是我最不希望遇到的意外情况了。

至少对我而言,这可比吃上一两发电击飞镖或者被捕捉网迎头兜个结结实实要难受多了。

"很抱歉,我……呃……我这回恐怕有些失算了。"在确定我总算脱离了窒息的风险后(事实上,由于太过担心我被呛死,负责拍打我的后背的栗子差点就打断了我的好几根肋骨),正在鼓捣着一个金属盒子的伊斯坎德尔·罗蒙诺索夫有些扭扭捏捏地说道。现在,他和我们正一道待在一处狭小而黑暗、看上去似乎是个杂货间的密闭空间里,作为这里唯一光源的暗红色应急灯与其说是在提供照明,倒不如说是在用微弱的红光折磨我们的眼睛,在晦暗的灯光下,每个人看上去都灰头土脸、狼狈不堪。

但幸好大家都还活着，而且浑身上下的主要零件也仍然大体保持着完好状态，"不过这也是难免的，毕竟要把建筑材料老化导致的某些……额外的可能性考虑进计划中实在是太过困难，需要十分复杂的计算，而且在缺乏事先调查的前提下难以量化……"

说得好。不过就算他之前考虑到了这些破事，我也不认为情况会有什么变化——现在想想，自打艾琳，哦不，严格来说是爱尔卡强行破坏了门禁装置、并引出了那帮子警卫机器人后，我们其实就已经没有任何选择了。虽然罗蒙诺索夫保证，那些家伙不会宰掉我们，但我的同伴们全都有着健康而正常的心理状态和个人喜好，因此自然没人希望挨上一发电击飞镖或者被锦纶捕捉网兜头套住，然后在那个垃圾堆里就这么放上半天的无薪假。虽然就地撤退，然后带上"走为上号"车厢里的那些单兵反装甲武器卷土重来也算是可行之策，但就算一切顺利，这么做多半得额外花掉几十分钟时间，对于需要争分夺秒的我们而言也算不上什么好主意。相较之下，让其他无关人等立即撤退，并索性直接冲入"城堡"的入口、依靠速度甩掉这些玩意儿显然是相对而言最不差的选项——当然，伊斯坎德尔·罗蒙诺索夫也确实是这么建议的。

于是我们就这么做了。

我必须承认，至少在一开始，这一决定看上去确实没什么问题。由于过度笨重，再加上整整两百年来年久失修、缺乏保养，就算那些安保机器人还能动弹，在脚力方面也无法追上一群因为肾上腺素的过量分泌而双脚生风的成年人类（当然，我们的激动纯粹是源自对于完成任务、实践我们的使命与诺言的强烈渴望，绝对绝对不是因为害怕在屁股上挨一发高压电），更重要的是,地下建筑群狭窄的入口,以及入口内侧坡度陡峭的螺旋形扶梯结构都为我们提供了更大的优势。虽说那些机器人的大小勉强允许它们在楼梯上走动,但很显然,它们最初的主要使命显然应该是在大门之外的开阔空间进行守备。在狭窄弯曲的楼梯上,这些家伙腿脚不灵活的劣势被放大了。在冲入大门后没多久,我们就把这堆可恶的古董远远地甩在了身后,一切看上去正在向对我们有利的方向发展……

但很不幸,在这儿,年久失修、摇摇欲坠的玩意儿并不只有那些该死的机器人的腿部关节而已。

由于之前那个模糊的梦境留下的不少残片仍然淤塞在我的脑子里,我的回忆现在仍然有些混乱。我只知道,在一段不算太短、但应该也不会太长(否则我也没法完完整整地在这儿琢磨这些问题了)的下坠之后,我并没有如同预料中那样与地面来个亲密接触,就此变成一摊糊在冰冷混凝土上的恶心糊状物,而是一头栽进了一汪冰冷的液体之中。

那是水。相当深、相当冷的水。

或许是由于过度紧张,我实在是有些想不起来在落水之后发生的事了——没错,就像所有曾在联合军一线战斗部队(尤其是那些最精锐的快速反应营)正儿八经混过的家伙一样,我不但会游泳,而且也接受过必要的武装泅渡训练。就算刚刚从不算太低的高度来了一次业余至极、以职业比赛标准大概只能打零分的高台跳水,而且身边到处都是噼里啪啦砸进水面的楼梯残骸、安保机器人和别的零零碎碎,但我在理论上也应该应付得来……呃,这么说的话,我后来到底是怎么溺水昏迷的? 为什么又会待在这种地方?

"阿德,你其实用不着这么自责的。今天的事并不是谁的错。"或许是室内光线太过昏暗的缘故,栗子把我那苦思冥想的表情当成了某种自责,并对我投来了货真价实的怜悯与关怀的目光。说实话,这样的误会其实倒也不坏,"没人能够提前料到那么多的意外,我们现在都还能平安无事,这就已经非常好了。"

"是啊,至少比上次平安。"我苦笑着抬起一只胳膊,露出了一处位于腋下的伤痕——那是上次探险之行为我留下的"纪念","顺便说一句,你缝合伤口的手艺可够……特别的,简直和裁缝缝衣服差不多。"

"那个啥,我其实不是裁缝啦。"栗子对着手指,似乎很不好意思,"我以前只是在村里的裁缝那里当过半年学徒,所以严格来说……"

啊喂,你是不是理解错了什么?!

"我可不觉得我们现在算是平安无事。"之前一直缩在墙角的平娜嘟哝道。她那条原本好使的右侧胳膊似乎在落下来时碰到了什么很硬的东西,现在只能无力地垂在一旁,而她的跟班德尔塔则像一条死狗一样趴在一旁,脑门上醒目的瘀青充分表明,这家伙同样无力参与接下来的任何行动——虽然我也从没指望过这厮能派上任何用场(当然,从理论上讲,用他那张欠扁的脸去吸引敌方的火力也许是个行得通的主意),"别忘了,我们现在只带了自卫武器和一天份的紧急干粮,没有多余的弹药、没有重型装备、没有药物,而且已经无法原路返回。就算是被扔到敌后执行牵制任务的伞兵,恐怕都不会有我们这么惨。"

"无法返回?你是说……"

"你忘啦?下来时的楼梯已经没了,被我们给压垮了——而这里离入口的垂直高度差不多有二十米。"历史学家说道,身边飘散着一股淡淡的苦艾气味,"要是我们的总重量稍微轻一点儿，也许——"

"咪咪才不重呢！才不重呢！"经常抓不住对话要点的咪咪又一次愤怒地跳了起来，作势要给历史学家来一通撕、咬、抓、挠"套餐"。好在我和栗子及时地揪住了她，"所以我们没别的办法吗？"

"理论上来说，有。"坐在一旁的艾琳耸了耸肩。或许是由于刚才的那个已经模糊不清的梦境的残留影响，在与她双目相对的刹那，我突然产生了一阵轻微的、原因不明的慌乱情绪，脸颊与耳朵也变得有那么点儿热了起来……唉唉，这是搞啥？现在可不是放任这种情绪的时候啊！"现在地面上已经没有安保机器人，我们可以设法联络本地人，让他们用绳梯或者其他类似的替代手段帮助我们上去。"

"那我们为什么还待在……"

"因为这行不通。"平娜哼了一声，"你忘了自己是怎么被撂倒的了？"

"啊咧？"

"虽然追着我们来的那些安保机器人都完蛋了，但这下面还有。我估计，是我们在摔下来的时候闹出的动静把它们引来的。当时你就被那些家伙给击中了，险些被淹死。"艾琳解释道，"栗子那时候差点儿被吓晕过去。"

好吧，被她们这么一说，我倒还真的想起来了。在我好不容易从那潭冰冷的深水中游上岸时，似乎确实有什么东西从后面打中了我。虽然打在背上的那几发玩意儿立即被装在我防弹护甲内侧的陶瓷护板弹了开来，但还是有一发擦过了护甲的边缘、扎在了我的脖子上……

"好极了，也就是说，我们为了不挨电击、不浪费时间才直接冲到这下面来,结果却两样都没逃过去,而且还被困在了这儿!"在仔细考虑了一遍前因后果之后,我现在恨不得找块豆腐把自个儿撞死,"这算是什么恶趣味的结果啊!"

"呃,我必须承认,目前的情况确实有点儿……糟糕。没错,因为耽误了大约四十分钟时间,现在可可已经离开了我装在她身上的信号发射器的工作范围,因此我无法通过追踪信号来确定正确的前进路线,而且我们也确实无法选择原路返回,因为还有人受了伤,但只是这样还不足以让我们认输!"历史学家用与他小小的身板很不搭调的自信语气说道,同时继续拨弄着嵌在墙壁里的那个金属盒子里的东西,"阿德南少校,你不是经常说,你们义勇军生来就是为了战胜一切困难、实现文明的复兴而存在的吗? 现在正是各位大展身手的时候!"

"那个……呃……怎么说呢……"我一下子不知该说些什么才好。没错,我们义勇军在公开场合确实是这么自称的,但大家都知道,广告用语和实际情况之间存在那么一丁点儿适当的偏差,其实也是在所难免的,对不对? 凭什么旅馆第二贵的"至尊级"房间的床上可以出现蟑螂,号称"超级柔韧耐用"的毛毯可以在半年内破得和渔网一样,而我们义勇军就非得要解决这种混账问题啊? 难道国家的教育部门不应该好好反思反思,为什么他们不能培养出几个专门对付这种破事的专家呢?

就在我一边支吾,一边非常正当地抓着狂时,一阵轻快的百合花香气突然让我注意到了一件事——伊斯坎德尔·罗蒙诺索夫这个浑蛋居然在用一只手捂着嘴偷笑!

"喂! 虽然你是我们的雇主,而且在理论上不需要参与战斗勤务,但现在可不是看笑话的时候吧!"同样注意到这一点的栗子很不高兴地质问道,"我们现在可是被一起困在这下面耶! 就算不在乎我们会怎么样,你难道就不担心自己吗?"

"嗯,我当然不担心。"历史学家满不在乎地耸了耸肩,同时关上了他一直摆弄着的金属盒的盖子,"现在我们只需要再等一会儿就好了。"

"等?刚才明明是你说我们已经浪费了太多时间的!到底还得等多久?"

"三,"历史学家伸出了三根指头,"二,一。"

接着,位于这处小房间顶部的一扇金属格栅突然嘎吱作响地打开了,两个我熟悉的玩意儿嗡鸣着从里面飞了出来。

3

十分钟后。

"哇哦,阿德阿德,这里是什么地方? 看起来好像很厉害耶。"

"我也不知道,不过看这些装潢,这儿以前肯定是什么很重要的场所吧?"我一边在齐藤深的地下水中费力地跋涉,一边随口答道,"你看墙上的那些马赛克壁画,还有放在门附近的那些镀金花盆,要是我没猜错的话,说不定以前这里是用来招待贵宾的卧室,而门上的那个蓝色,还有那个粉红色图案,肯定是某种代表身份的——"

"那两个标志分别代表男生和女生啦。这地方以前是员工厕所,你看不出来吗?"罗蒙诺索夫打断了我的话。这位历史学家兼这次远征的发起者现在正聚精会神地摆弄着戴在手腕上的穿戴式终端——这件玩意儿是他的无人机"伙伴"之前带给他的,"嗯,还有,咪咪,你可千万别随便把那扇门打开哦。"

"咪咪知道了,"正好奇地想要拧开男厕所门把手的咪咪说道,"因为女孩子不能随便进男厕所,对吧?"

"不,因为根据穆吉和贺尼替我侵入系统找到的资料来看,整个'城堡'——也就是原联邦科学院的地下建筑群——里的下水道系统基本都损坏了，而且这里到处都是积水，"历史学家轻描淡写地说道，"要是你不想和两百年前的古董级排泄物泡在一块儿，那就别乱开这种门。"

"恶心！"正专心致志地啃着一块军用压缩干粮的栗子打了个寒战，险些把嘴里正在嚼着的东西吐了出来。如果平娜或者艾琳在这里的话，大概会对她这种动辄大惊小怪的做法提出批评。不过，手臂肌肉挫伤、关节脱臼的平娜没法继续行动，为了照顾她和德尔塔两名伤员，平时坚决不肯触碰武器的艾琳也被我留在了原地。

"那我们就没法把这些水给弄掉吗？"在不知第几十次撞到浸泡在水中的不明物体后，我问道，"你不是说你的那两个'伙计'能够进入'城堡'的系统吗？难道它们……"

"做不到，毕竟这两个孩子也不是无所不能的。"历史学家像爱抚宠物一样伸手拍了拍正"趴"在他小小的肩膀上的那对多功能无人机。虽然它们已经充满了电，但历史学家还是坚持让它们处于待机状态，以备不时之需，"虽然'城堡'里的设备是大战前最先进、最耐用的科技产品，甚至在两百年后的今天，其中的大多数仍然能够运转，但电力是个大问题。从理论上讲，我可以试着启动瘫痪的排水系统，但这里总共只有三套作为备份的小型地热发电机组还能运转，提供的电力顶多可以启动一些不那么耗电的辅助系统。要把这几万吨水排干，那可就远远不够了。"

"但以前……"

"过去的联邦科学院有整个首都电网提供源源不断的电力，而且那时候，'城堡'的结构仍然是完好的，不像现在这样千疮百孔,简直像个漏斗。"历史学家按下了终端上的一个按键,让它投射出了一幅人类脑袋大小的三维全息图。按照他的说法,这幅图来自"城堡"的区域损害管理系统的实时数据库,就连安装有专业入侵程序的"穆吉"和"贺尼"也花了不少工夫才把它给弄出来。不过,我并不关心它到底是哪儿来的,既然这玩意儿一直都很好用(虽然这个"一直"不过是区区十分钟而已),那我就可以暂时信任它,"瞧瞧这儿,这儿,还有这儿,光是'城堡'的这个区划,起码就有三处严重坍塌,那些地下水就是从这些地方源源不断地漫进来的。"

"嗯,好极了。"我看着那幅错综复杂的地图,下意识地挠了挠脑门。虽然显示的仅仅是整个"城堡"的一小部分,但这幅地图中的三维隧道结构足以让最善于织网的蜘蛛都甘拜下风,也足以让任何空间感不强的家伙在第一眼瞥见它时头晕目眩、脑袋发疼。在图中,基本完好的建筑部分被标识为蓝色,占了整个建筑的一大半(废话,否则我们也没法在这下面跑来跑去了),部分结构受损、存在较大坍塌危险的地方则是褐色,而总数上百、大小不等的损毁之处统统都被标记为红色。在很多区域,我都能看到一层淡淡的半透明灰蓝色——那是在过去两个世纪中从不同的裂痕与坍塌口涌入"城堡"、聚积在这里的地下水,而三组尚在运转的发电机组,以及通过它们获得了电力的设备和供能系统则全都笼罩着醒目的金色光晕。

"当然,这些地下水也不是没有好处。"历史学家继续说道,"虽然刚才的……意外让可可领先了我们几十分钟,并且抢先控制了基地的主要供电、输电、安保和门禁系统,但地下水加速侵蚀的作用让其中的很大一部分在很早以前就失去了效能。最重要的是,由于中央电力控制程序与某些发电机组的联系受损,这些机组的操作权限被转到了应急电力调配室——也就是我们刚才待的那地方。"他指了指三台发电机中的一台，"如果不是有这种巧合，我也没法把电力调给我指定的备用控制设备，从而让穆吉和贺尼有办法侵入基地的系统，并进一步把控制权限转移到这种方便基地人员在紧急状态下使用的穿戴式迷你个人终端上。"

"所以说，其实我们现在能做到可可之前做的那些事咯？"栗子问道。

"我倒是想这么做嘞！问题是，在主要控制系统还在运行时，备用控制终端的权限必然低于它。我可以趁可可不注意时去操作她没有直接控制的某些系统——"历史学家摁下了穿戴式终端上的一个按钮，我们前方的一扇大门立即嗡鸣着打开了，而几盏满是污渍的应急灯也半死不活地亮了起来，让我们勉强可以在不开头盔上的战术灯的状况下看到前面的路，"但如果我们与她的控制权起了冲突，她就会发现并取消这些命令。这也是我们不能简单地沿着她下来时的那条路前进的原因——无论是命令挡路的安保系统停火，还是让得到了'封闭'命令的门禁开启，都肯定会导致这种冲突。"

"这不公平……"我嘀咕了一句。在全息地图上，所有还有电力供应、可以被打开的门禁都标注着每一次被开启的时间，同时也显示出了曾经通过这里的人的行动路线。很显然，在进入"城堡"后，那小妮子就径直穿过了那条最安全、最完整、自然也最好走的主要通道，最后进入了一处位于地下五十五米、用显眼的字体标注着"'国王'计划研究总控室"的建筑。而没法走这条路的我们则只好选择了一条曲曲折折、弯弯绕绕，由一系列备用逃生通道、下水道和通风管道连接而成，而且到处都是该死的积水的路。

"少给我抱怨这些有的没的！起码我们现在还有路可走，而且还知道该往哪儿去，这就已经很不错了。"历史学家一边在几乎淹到他腰部的水中艰难前进，一边不断用终端打开各种各样的普通大门、防火门、锈迹斑斑的闸门和别的拦路的装置。

说实话，要不是目前的情况不容乐观，必须争分夺秒地前进，我倒是很乐意仔细瞧瞧这下面的景致。与我想象中那种充满了刻板的灰白色调、纯粹实用主义的形象不同，"城堡"过去的主人们显然颇有生活情调。除了用马赛克瓷砖画和花盆装点卫生间之外，他们甚至还在公共食堂里摆放了不少热带风情的椰树模型和塑料藤蔓，在休息室里设置了全套健身器材、小型人工沙滩和奢侈的巨大的室内游泳池——不过，后者对我们而言可不是什么好东西。无处不在的积水使我们无法看清脚下，走在最前面的罗蒙诺索夫险些一脚踏空、直接溺水。在咪咪把他拽住后，这家伙立即爆出了一串与他的可爱形象完全不符的粗口。

除了这些休闲娱乐设施之外，"城堡"里还散落着大量用途明确或者不那么明确的机械设备。在一些废弃的通道中，我们发现了用于内部交通的铁轨，以及在轨道上变成锈迹斑斑的空壳的迷你电车；而在另一些地方，成箱的备用零件已经在地下水漫长的浸泡中变成了一块块面目模糊的生锈"礁石"。我看到了许多似乎是武器原型机的机械残骸，看到了被打烂的测试用混凝土标靶，看到了成堆浸泡在水中、天知道曾经用来装过什么的试管和培养皿，还看到了一些被机械吊臂悬挂在仓库的天花板边缘，有着与人类相似外形的巨大机械。

"那是啥？"

"MEW，多功能工程步行机。过去的高级玩意儿，无论是搬砖、扛包，还是修修补补，啥都能干。"历史学家瞥了那些东西一眼，然后咂了咂嘴，似乎是在表达惋惜，"别多想啦。这东西可不是自动的，就算还能开，我也不希望被自个儿的雇员给一脚踩死——这种下场根本是对我的侮辱。"

"最好是啦！"

虽然我很不想承认，但在之后的几秒钟里，我的脑子里至少不由自主地闪过了几十次我的队员们像烂番茄一样被那些机械大块头的碟形脚掌踩扁的情景——更重要的是，这种不合时宜、也不够道德的想象居然让我感到了一丝阴暗的愉悦。

唉，真是罪过。

在这之后，我们又继续沿着历史学家在那幅地图上标出的替代路线前进了好几分钟，经过了十来个不同的房间和功能区。最后，当一扇生锈的卷帘门被打开后，我们停下了脚步。

"这是啥地方？"

虽然眼下"城堡"的大部分区域都已经泡在了水里，但出现在我们面前的这片相当于小型湖泊的开阔水域还是让我开了眼界。别的不说，在入口附近的墙壁上，我居然还看到了几艘挂在墙上的挂架上的轻型划艇！难不成当年咱们老祖宗的生活奢侈到了这种地步，在地下有游泳池不够，还想要玩赛艇运动？

"呃，过去这里是'城堡'内部的储水池，通过管道系统与烟波江直接相连。"历史学家一边示意咪咪和栗子把那些划艇搬下来，一边答道，"根据记录，储存在这里的江水会在附近的内部水净化车间里进一步处理，然后供给整个设施——除此之外，这里似乎也被用来测试诸如个人水上救生装置或者小型特种舟艇之类的设备。"他小心翼翼地将一艘单人划艇从墙上取下、在水面上放平，仔细检查是否有漏水迹象，"如果地图没错，储水池的另一头有直通上层区划的通道，那里也是记录中'国王'的所在之处。"

　　"就是那儿吗？看上去有点远啊。"我打开头盔上的战术灯，将光柱指向了水池的另一端——在大概两百多米外，确实有一座螺旋状楼梯存在。除此之外，在上方的天花板上，还分布着好些装着金属格栅的通风口。或许是由于视觉错误的关系，当我盯着其中一处通风口看时，那些黑洞洞的格子眼儿似乎正在变得越来越大……不，这不是错觉……那玩意儿确实在变得越来越大，不，应该说是变得越来越近才对。

　　等等，越来越近……

　　……越来越近？！

　　糟糕，这下事情大条了。

4

很多年前，当我还是一名联合军士官候补生时，教官曾经在求生知识课上提到，在脱离地面、失去支撑点的状况下，人类是最容易陷入慌乱、失去理智的。作为一种在地面上双足行走的动物，我们的身体早已习惯了脚掌受力、稳住重心的感觉。据说，很多溺水死亡者就是因为一时无法适应失去重心的感觉，因此才无法将口鼻部位伸出水面，最终淹死在并不深的水里的。

当然，作为在武装泅渡项目上拿过高分的优秀学员，溺水这事自然是与我无关的。但是，我在此时此刻的情况却很像是溺水：在身体完全脱离地面的瞬间，一阵无法抑制、纯粹出于本能的恐慌感顿时席卷了我的周身，让我的喉头发凉、胃部抽搐、呼吸变得无比急促。当然，拜我那在无数意外状况中接受了千锤百炼的优秀心理素质所赐，这种非理性的惶恐只持续了极短的一瞬间。我没有像那些缺乏训练和经验、只凭着一腔热血（或者更准确地说，不知天高地厚的笨蛋特有的冲劲）撞进陷阱的年轻人那样哭爹喊娘，鬼哭狼嚎，更没有凭着求生本能胡乱挣扎。

因为我及时地意识到了抓住我的到底是个什么东西。

"居……居然是漂……漂……漂……"我的上下牙不断地打

着战,同时断断续续地用只有我自己能听到的声音挤出了这么一句话——当然,这纯粹是因为我之前一直泡在水里、有些体温过低,绝对不是因为我害怕了!"这……漂浮怪怎么会……会在这儿?!"

"阿德南少校!请保持冷静!千万不要乱动!"又过了两秒,已经爬进划艇的罗蒙诺索夫也看出了门道来,并朝着我大声地喊道,"那是漂浮怪!盲目挣扎非常危险!"

哦,多谢提醒。不过就算他不说,我也相当清楚现在是个什么情况。虽说被漂浮怪给抓住的新鲜体验绝对不是人人都有机会品尝到的,但每个在外头打滚久了的义勇军多少都知道一些关于这种最常见、最容易对付、但也最常让人阴沟里翻船的"异兽"的情报:这些静悄悄地飘浮在空中的透明大水母几乎没有视觉和听觉,平时总是完全盲目地在低空中飘来飘去,通过几条拖到地面上、长达十余米的感应触须四处摸索,并且对于通过这些触须探测到的震动极端敏感。一旦碰到了什么貌似能够吃下去、并且可能被消化的东西,漂浮怪就会立即伸出另一些布满黏性物质的触手将其卷起来。不知为何,如果被抓到的玩意儿一动不动,漂浮怪很可能就会这么卷着它飘浮几个钟头甚至几天,然后才慢条斯理地将其塞进自己的胃囊里;一旦目标拼命挣扎,它的第三种触须就会派上用场,这些布满了剧毒刺胞的短触须释放出的神经毒素可以在几十秒内阻断猎物的神经电信号传输,并导致呼吸和心搏骤停。虽然在理论上,这种毒素的解药是存在的,但除非你恰好有一艘黄金时代的亚光速宇宙飞船,否则绝对不可能及时赶到能注射那玩意儿的医疗中心。

当然,对付这东西其实也一点不难。如果你没被抓住的话,只要设法辨识出漂浮怪在空中的位置,然后从容地朝它们开火就行了。如果你不幸中了招，那也只需要以尽可能轻的动作拔出随身携带的刀具，并以最快的速度切断缠住你的触须就可以了。

……不过，这一切还有个小小的前提：你的双手必须还能动弹。

"那鬼东西把我的双手都给绑住了！"我大声喊道，"我现在没法动！"

"阿德！你撑着点儿！咪咪这就把它打下来！"咪咪抽出了挂在胸前枪套里的"撕裂者"自动手枪，用挂在枪管下的战术手电照亮了那个半透明怪物气球般的轮廓。从我目前的角度望去，位于这玩意儿身体下方的那张嘴，以及它用来调节飘浮高度和姿态的那对喷气阀看上去活像是一张脸，而且还是一张颇为邪恶的笑脸。不过我很清楚，这家伙已经得意不了几秒了（要是它那简单的中枢神经结里有"得意"这个概念的话），毕竟我对咪咪的枪法可是很有自信的。

……唉，等等，我是不是忘了什么？

"咪咪，别！"就在咪咪开始瞄准时，栗子和罗蒙诺索夫立即一左一右地摁住了她，"不能对漂浮怪随便开枪！不然阿德会有危险！"

唉，就是这个。

在不算太久之前，当我们在阿尔-萨尔特丘陵遭到大群"异兽"的突袭时，就曾经打爆了几十只漂浮怪。只不过，除了几具早已丧命的村民的尸首外，这些家伙当时并没有抓住任何活物，因此我们才敢对它们随意射击。虽然许多义勇军的人习惯于把漂浮怪当成会飞的活靶子，但不能在靠近它们时用热兵器随意射击也是常识。毕竟，几十、甚至是上百升氢气瞬间爆燃的效果可比一般的单兵枪榴弹与手雷要壮观得多，虽然把我烤焦啥的或许不够，但弄个三四成熟也差不多可以端上桌了。毕竟有些家伙就是喜欢又嫩又带血的……

我在想啥啊？！

"怎么办？怎么办？我该怎么办啊？"虽然及时阻止了咪咪把我烤熟的举动，但栗子对眼下的状况显然也拿不出什么更好的主意，"我该怎么办？阿德，对不起，我真的非常非常对不起……"

"让咪咪来！"或许是意识到光说"对不起"一点用也没有，被禁止射击的咪咪突然扔下了手枪，脱下了沙漠迷彩大衣、靴子、袜子、背包、头盔、防弹护甲、水壶和弹药携行袋，只留下了内衣裤和挂在腰间、扣着多功能刺刀与工具包的腰带。嗯，我必须承认，虽然目前我正深陷危机、很可能在几分钟或几小时内便被塞进一个满是pH不到2.5的黏糊糊液体的胶质胃囊里、体验一番被消化的感觉，但在咪咪完成这一系列让人不明所以的行动的过程中，我的目光一直都没从她身上离开——当然，这纯粹是基于队长的责任，毕竟我一直都很想亲眼确定这个总是大大咧咧的丫头是不是随时都按照条例携带着全套战斗装具……没错就是这样！绝不是因为别的什么哦！

不过话说回来，她到底打算干啥啊？

"阿德！别担心，我这就过来！"在把一切能脱的几乎都脱光之后，咪咪开始一步步朝着深水区走去，一边用一只手奋力地拍打着水面，一边以一种怪异的姿势朝着空中举起了一只手臂。呃，她这又是做什么？要拉我下来？但我现在已经被那该死的漂浮怪物拽到了离地四五米高的地方，这么做怎么说也不太现实。

　　更重要的是，当我将视线转向她时，装在我头盔上的照明灯也恰好照出了一个悬浮在咪咪头顶上的半透明影子。虽然只是一刹那，但我还是立即分辨出了那是什么。

　　"咪咪！小心上面！"

　　但这已经太迟了。

第十三章

艾琳与城堡里的国王

1

在曾经与我一道并肩战斗过的所有人中，咪咪虽然并不是最聪明、学习能力最强或者最博学多才的（事实上，我必须承认，她大多数时候都有点儿傻），但她却绝对是最机警、也最懂得随机应变的人，而且没有之一。在我们共处的那几年中，我曾经不止一次亲眼见证她敏锐地发现其他人未曾注意到的潜在危险，或者在千钧一发的混战中帮助我们逃出生天。正因如此，当咪咪的一只胳膊被漂浮怪缠住、并被拽往空中时，我才会大吃一惊——虽然这些近乎完全透明、行动悄无声息的怪物偷袭猎物的本事确实不差，但咪咪应该是我们这些人中最不可能中招的那个才对。

不过，我的这种讶异只持续了短短的几秒钟。

"呀哈！"在被拽离地面的瞬间，咪咪并没有试图挣脱束缚。相反，她立即举起没被缠住的另一只手，反过来揪住了卷住她手臂的触须,随即以令人目不暇接的动作麻利地将这些柔韧的凝胶状结构在手腕上绕了一圈、纠缠成束、顺便还打了个结,将它们变成了一根临时的"绳索"。接着,这个运动能力惊人的女孩用双手拽着相互纠缠的触须,开始用爬绳的技巧朝着漂浮怪的气球状躯体爬去。

虽然作为智能最为低下的异兽,漂浮怪那简单得可怜的神经中枢甚至连严格意义上的"大脑"都算不上,但眼前这只突遭猎物反制的大家伙还是本能地采取了还击行动:至少十来根比普通触须更加坚韧、表面布满剧毒刺胞的黑色毒触手就像标枪般接连从分布在它口器周遭的软囊中射出,刺向了咪咪。对于已经脱掉包括头盔和装甲在内的全部护具的后者而言,哪怕只被一根这样的有毒"标枪"刺中,都会面临着不可避免的死亡。

不过,在此时此刻,这种可能性并不成立——至于原因?拜托,因为那是咪咪啊。

没错,因为她是咪咪。光是这一点就已经足够了。

虽然全程都大睁着眼睛,但我其实压根儿就没看清咪咪用她身上唯一的武器——那把由第二军团兵工厂委托据点镇出价最低的铁匠作坊打造,还免费附送一个什么罐头都打不开的开罐器的多功能刺刀——斩落那些剧毒触手的全过程。当刀刃挥舞所留下的银色残像在我的视网膜上消散时,试图捕食咪咪的漂浮怪已经完全没有了自卫手段,大量半透明的黏液不断顺着它那些齐根而断的触手切口滴落而下。

好耶!干得漂亮!不愧是我们家的咪咪!

我原以为咪咪会趁机砍掉这家伙剩下的触手,然后趁机逃离对方的魔掌。但她接下来采取的行动又一次让我吃了一惊:在用牙齿咬住刺刀后,咪咪继续抓着漂浮怪的触手,三两下便爬到了它的气囊部位。接着,她将刺刀换到手中,狠狠地扎进了漂浮怪的气囊里。

唉,这看上去就非常疼……才怪啦!漂浮怪这种没大脑的玩意儿其实压根儿就不知道什么叫疼。有史以来的第一次,我突然对这件原本无足轻重的事感到了一阵惋惜。

随着一阵刺耳的"嘶嘶"声,混合着大量水分与体液的氢气随即从漂浮怪气囊表面的切口中喷涌而出,产生了一股强而有力的推动力,将漂浮怪以及咪咪一道朝着我的方向推了过来。咦?等等,难道咪咪刚才是故意让这家伙抓住她的?这倒是可以解释她之前那些看上去脱线的行为了:扔掉全套装备可以减轻重量,故意拍打水面则可以制造出可以被漂浮怪探测到的震动——当然,我在刚开始时想不到这点也并不奇怪。毕竟除了咪咪,别人就算能想到这种营救方案,也压根儿没那个能耐去这么做。

但我很清楚,咪咪就是做得到。在这种时候,她可是百分之百值得信赖的。

随着第一只被她当成"便车"的漂浮怪气囊开始变瘪下沉,咪咪当机立断地割断了缠在手腕上的触须"绳索",将它迅速结成一个临时绳套后抡过头顶,直接甩向了不远处的第二头漂浮怪。接着,利用这个倒霉鬼作为一次性支点,她像荡秋千一样在空中划过了一道足以令职业杂技大师都叹为观止的漂亮弧线,然后极为标准地落在了正在把我朝着硕大的口器方向拽去的那头漂浮怪的气囊顶部。

呜哇!干得漂亮!十分,不,一百分!不,应该比一百分还高才对!毕竟,当咪咪在怪物的气囊上方站定的同时,透过这家伙近乎透明的躯体,我看到了一些平时没机会看到的东西。

"呃……居然是草莓花纹的？什么时候买的？我记得上次她过生日的时候,我偷偷塞进栗子的生日礼物包里的可是特意挑选的猫咪花纹,难道她不喜欢？还是……"我下意识地喃喃自语。

不对,现在可不是在意这个的时候,而且她这是打算干啥?为什么把刺刀举得那么高啊?难道要直接砍开这个鬼东西吗?喂,等等,我现在双手还不能动啊! 而且这下面可是……

扑通!

随着刀光一闪,骤然被切成两半的漂浮怪在眨眼间便攘着我撞上了下方冰冷的水面。虽然我在这之前及时地深吸了一口气,但拜水的表面张力、外加那玩意儿储存的气体产生的瞬间动能所赐,在被狠狠地拍在水面上的同时,我肺里的空气还是被粗暴地挤了出去,肋骨和心口疼得厉害,而双眼前也跳出来了一大串漂亮的星星。如果死在人类苍蝇拍下的苍蝇们以后要找谁诉苦的话,也许我可以去当一个感同身受的倾听者。

或许是由于作为水源的烟波江已经有两个世纪未曾遭受大规模工业污染的荼毒,水池里的水非常清澈,甚至让人光是看到,就会下意识地想要喝一口——当然,我现在可没这个闲情雅致。就在拼命蹬着双腿、努力以双手无法动弹的别扭姿势浮出水面的过程中,我突然注意到,在这看似空无一物的水中,到处都有大小从成人的指尖到脑袋不等的半透明椭球体四处游动。

好吧,现在我总算是明白,为什么在这种封闭的地下空间里会冒出一大堆漂浮怪来了。

虽然许多异兽因为过于罕见,甚至连联合军政府的生物学专家们也无法了解它们的进化史,但漂浮怪这种烂大街的玩意儿可不在其中。所有人都知道,这玩意儿并非一辈子都是那副气球般的模样；相反，在幼年期，它们其实更像是一种水母，在从小池塘到海洋和湖泊在内的各种水体里四处游荡，靠过滤水中各种各样的微生物与有机质为生，只有在即将成熟之时，这些家伙才会进化出一套可以电解水分、制造氢气的特殊器官，长出在空中控制飞行方向所必需的多重气囊与气阀系统，成为专找冒失鬼麻烦的幽灵杀手。很显然，"城堡"里的这些漂浮怪正是通过供水管道进入这里的——当整座设施被抛弃后，供水系统入口的过滤装置自然也就失去了作用。大量漂浮怪的幼体因此随着江水盲目地漂流进来，并在这里变成成体，最终将这个密封的房间变成了一座巨大的死亡陷阱。

当然，考虑到这儿差不多已经有两百年没有除了漂浮怪之外的活物进来，我还能确定一件事——自打发育成熟的那一天起，那些飘在这里的"气球"们多半就再也没有吃过像样的一餐。虽说阿卡迪亚岛上的那些学究们至今还无法确定，像这种只具有最简单的神经系统的玩意儿到底能否感知到"饿"，并因此改变行为模式，但义勇军里的老江湖都说，饿着肚子的漂浮怪永远更加危险。

而这里到处都是这种东西。

"呼——哈——"

在勉强赶在窒息前把脑袋探出水面、深吸了一口久违的空气后，还没等我来得及看清楚周遭的情况，有什么玩意儿就已经从身后抓住了我，把我硬生生地拽出了水面——万幸的是，从温热的触感判断，这大概不是漂浮怪，而是……

"感谢救主领袖！我刚才真的真的特别担心！"把我从水里拽出来的那家伙甚至没给我畅快呼吸几口空气的时间，就紧紧地抱住了我。由于这揽抱攻击实在是太过强而有力，刚才没有被呛晕的我却险些在这种时候被勒得失去知觉,"要是你出事了的话,我真的这辈子都不会原谅自己……"

"谢谢关心,栗子。但……呃……麻烦你能不能别每次都说'如果你出事'这句话?!"虽然这个拥抱远比漂浮怪的"拥抱"让人舒坦,但我眼下可没空享受,"怪不吉利的。"

"因为阿德你就是很容易出事啊。"栗子理所当然地说道,同时用手背擦去了眼角的泪水——看来,这家伙刚才是真的急得哭了出来,"那个……怎么说呢? 你天生就比较容易惹上麻烦?"

"喂! 别把我说得跟扫把星一样啊!"我抗议道,同时在栗子的帮助下调整着平衡。我现正和栗子一道坐在一艘我们先前发现的那种小型划艇上,而在不远处,咪咪则爬上了罗蒙诺索夫划来的小艇。从这玩意儿两侧的可收放式平衡摆结构、艇身内的小型储物舱,以及低调的灰绿色迷彩涂装判断,它显然不是竞赛或者运动用的小艇,而是某种用来测试的特种作战装备原型,"还有,我们现在还没安全呢! 你要是不想后悔一辈子,最好赶紧放开我划船!"

"哎,对!"或许是被"后悔一辈子"这个词儿刺激到了敏感神经,栗子猛地打了个激灵,随后扔给了我一把短桨。接着,过去从没一同划过船的我俩开始凭着一股子蛮劲儿拼命地挥起了船桨——在我们身后,几十只、也许是上百只漂浮怪正在"嘶嘶"的喷气声中朝我们的方向逼来,半透明的身躯在半空中挤成了一片,在照明灯的光束下看上去,活像是一大堆脏兮兮的泡泡。

"这样不行!"在划了一小会儿后,栗子说道,"我们甩不掉它们!"

"我明白!"同样意识到了这一点的我答道。虽然漂浮怪们看上去慢条斯理,动作迟缓,但懂行的人都知道,这些家伙一旦锁定猎物,就能在短时间内通过持续排气推进维持与人类快速奔跑接近的速度。对于不擅长划船的我们而言,这个速度已经非常不妙了,"这样下去会被追上的!"

"那我们——"

"别担心,我有办法。"在短暂的思索后,我咽下了一口唾沫,"当心了。"

2

"哇啊！我的屁股！我的屁股被烧着了啊！"

"我、我就说过想别的办法了嘛！谁叫你——呜啊啊！这里还有！当心！又要爆炸了！"

在向栗子保证"有办法"一分钟后，我们一行四人一边神色慌张、手忙脚乱地沿着通往上层房间的宽阔螺旋状楼梯发足狂奔，一边以最为夸张的声音和语调大呼小叫着，以此发泄心中的惶恐与怒火。当然，我很清楚，对除了我之外的另外三人而言，这股子火气有很大一部分是针对我的，毕竟，要不是我刚才干了那档子事儿，我们现在也不必如此狼狈。

呃，不对，这么说好像不太合适，毕竟我刚才所做出的可是彻头彻尾的正当行为。如果我那时没有抽出激光手枪、照着朝我涌来的漂浮怪们一口气打光一整块能量电池的话，那些玩意儿多半会再次在我们成功穿过水池之前就把我，甚至是栗子给抓住。呃，我知道也许有些人会喜欢多玩几次美人救英雄的戏码，可我实在是不希望继续劳烦咪咪为我冒险了。

结果情况就变成了这样。

虽然我们这些混义勇军，啊不对，作为义勇军一员为全人类的幸福艰苦奋斗的家伙多少都曾经亲手打爆过几只漂浮怪,也知道朝这种玩意儿开火意味着什么,但我敢打包票,过去肯定没人在像这样的封闭空间内朝着数量如此庞大的漂浮怪扣动过扳机。随着最初的几只漂浮怪被击中起火,接二连三的爆炸迅速填满了储水池的上方——最初被我发射的激光束点燃的那些家伙很快便成了乱窜的火球,并接连在爆炸中化为飘散的余烬,而其他漂浮怪也在被波及后开始燃烧、爆炸,并波及更多的目标,然后引发更大范围的混乱。整个过程看上去颇有几分像是放射性重元素核被轰击后发生的链式反应。当然,从结果上看,我这么做确实达成了"阻止那些怪物"的目的,只不过……

"别停下! 千万别停下! 这边也有东西掉下来了啊——"

"我们看得到啦! 闭嘴! 快跑!"

嗯,我根据结果判断,聚集在储水池所在的地下空间中的漂浮怪恐怕远不止几十甚至上百只。事实上,它们几乎完全透明的外形,在一开始时导致了我们对它们数量的严重误判。只有当密集的爆炸开始撼动整个地下空间时,我们才意识到了自己的错误,而这时,在一轮轮爆炸冲击波的影响下,大块大块的混凝土、金属格栅、灯具和其他玩意儿开始从常年缺乏维护的墙壁和天花板上接连崩落,像雨点般砸向了我们。

万幸的是,在我开火时,我们离通往上方楼层的螺旋楼梯已经不算太远,因此才得以在短时间内逃出了这场疯狂的爆炸嘉年华。而就在我们从楼梯上离开后不久,楼梯便在我们身后整个儿分崩离析,在一团烟尘中消失了踪影。

"呼哈——好险啊!"在确认终于不需要担心漂浮怪、爆炸以及劈头盖脸砸下来的各种破烂后,我终于长出了一口气——在刚才的一片混乱中,罗蒙诺索夫的大衣一度在爆炸中被点燃了下摆,我的肩膀被一块落下来的不明物体砸肿了一块,所有人身上都留下了一些不算严重的挫伤、烫伤和划伤,但也就仅此而已了。考虑到我们刚才所惹上的麻烦的规模,这种结果甚至可以说是值得庆祝的……

呃,当然,至少在此时此刻,我们可没那个闲情逸致进行庆祝。在喘过气来之后,我以一名老练的义勇军战士的方式观察起了周围的环境——虽然通过罗蒙诺索夫找到的那份地图,我已经大致了解到,位于储水池上方的这处地下空间、亦即可可最后进入的地点是一处内部空间比下面的储水池还要大上三倍的圆柱状地下建筑,但只有在亲自站在这里后,我才算是对这儿的巨大有了个直接印象。这处建筑仅仅平面面积就已经超出了下方的储水池,其直径足以并排塞下两个联合军新兵训练营里的标准操场,而顶端到底部的高度更是足以完整地容纳一座十层居民楼,甚至还能有点儿剩余空间。大量用不知名材质打造而成的银白色栈桥、脚手架与环形阶梯在这广阔的空间中四处交错盘旋,将这里变得活像是一座巨大的蜘蛛巢,而在圆柱状空间的外墙上,成百上千一米见方的六角形格子就像蜂窝般有序地排列着,其中有东西散发着幽蓝色的冷光,一时也无法判断到底是干什么用的。

这里和"城堡"的其他地方并不一样。在上来之后不到五秒钟,灰头土脸的我就已经确定了这一点。在别的地方,我所看到的只有各种各样锈蚀的设备残骸、遍地的积水、堆积如山的垃圾、失效的通风与排水系统、寥寥无几的昏暗应急灯,以及一切能令人联想起"废墟"这个词的东西,但这里却完全不同。在这处地下空间中,空气干爽而清凉,毫无异味,来自天花板和墙壁的照明也非常充足。一切设施都没有因为年久失修而破损锈蚀,而且看上去与"城堡"的其他部分的风格截然不同。事实上,如果非要形容的话,这里更像是在另一个时代、由另一群人以完全不同的技术建造而成,然后因为某种未知的原因,而在时间之河的湍流中漂流到了此时此处。

"是的!是的!就是这里!这里就是'王座之间'了!"就在我还在呆呆地思考着这些问题时,同样灰头土脸的罗蒙诺索夫已经欢呼了起来,"我就知道!我的研究、我的猜测……都是对的!"

"喂,慢着,你刚才说……"

"很抱歉,之前忘了告诉你们,"历史学家解释道,"虽然缺乏可信的信息,但根据一些过去只在极少数人群之间流传的传说,联邦科学院的选址其实是有特殊目的的——据说,在科学院尚未建立时,联邦的科技考古学家们偶然在日出城的地下找到了一处建立于黄金时代的建筑设施,并在设施中找到了许多先祖们留下的信息。在很大程度上,当年联邦正是靠着这些古代的知识与记录才迅速崛起的,为了系统地研究并利用这座被他们称为'王座之间'的建筑中隐藏的奥秘,科学院才刻意围绕着它建立了'城堡'。"

"所以……这里根本不是联邦建立的?"我问道。

"当然!我找到的资料明确记载着,'王座之间'内部的设施具有相当程度的自我维护能力,其中的原理甚至连联邦科学院也无从索解。虽然'城堡'已然荒废,联邦科学院也毁灭了两百年,但傀儡们仍然对这一带敬而远之,因此仅此一点就足以证明两项事实:首先,这里存在着某些能让那些战争机器下意识避开的设施;第二,至少在过去的两个世纪中,它们一直在正常运转!"

"哇哦，听上去好厉害啊。"咪咪小声地说道——当然，我也有同感。对我们而言，两百年前的联邦时代就已经算得上"古代"了，而近千年前的黄金时代留下的东西更是近乎神话。这辈子能亲自来到一处如此传奇之地，从某种意义上讲甚至可以说是不虚此生……呃，当然，如果在这之后还能安安稳稳地活着，继续为伟大的事业贡献力量，那自然更是好事一桩。

"如果我没猜错的话，在所有古代遗产中，最后一个、也是最重要的那个就是所谓的'国王'——而它的研究项目终止之日，也正是傀儡战争全面爆发之时。"历史学家继续说道，同时用一只手搭在双眼上方，朝着源源不断投下温暖的人工光线的建筑顶部张望着，"如果那些记载没错的话，'国王'应该是一台特殊的计算机，而它所在的'王座'是个非常显眼的……啊哈，没错，在那儿！它就在那儿！"

顺着历史学家那因为兴奋而颤抖不已的指尖指向的方向，我毫不费力地发现了一座从建筑的外墙上伸出的半圆形平台。在这座面积大约相当于重型运输直升机停机坪的平台上，一个既像是南方荒漠民居的泥屋，又像是充气帐篷的半透明卵状物体正散发着幽蓝色的光芒……而在这光芒的中央，我能清晰地看到一个正在忙碌着的人影。

毋庸置疑，那就是可可。

"谢天谢地，看来我们的好运气还没用完！"历史学家说道，"还有时间……我们还有时间！各位，麻烦在控制住可可时千万不要伤害她，也不要弄坏任何东西！这里的一切都是无价之宝！"

"喂，我想，你所谓的'任何东西'应该不包括这些东西吧？"几秒钟后，当一大群嗡嗡作响、一看就知道来者不善的碟状飞行器从这座地下建筑不同的角落中蜂拥而出时,栗子问道,"顺便问一句,这些到底是——"

"自动防御系统的一部分,仅此而已。"让我有点儿意外的是,历史学家看上去倒是冷静得很,"放轻松,各位。这种安保无人机最多也就用来抓抓个把毛贼,要对付它们并不困难——至少比我们在外头遇到的那些大家伙容易多了。"

最好是这样啦!

3

一分钟后。

当历史学家那对忠实的"伙计"结束盘旋、重新返回它们的主人身边时，在这处有着"王座之间"这么个中二透顶的名号的圆柱状地下空间里，我们已经看不到任何还能飞行的安保无人机的身影了。顺便说一句，虽然历史学家之前向我们保证，这些麻烦的小玩意儿比它们的大块头同类要好对付得多，但事实上，在刚打第一个照面时，我就险些被一连串电击飞镖给当场撂倒。而这些玩意儿的机动性也让我们很难在还击中有效地命中它们。要是只对付三五台的话，问题倒也不是太大，但一次冒出来三位数……

好吧，虽然一次冒出了三位数，但我们还是照样有法子收拾它们。

"记住，小型的自动化机器人虽说自有其优势，但缺点同样明显。"在与我们一同沿着环形扶梯朝着上方冲去时，历史学家面带喜色地解释道，"虽然以前的一些人喜欢强调，越小的无人机的机动性和隐蔽性越好、越能灵活地执行任务，但如果质量和体积过小的话，就意味着它们的相对表面积会变得太大，能分配

270

给防御部分的质量却因为需要保证机动性而大幅度减少，很难保证足够多的必要防御手段——比如防腐蚀外壳、复合式装甲板、激光折射涂层，或者应对电磁脉冲武器的手段。但如果是对上之前那些大家伙的话，'穆吉'和'贺尼'装备的这个档次的电磁脉冲发射器恐怕就没用了。"

嗯，好吧，怪不得刚才"穆吉"与"贺尼"只是四下里随便转了一圈，就让那些气势汹汹朝我们冲来的玩意儿全都稀里哗啦地砸在了地板上，不过——"那个，这里面的设备……"

"放心，就这点儿程度，根本不可能对黄金时代的高技术产物造成任何影响。"历史学家说道，"动作再快点儿！可可，不，操纵着可可的那个浑球儿现在随时都可能把那些最关键的东西弄到手，要是这样的话，整个和谐星恐怕都会有麻烦了！"

"是啊，但跑得最慢的好像就是你吧？"栗子毫不留情地吐槽。

"那个……腿短又不是我的错！要是能够选择的话，我才不想要这种幼儿身材咧！"历史学家的脸涨得通红，同时念叨着他最喜欢的那种莫名其妙、让人半懂不懂的话，"谁叫咱们老祖宗居然认为长成这副模样是好事？如果不是他们没心没肺地拿着遗传学要把戏，我也……算了，反正说这些也没用。"

总之，除了历史学家的这些毫无必要的啰唆之外，我们在这最后一段旅途中没有遇到任何麻烦。既没有谁朝我们开枪开炮，也没有死沉死沉的大门或者障碍物堵在我们面前。虽然已经是千年之前的古物，但这些纵横交错的银色阶梯与空中走廊却仍然像是刚刚落成般坚固、完整，一尘不染，就算只是在上面行走，也能让人产生一种安心的感觉。

"喂，那边那个谁！"在爬完累计长度不下上百米的梯级、来到那处承载着半透明蔚蓝色半球的平台上后,历史学家停下了脚步,对着站在半球内部的可可喊道。如果换成别人,这么做也许能显得威风凛凛,但他这么干却只能让人感到一股子难以用语言形容的……呃,以前的人们是怎么说的来着……对了,不搭调的感觉,"我知道你小子多半还有点儿别的手段没用出来,但这次是我们赢了! 如果识相的话,马上从这个丫头的脑子里滚出去,而且不准带走或者破坏这里一个字节的数据! 只要你肯这么做,我就可以不追究你之前三番五次想要谋害我,甚至导致无辜民众丧生的犯罪行径!"

要是平娜在这儿的话,她肯定会皱着眉头,义正词严地宣称并非法官的罗蒙诺索夫没有权力私自赦免罪犯。不过现在她不在这儿,而可可,哦不,应该是"那个谁"先生似乎也没有任何照着这话去做的打算。

"啊哈,还真是直白啊,伊斯坎德尔·罗蒙诺索夫先生。"在低沉地嗤笑两声之后,"那个谁"用可可平日里绝不会用的讥诮语气说道,听上去……呃,怎么说呢,实在是一百个不搭,"不过你也明白,这并不现实吧? 毕竟,你我都知道'城堡里的国王'代表着什么——也许我知道得比你略微多一点儿,不过这并不重要——也知道得到了它将意味着什么。你凭什么认定我会在这样的节骨眼上放弃自己已经获得的一切? 放弃让这个世界避免巨大的灾难、走上正轨的可能性?"

"有两点原因:首先,这也是我打算做的事。"历史学家说道,"我此行代表联合军政府议会和总司令官,而我唯一的目的正是寻求终结和谐星战乱、最大限度地保障这个世界上全体人类的未来。"

"议会? 总司令官? 你是指那些在新阿卡迪亚混吃等死的

官僚？还是指那窝四处割据、野心勃勃的地头蛇们？或者是那个自以为全宇宙都要绕着他转的自大狂、审美水平烂到家的列昂尼德·丘尔巴诺夫大将？"可可又一次发出了这个年纪的女孩子绝对不应该发出的尖锐笑声，而她的双手还在继续操纵着一台由一系列数据线与身边的设备相连的终端——这应该就是罗蒙诺索夫所谓的"被偷走的东西"了，"你难道真的相信，当你把控制傀儡大军的秘密送到这些家伙面前时，他们不会在一秒钟后立即拔枪打爆对方的脑袋，好把这可以统治世界的力量握在自己的手里？要知道，目前在这个世界上肆虐的仅仅是傀儡们真正实力的冰山一角。只要能够结合留在这个世界上的全部技术遗产，一支傀儡军队在理论上甚至可以征服好几个行星系，建立一个小型星际帝国——只要控制它们的人明白自己可以这样做。"

"这些我都知道，"历史学家说道，"所以我会亲自解决这个问题。当傀儡们安眠，这个世界恢复和平后，我会彻底终结这些黄金时代的愚蠢错误，让它们再也无法被任何人利用——然后再向新阿卡迪亚岛上的那些人通报既成事实。"

"错误？你说傀儡的存在只是个错误？""那个谁"先生一边十指如飞，像弹琴一样飞速敲打着手中终端的输入界面，一边语带讥讽地说道，"哈！你真的知道傀儡是什么吗？不，你当然不知道，否则——"

"我知道和谐星上每年都有成千上万的人毫无意义地死于这些玩意儿带来的暴力！我知道这里的文明重建已经被打断了两百年！"历史学家终于有些不耐烦了，"这就够了！现在，把手举起来！这不是建议，是命令！"

"如果我不执行呢？你凭什么……"

"咪咪,立即抓住可可,但不要伤害她。"历史学家耸了耸肩,"等到回据点镇之后,你要什么好吃的我都买给你!"

"明——白!"咪咪可爱地做了一个挥拳的姿势,然后便朝着可可的方向冲了上去。虽然她现在没有携带任何装备,身上只穿着内衣裤,但早已无数次见识过她身手的我很清楚,就算是赤手空拳,咪咪也可以轻而易举地制服大多数全副武装的人,更别说比她还要瘦弱矮小的可可了。

没问题,这波我们稳得很——这是我当时的想法。

但不幸的是,事实证明,就算是聪明睿智如我,偶尔也会有打错算盘的时候。就在咪咪刚跑出几步之后,一张硕大的黑色捕网突然旋转着从天而降,把她给罩了个正着。

4

"咪咪？咪咪！"

"阿德南少校，别过去！"罗蒙诺索夫一把拉住了打算冲上去的我，"当心后面！"

不得不说，虽然我们的这位雇主在大多数时候对我们的提醒都没啥必要，但这次是个例外——由于事出突然，我完全没注意到有东西正直接照着我背后砸落下来。要是没有及时得到提醒，那堆差不多一吨重的金属很可能直接把我像烂番茄一样给压个稀烂，到时候那场面可就难堪咯。

"这……啥？"在以一个及时的侧向翻滚躲过本该置我于死地的一击后，站起身来的我终于看到了对我发起突袭的那玩意儿的全貌：一个有着粗陋的、类似人类外形的金属架子，两只胳膊顶端分别装着一只临时安上去的捕捉网发射器和一只骇人的多功能液压钳，很显然，这玩意儿正是先前我们在其他房间里发现的、被罗蒙诺索夫称为"MEW"的东西中的一员。而坐在这玩意儿的半敞开式驾驶座上、双眼无神、一副精神恍惚模样的人是……

"艾琳？你怎么——"

"很抱歉，看来你们现在并不能命令我。"操纵着可可的那家伙说道，"那么，现在轮到我提条件了：放下武器，待一边儿凉快去。事已至此，我并不想杀死任何人。只要给我一分钟……"

"抱歉，就算是一秒钟也太多啦。"历史学家根本没等那家伙说完，就打了个响指。一直在他身边盘旋着的那对无人机随即分头腾起，一左一右地冲向了那台人形机器，"穆吉，贺尼！解决它！"

"居然能毫无负担地攻击自己的同伴吗？真是令人敬佩。"可可歪着脑袋、发出了"啧啧"的声音，同时优哉游哉地说道。虽然我不知道用那些鬼知道到底从哪儿来的古代技术操纵她的那家伙到底是何方神圣，但从种种迹象推测，那多半是个恶心而油腻的中年男人。"说实话，你们的这位同伴实在是非常……有趣。虽说存在着一些有趣的缺陷，不过她对机械维修与操纵的理解，甚至连绝大多数傀儡军团里的专业机械师都望尘莫及——能用就地找到的工具修好一台两百年没人启动的复杂设备，这可不是一般人做得到的。而且，虽然一些无聊的高优先级指令禁止她直接使用武器，但她似乎可以接受使用不属于严格意义上的'武器'范畴的工程器械参加战斗。"

"没错，艾琳确实是我们非常重要的同伴。"就在历史学家的无人机们与艾琳驾驶的MEW缠斗的同时，我悄悄地将一只手伸到了挂在后腰上的工具包中，缓缓地抽出了提前放在那里的某件东西，"虽然她有时候说话有点儿冲，而她的另外两个人格也有点儿这样那样的问题——哇啊啊啊啊啊啊！"当可怜的穆吉被艾琳用MEW的机械钳当空抓住、朝我砸来的瞬间，我不得不仓皇躲避。话说她这是故意的吧？肯定是听到了我在说什么才特地这么干的吧？！"嗯……噢……那个……总之我绝不会让任何人像这样肆意利用她！更不会允许任何人逼着她做出会让她伤心的事情!"在避开了已经被砸得扭曲变形的可怜无人机后,我总算是还算帅气地讲完了全套台词。

"所以呢?"控制着可可的那家伙用她的声音问道。

作为回应,我举起了手中的那件东西。

现在正是启动它的好时候。

第十四章

我的决断与未来的路

1

时间回到十一个小时前。

"这……为什么？"

在听完伊斯坎德尔·罗蒙诺索夫在我耳边轻轻地说出的那个名字后，我不由自主地愣了好一会儿，然后呆呆地挤出了这么个问题。

"为什么？我还以为你早猜到了呢。"

"我还以为你要我当心的是可可，"我双手一摊，"为什么会是艾琳？如果你还是信不过她的话，我可以向你保证，在这近一年里，她一直和大家相处得很好哦。虽然有的时候她也会有点儿讨嫌，甚至和其他人闹出一些小矛盾来，但简还是挺不错的。而且如果没有了爱尔卡的话，我们根本就不知道应该怎么修理——"

"我不是那个意思。"在带着些许硫黄味的温泉水落地形成

279

的水汽之幕的掩护下，历史学家小声地解释道，"我完全信得过艾琳这个人——以及她的另外两个人格。事实上，我对于这种情况产生的原因可是有兴趣得很。只不过，信得过她并不意味着我们就用不着当心她。"

"呃？"

"还记得我们被安东旅的人'招待'的那天吗？"历史学家问道，"虽然其他人并不明白那天到底发生了什么事，并且把傀儡们发起的那场'恰到好处'的空袭当成纯粹的偶然，但这种事情可骗不过我——要是我没弄错的话，在刚刚进入意识上行链接时，你似乎有过一些……非比寻常的体验。"

"呃……啊……那个……"虽说平时的我是个沉着冷静、落落大方，在各种正式与非正式场合都能应对自如的人。但一想起那天晚上的事儿，我还是会忍不住心跳加速，面颊发红。毕竟，像这样的体验，就算是在梦里也不是随便就能遇得到的，"你都知道……多少？"

"一开始我知道得很有限，不过现在几乎已经全都明白了哦。我——唉？"说到这儿，历史学家突然停下了话头——在一阵女性群体特有的叽叽喳喳声中，队伍里的女生们已经从温泉里出来了。德尔塔那厮也跟在她们后面。不过，从他肿起来的一只眼睛，以及右脸上交错的十条指痕来看，这家伙显然刚刚又接受了一些有益的教育。

"阿德！罗蒙诺索夫先生！你们俩怎么还在外面啊？是害羞吗？"

"没、没啥！我们只是不想在里面挤而已！"历史学家的脸一下子便涨得和我一样红了。为了避免继续尴尬，我们连忙冲进了温泉里——好在这里其实也不算太挤，几个错落有致、铺着鹅卵石的圆形池塘虽说不大，但在人不多时倒也还挺宽敞。而且，当其他人离开之后，这里也成了一个不错的密谈地点。

"呼，还好这里没别人。"在确认左右无人后，历史学家拽着我凑到了一个瓦罐状的喷水口旁，继续用水声掩盖我们的说话声。说实在的，这种程度的警惕怎么看都有点儿过头了，"好啦，继续听我说。我不但知道，那天是你把那些'地狱翼'给打下来的，而且还知道，你那天前后扮演了好几个角色：一个在杜尔河流域的南军炮手，一个在罗迪尼亚东北海岸巡逻的北军舰队技术员，一个南军的监控员……啊，对了，还有艾琳本人。"

"咦？你、你怎么连这个……连这些……"

"你以为我为了研究关于傀儡的那些破事，至今已经下了多少工夫？！只要有必要的设备，通过它们的数据网络查询一下某些特定的数据记录也不是难事。"历史学家哼了一声，"当然，要仔细解释我的研究和推论实在是有些太复杂了，现在我们可没这个空。所以我就直接说结论好了，让整个和谐星的文明重建中断，在两百年里让整整十代人焦头烂额、痛苦不堪的所谓'傀儡战争'，其实是一场没有玩家的超级烂游戏。"

"游……戏？"

"没错，就是字面意义上的游戏，不是比喻义，不是引申义，是本义。"历史学家点了点头，"这么多年里，你们难道就真没人怀疑过吗？要知道，与他们的实际技术水平相比，傀儡们使用的武器系统是极为蹩脚的。"

我摇了摇头。别的不说，在这个时代，傀儡制造的武器——从"撕裂者"手枪、激光步枪到各种重型装备——都是"精良"的代名词。我可不认为一帮轻而易举地随手砸烂了联邦、又在两百年的岁月里把我们打得惨兮兮的家伙的武器很蹩脚。

　　"你不相信？当然,因为你没学过地球的历史。"历史学家颇有优越感地拍了拍小小的胸口,一股玫瑰精油的淡淡味道立即在周围的空气中飘散了开来,"与在黄金时代建立的殖民世界不同,古地球上的人类是真正经历过完整的军事技术发展史的。如果对比一下地球上的战争史的话,你就不难发现,傀儡的武器装备体系极为畸形:它们可以大规模使用激光武器和能量武器,也有不算差的自动化水平,甚至还有小型冷核聚变反应堆这样的技术——你的'走为上二号'就是靠这个驱动的,但你有见过它们装备能进行超视距打击的武器吗？"

　　"呃？"我还是不大明白。

　　"过去,在大家都还在使用冷兵器和黑火药互相攻杀时,地球上的军工专家就一直在琢磨如何尽可能远地干掉对手。"历史学家解释道,"最开始是投石机,然后是臼炮和榴弹炮,还有康格里夫斯火箭弹,然后是巡航导弹和弹道导弹,甚至是天基武器,所有人都挖空心思制造对方没有的武器,要在更远、更安全的地方更准确地打中对手。在真正生死攸关的战场上,人类可不讲公平信义这些东西……毕竟,要保存自己,消灭敌人,没有一点儿不公平的优势可做不到。但傀儡呢？除了少数武器型号不大一样,这两百年来,你们见到过南北对垒的两军的装备有什么根本性的差异吗？没有！他们制造过任何全新的东西吗？还是没有！更重要的是,几乎所有的傀儡造武器都是视距内的,无论是你的'基路伯'坦克上的等离子巨炮,还是手枪,他们甚至连曲射火炮都没有几门,更别说导弹了。对于那些渴望体验像英雄一样面对面厮杀的热血感觉的家伙而言,这自然是最好不过,但在真正的战争中,英雄从来都不那么重要。"

　　"噢。"

"天哪天哪天哪,我讲了这么多,你就只会'噢'吗?!"历史学家颇为不耐烦地抓起了那头银色秀发,似乎对我有点失望,"算了,总之事实就是如此。在黄金时代的巅峰,人类有着比现代衰败不堪的我们多得多的资源,掌握着我们根本无法望其项背的巨量知识,而且早已摆脱了暴政、战乱、饥饿和寒冷的威胁。那时的人为了满足自己的欲望,甚至只是为体现自己的某种无聊审美观,就可以制造出像这样的东西——"说到这儿,他突然伸手抓住了我的脸,强迫我转过头将目光放在他那孩童般纤细瘦小、皮肤白皙得如同丝绸玩偶的身体上,"很不幸,你们的和谐星也是如此,在过去,这里不过是一座进行战争游戏的游乐场。当时的人用多余的资源在这个不适合开发的荒漠世界复制出了一场他们想象中的'战争',制造了两支拥有旗鼓相当的技术能力的'军队',还用基因技术造出了所谓的'异兽',作为在战场边缘游荡的怪物来增加游戏的多样性和趣味性。而所谓的傀儡,则是供当时的人们进行沉浸式战争游戏所制造出的、非人类的'分身'罢了。当然,为了让某些玩家体验一把指挥千军万马的感觉,因此傀儡们也具有一定的自律性,可以自主执行作战任务。两百年前,科学院的家伙们在搜集古代知识时偶然启动了这个早已关停的游戏,打开了潘多拉的盒子,于是那些没有玩家指挥的棋子们开始按照既定程序动了起来,顺便碾碎了恰好横在它们之间的联邦。"

"嗯……"

"总之,这就是那天晚上发生的一切的原因。如果我的推测没错,即便在这个时代,也有一部分人会因为种种原因——最大的可能性是遗传因素——而被这个'游戏系统'视为'玩家'。换言之,只要持有必要的设备,你就有可能接入这个活见鬼的'游戏'之中,通过一个念头便能够直接控制其中的角色,或者下达某些别的命令。"历史学家继续说道,"但同理,一直在试图阻碍我们的那些人恐怕也能做到同样的事。别忘了,之前在绿谷镇袭击你们的那些家伙都是傀儡。而在遇到你们之前,我还遭到过不止一次这样的埋伏。"

"我想我明白了……"我点了点头,"这么说的话,那天的事,还有后来半个月的情况都说得通了……我当时最先想到的就是艾琳,所以我就出现在了她的身体里。然后,在看到大家陷入危险之后,我又希望所有人能够安然无恙——"

"所以那些收到你的命令的傀儡忠实地执行了这一指令。而且,因为曾经接入过系统,之后在路上遇到我们的傀儡都会意识到这一事实,并把我们视为不得攻击的对象——毕竟,有权接入系统者都是他们的'主人'。"历史学家说道,"当然,艾琳在所有傀儡中是个绝对的例外,她有类似于人类的自我意识,还具有三个人格。虽然我搞不懂这到底是怎么造成的,但你的经历表明,她也能像其他的傀儡一样被拥有'资格'的人以特定的方式控制……"

"你刚才说,我们的对手也能……救主领袖啊!那他们岂不是随时都能……"

"从理论上讲,没错。所以我才要你时刻当心艾琳,而不是可可——我对她另有安排。"历史学家终于露出了些许满意的神色,"当然,如果到时候真的发生了那样的情况,我们也并不是没有办法。听好了,你只要——"

2

"就这样？"

"什么就这样？"

在一阵熟悉的天旋地转中，骤然从回忆中被拽出来的我发现自己正待在一个诡异的、一无所有的空间里，并且面对着一个人。虽然眼下这种状况对我而言是前所未有的，但刚才那种像餐桌上的海螺肉一样被人生生拽出来的感觉，我却并不陌生。

我成功了……吗？

"啊，当然，没错，你成功了。"正与我面对面大眼瞪小眼的那家伙说道。不，不对，我很清楚他其实根本没有真正"说话"，我所感知到的不过是他的"想法"罢了。这种感觉和那个晚上几乎是如出一辙，"作为一个为了这一目的而生的人，如果你连这都做不到，那我可真的会很失望的。"

为了这一目的出生？这家伙在说什么啊?!

"原来你什么都不知道吗？啊，这也不奇怪——毕竟从我所读取的记忆来看，你们的无知程度确实超出了我的预料。"那家伙继续语带讥诮地说道。呃，等等，这么说来，刚才我那段详细得有些过分的回忆居然是他故意从我脑子里调出来的？这家伙到底是为什么——

"连这个也不知道吗? 那还真是可怜。"那家伙评论道。那是一个英俊潇洒的男人,有着不失健壮的高瘦体型、炯炯有神的深棕色双眼和飘逸的深色长发,让人一望之下便会不由自主地产生好感,看上去简直就像是我——废话! 那根本**就是**我嘛!

"嗯,看来你认为自己遭到了冒犯,因为你觉得我盗用了你的形象。"那浑蛋仍然笑眯眯地说道,看上去简直让人恨不得冲上去揍他一拳。不过,一拳砸在自个儿的脸上会让我感到极度的心理不适,所以还是算了,"但恕我直言,我的真实长相其实也和这个形象……相差不多。毕竟,我们在某种意义上也算是孪生兄弟了。"

"啊咧?"

"哈! 你不相信? 好好想想吧,我的兄弟。"那家伙说道,"还记得你从可可手里拿到的那东西吗? 也就是伊斯坎德尔·罗蒙诺索夫先生称为'信标',而被安东旅的蠢材们叫作'罪孽之杖'的那玩意儿。这种东西虽然不像青菜萝卜一样满街都能买得到,但也不算是什么稀罕之物。许多不明就里的古董收藏家们手里都有存货,而且某些人甚至还尝试过去使用它。但为什么至今为止,你没有听说过有人成功控制,或者哪怕是像你之前那样'变成'傀儡的案例?"

唉,也是。而且罗蒙诺索夫那家伙说过,判断"操纵者"的关键是基因,难道……

"没错。在和谐星定居千年之后,因为本地的某些特殊自然因素,这个世界上的大多数居民都在数十代人的时间中累积了过多的基因漂变,这让他们通常无法被千年前设计的系统识别为'自然人',而就算是能被识别出的那一小部分,因为不具备某些必要的基因特征,也无法让'那东西'发挥出全部功效。为了确保'那东西'能被使用,我们的父亲才特意让我们诞生在这个世界。只有我们,才能改变这个不幸的世界,让全人类摆脱黯淡无光的未来! 没错,罗蒙诺索夫先生是个好人,但他偏执、无知、自以为是——通过你的记忆,我已经进一步确认了这一点。他所谓的'结束战争'的计划并不能真正解决问题。"那个长得和我一模一样的家伙朝我伸出了一只手,"来吧,加入我们,我失散的兄弟。虽然我们注定将会遭遇牺牲与痛苦,但只要你和我们的兄弟姐妹在一起,我们就有机会拯救——"

我也朝那家伙友好地伸出了一只手……接着,在确定对方对我毫无防范后,我挥出了使出全力的右勾拳。

呃,我知道也许这么做看上去有点卑鄙,但说实话,为了履行我的职责,就算做出一点儿不那么诚信的行为,其实也是完全可以被谅解的。不过,问题的症结其实不在这里。真正的问题是,虽然我的拳头准确且强有力地命中了那家伙的脸,但奇怪的是,我却没有感受到一丝一毫打击肉体的实感。

而那家伙则破碎成了一团闪光的粉末。

唉? 这又是咋了? 虽然在一些给小男生、小女生看的绘本故事里,坏蛋们被打死时确实会变成一团闪光消失不见,或者直接飞到天上变成星星,但这种情况也太扯了吧?!

"不想谈吗? 真是可惜。"就在我纳闷儿的时候,那个声称是我的兄弟的男人又一次悄无声息地冒了出来,连一点儿挨揍的痕迹也没有,"不过我还是劝你别做这些无意义的事情,因为——"

在接下来的一刹那,随着这浑蛋突然抬起一只手,一把像是长矛的剑突然贯穿了我的身体——但我没有任何感觉,无论是疼痛还是鲜血流出的感受……事实上，我甚至完全没有察觉有任何东西碰到过我。

"唉，真是不幸。在黄金时代，那些真正高级的VR游戏可以仿造出几可乱真的触觉与嗅觉，而不仅仅是制造一些声光效果。"那家伙开始像罗蒙诺索夫平常那样，自顾自地嘀咕起了我听不懂的东西，"算了。反正这里也只是系统创造出的一个临时的'聊天室'，在这儿，我们作为具有同样权限的登录用户，无法互相攻击，最多只能浪费一点儿数据，用这些无聊的把戏互相糊弄糊弄。顺便说一句，因为你对于如何在这种状况下保密没有丝毫经验，因此我可以轻而易举地读到你的全部思维活动，甚至是一部分记忆，这对你而言可不太有利哦。"

"对……权限……"我下意识地嘟哝道——在告诉我要当心艾琳时，罗蒙诺索夫曾经提到过，只要能够用那支"信标"实现"接入"，我就能拥有与那些试图操控艾琳的家伙相当的权限。换言之，我可以通过对艾琳下达指令来让她停止继续遭到操控。

但话说回来，这到底该怎么做？

"你居然不知道接下来该怎么做吗？唉，看来那家伙知道的东西实在是少得可怜。"那家伙继续讥讽地说道——看来，在这个什么鬼"聊天室"里，我们所想的东西都会被对方直接"听"到，"既然如此，我奉劝你——"

"给我滚一边去啦！"我又朝着那家伙挥出了一拳，让他又一次变成了飞散的光粒。接着，在这家伙重新冒出来之前，我抱着死马当活马医的心态，开始在脑子里努力思考起来。

我要对艾琳下命令！我要对艾琳下命令！我要对艾琳下命令……快给点反应啊！

指令确认，正在跳转入命令界面。

太好了！很高兴再见到你啊,画外音先生! 呃,不对,在这里用"见到"这个词似乎有些问题,不过我反正是无所谓了。就在那"声音"直接在我的意识中"响起"的瞬间,一无所有的空间就像朝阳下的白霜一样从我身边逐渐消失了,取而代之的是"王座之间"中的景象。

这里的情况看上去相当不妙。

在半圆形平台的边缘,驾驶着那台双足人形机械的艾琳已经解决掉了罗蒙诺索夫的那对忠实的"伙计",虽然还没有彻底散架,但从它们眼下仿佛被打瘪的沙袋般的样子判断,我们至少一时半会儿是没法再指望这两位了。可怜的咪咪仍然待在捕捉网里,虽然她正拼命地用刺刀切割着网索,但似乎并没有什么成效;而栗子则举着一支"撕裂者"手枪护在一动不动地呆立着的我的面前,枪口直指着一步步逼近的艾琳,但她脸上的犹疑神色表明,她也不知道在此时此刻扣动扳机是否是个好主意。

唯一值得庆幸的是,这一切看上去都像是在播放慢镜头——在我大致弄明白状况的这几秒钟里,艾琳驾驶的那台MEW甚至还没能朝前跨出一步。这也意味着,无论接下来会发生什么,我至少都还有一点儿考虑的时间。

"很有趣吧? 没错,这个'聊天室'自动加速了所有接入者的主观时间……大约十倍吧。"我的那位"兄弟"继续气定神闲地说道,"所以你打算怎么办? 嗯? 就这么下达指令去'接管'艾琳?"

"不然呢?"我反问道,同时极力忍耐着继续痛扁他的冲动——无论这家伙再怎么欠扁,在这种虚拟空间内收拾他都毫无意义,更何况这厮还顶着我的脸,揍起来实在是别扭得要命,"你不试着阻止我吗?"

"当然不。"那家伙继续摆出了令人厌烦的笑容,"在这里,我们的权限是完全相等的。换句话说,我们无法直接干涉对方的行为。所以,无论你想做什么,尽管去做就是。"

这家伙真以为我会相信他?呸!算了,反正现在让艾琳停下来才是当务之急。无论这家伙葫芦里卖的是什么药,我先试一试再说!"艾琳,立即停止行动!"

那台双足步行机器果然停了下来,但只持续了一瞬间。接着,它就又一次朝着我们迈出了脚步。

3

"啊？怎么不管用?!"

在发现自己的努力毫无效果后,纵然是善于随机应变如我,也不由得愣住了一小会儿。接下来,画外音先生的话又让我陷入了更大的困惑之中:指令确认,已传达。原指令已取消。

"停下！艾琳！快给我停下！停下来啊！看在救主领袖的分上！快醒醒!"

"那、那个,我也想停下啊!"随着我慌乱地发出更多的指令,艾琳的意识也传了过来——她现在甚至比我还要惊慌,似乎随时都可能哭出声来,"阿德,怎么办？我现在确实已经不受那浑蛋控制了！但这东西就是停不下来啊！真的停不下来啊!"

"停不下来？难道刚才不是你在驾驶这玩意儿吗?"

"该死的,我明白了！是超驰控制！很多过去的半自动化机械都有这东西,可以在无人状态下通过遥控完成一些简单的行动。"另一个声音插了进来。是罗蒙诺索夫,这家伙不知用了啥办法,居然成功地把自己的想法传到了这儿来,"听好了,少校。我现在动用了点儿……备用技术手段,所以可以向处于这种状态下的你传话。刚才那浑蛋说的都是真的,你们现在确实无法互相干涉。而且根据这里的规则，对一个目标下达的指令每小时最多只能被覆盖一次，也就是说，他没法用继续下命令的方式来让艾琳采取对我们不利的行动。但我确实没想到他会玩儿这招。"

好极了。话说为什么我们的运气总是这么恰到好处的……微妙啊？就算是整蛊也麻烦让我们偶尔喘口气儿行不？"那我们该怎么办？"

"当然是截断传播控制信号的信道。"历史学家说道，"从理论上讲，用来接入傀儡的控制系统的设备不但有众多使用限制——包括使用距离、使用次数和使用目标范围的限制，而且它们也和这种工程机械不兼容！如果那家伙能直接对艾琳开出来的那东西发号施令，他肯定是使用了别的设备进行信号中转。"

"所以——"

"他用的是可可身上的设备！你忘了吗？可可只是个普通人，但她却能像傀儡一样被操控，这都是因为那家伙在她身上安装了特殊的脑机接口式植入器！这东西应该就是某种特制的信号中转器！我想，如果收到权限合适的命令，她应该能主动停止接收那家伙发来的信号，并且……"

"我明白了。"随着艾琳与我们在现实世界中的距离缩短到之前的一半，我很清楚自己已经没多少时间磨叽了。万幸的是，有了之前的几次经历，在这个诡异的虚拟空间中延伸意识、对受到控制的目标下达指令，对我而言已经是驾轻就熟之事了，"可可，停下来！"

没有任何反应。

我熟悉的画外音先生也没有开口。

这又是闹哪样啊？为什么关键时刻总是出这种破事？"可

可！你能听到吗？立即停下来，你现在不需要听那家伙的……"

"啊，终于发现了吗？"我的"兄弟"背着双手，不紧不慢地踱到了手忙脚乱的我的眼前。看起来，他似乎并不知道我刚才与罗蒙诺索夫进行的交流，"不过很抱歉，她现在已经不受我的控制了。"

"什么？"

"真是幸运。就在刚才，我要的东西已经全部到手了——虽然还不足以完成我们的伟大愿景，但'王座之间'确实是一座货真价实的宝库。总之，这个回合是我赢了。"那浑蛋的脸上几乎已经笑开了花，与此同时，他的手中突然出现了一本印满二进制编码的大书的影像，"我并不是个喜欢浪费时间的人。所以，在我所需要的主要数据全部下载结束时，我就已经切断了可可的植入器对一切外来指令的接收入口。"

"你——"

"换句话说，可可现在完全**可以**凭自己的意志行动——她能自行决定命令那台MEW停止执行基地防御程序，但愿不愿意就是另一回事了。"随着一阵大笑，我的"兄弟"的身影开始逐渐淡去，"顺便提醒一句，由于我已经重设了植入可可脑子里的终端的状态，你和我一样，都无法直接对她发号施令了。当然，你可以试着劝劝她……不过我可没法保证这么做会怎么样，我也不在乎，啊哈哈哈哈哈……"

接着，这浑蛋就彻底从我眼前滚蛋了。好吧，至少落得个眼前清净。

"恐怕那家伙说的是真的！"就在我的"兄弟"消失的瞬间，罗蒙诺索夫立马将他的念头一股脑儿地塞进了我的意识之中——很显然，他现在可是真的急了，"该死！这下可真是彻底弄巧成拙了!"

"那我现在就去试着说服可可,就算不能下命令,至少……"

"不需要了! 既然那家伙已经得逞了,那可可现在也不重要了!"罗蒙诺索夫急躁地说道,"如果她执意不肯取消那个该死的指令,那我们也就只能不客气了! 我们现在就可以物理破坏掉那该死的植入器! 一发激光束就够了!"

"我不允许你这么做!"我吼道,"这样她会死的! 你不是说那东西和她的大脑相连吗? 如果朝她开火——"

"我知道! 该死的! 我当然知道! 但你必须顾全大局——我们虽然输掉了这一局,但还没输掉一切! 当务之急是让所有人活下去,然后——"

"如果你这么做的话,我向你保证,至少你活不下去。"我冷冷地打断了历史学家的话,"到时候,我会亲自用我的'权限'向艾琳下命令,让她用那台机器拧下你的脑袋。"

虽然我并没有特别强调一句"我是认真的",但历史学家显然和我一样清楚地认识到了这一点——事实上,这还是我这辈子头一次向同伴说出这样可怕的话,但奇怪的是,我却非常确信,自己真的有可能这么做。

"喂,还有一件事,"在短暂的沉默之后,我又问了一句,"我该怎么去劝可可?"

4

控制权限:确认取消。一般性数据传递:已确立。

虽然画外音先生仍然尽职尽责地提醒着我,但事实上,就算他不说,我也能确定这一点——在按照历史学家给出的方法迅速报出一串指令代码,并在想象中将意识朝着可可延伸出去之后(他管这个叫"黄金时代的标准傻瓜式操作"),我很快便感受到了可可的意识。

就像上次被莫名其妙地"塞"进艾琳的身体里那样,这种感觉非常奇特而诡异。如果非要打个比方的话,就像是把两个人脑子里的一切全都生拉硬拽出来,然后搅和进同一个容器里似的。只不过,与我相比,可可的意识模糊而封闭,而且充斥着一股……憎恶?

没错,那就是憎恶。仅仅稍加接触后,我便确认了这种感觉——它就像是掺在清水中的胆汁一样明显,苦涩,令人反感,而且轻而易举便能尝出来。这种感觉来自可可意识的深处,而我的直觉告诉我,那里正是她的记忆之所。

虽然我不知道那个自称我兄弟的浑球儿到底是不是这么做的。但至少,我确实轻而易举地便将思维探入了可可的记忆之中。作为一个在某些不太文明的地方已经接近"成年"标准的女孩,可可的记忆稀少得令人惊讶。在这里,我既找不到孩提时代的甜蜜,也无法搜寻到与父母或者青梅竹马相关的丝毫踪迹。事实上,可可记忆的开端是一片模糊,在这团混沌的阴影中,她总是被关在一个很小、很小的地方,被一群诡异的人看守着。除了每天定时进行的身体检查和送来索然无味的饭食之外,这些人与她没有任何交集。

在那之后,可可的记忆断裂了一小段时间,并在那个已然被异兽摧毁的法外人聚落附近重新开始了。在这里,漫无目的游荡着的她被一对没有孩子的夫妇收容,并第一次感觉到了温暖和光明,终于有人愿意在"让她活着"之外的范围为她额外多做些什么,也终于有了别的同龄人与她共处。在那短暂的时日里,她第一次尝到了亲情和友情的滋味,知道了"关心"和"爱护"的含义。

但这段日子实在是太过短暂了。

那一天,当她身不由己地取出那支诡异的短杖,亲自引来成百上千的异兽,将自己的新家变成一座屠宰场时,可可明白,有的人根本就不打算让她拥有这样小小的幸福。那些人仅仅是为了测试他们发现的"那件东西"到底能否如同预料中那样影响异兽们的活动,便迫使她亲手撕碎了自己刚刚得到的一切。

而她憎恨这样。

不过,她憎恨的并不只有那些她无法获知其到底是何方神圣、将她视为提线木偶的人。事实上,她同样憎恨**我们**。可可是个相当聪明的孩子,自从我们逃离安东旅的营地之后,她就已经猜出,我们中的那个历史学家很可能已经猜出了她毫无缘由地诬赖我们的原因。这一结论一度带给了她希望,但她很快便发现,虽然我们愿意带着她一起上路,但却丝毫没有将她从这种可憎的支配下解放出来的打算。相反,罗蒙诺索夫在一路上都假装着一切无事,同时却又让他的"伙伴"紧盯着她的一举一动。

"你们和那些操纵我的家伙是一样的!"在意识相接的瞬间,可可愤怒地将这个念头砸给了我,"你们根本不在乎我,就和那些人一样!他们希望利用我拿到在这里的东西,而你们则为了同样的目的陪他们玩这个游戏。他们缺乏从'王座'里提取数据所必需的设备,而你们不知道'王座'的具体位置,谁都没法轻轻松松地靠自己搞定这一切,所以你们两群人就心照不宣地演了这场戏——而我算什么?一个会走路的工具?一块用完了就扔的筹码?"

拜托,这么干的就是罗蒙诺索夫那家伙一个人好不好!我们其他人可是都被蒙在鼓里哦!好吧,虽然我们几个在这件事上的迟钝也算是个问题,但现在可不是纠结这个的时候……话说我到底该怎么办?告诉她我们可以给她补偿?

"不可能!你们能补偿给我什么?"我的念头在第一时间就被可可捕捉到了。与此同时,在现实中,那台被艾琳修复并驾驶到这里、现在却反客为主的双足机器已经把我们几个逼到了平台的角落里。照这情况,用不了多久,我们就只能在被砸扁、撕碎或者从二十几米高的地方跳下去,这两个选项中二选一了——这还真是恶趣味的选择题。"让死去的人复活吗?让我那些失去了父母的朋友重新拥有他们的亲人吗?我知道这不可能——就算是黄金时代的科技也做不到这一点!你们知道给一个人希望,然后又用庸俗的恶意把它给踩个粉碎是什么感觉吗?这就是你们给我的东西!我原本以为你们能够帮助我!但我得到的只、只有……"

　　唉,好吧,这我都能理解——虽然一切都是我们那位雇主的错,不过如果我是可可,大概也会下意识地憎恨作为一个整体的我们。至少,我想不出她有任何必要与义务出手帮助我们。

　　但是,举目无亲、无处可去的她以后又该怎么办呢?

　　就在这个念头从我的意识中不受控制地冒出来时,那台在现实世界中朝我们逼近的MEW突然停下了脚步。

　　"怎……么……办?"可可疑惑地重复着,接着,她的情绪变成得极其哀伤,"我……我不知道怎么办……我没有家人,没有认识的人,我甚至不知道自己到底是谁……"

　　"那我有一个提议,"我想了想,然后说道,"那个……你愿意让我们成为你的家人吗?"

　　可可沉默了。但这种沉默并没有持续很久。

5

“那你的答案是……”

“当然——不行啊!”

终　章

在那之后，以及下一步

1

嗯，以上便是这个故事的第一部分，以及我在其中所扮演的大致角色——虽然我省略了一些不重要的细节，而我那不可靠的记忆也可能让那些部分变得有些……与事实略微不同。但大致而言，正如我之前说的那样，以上所言字字无虚。呃，应该是这样没错。

总之，在新历991年4月18日的凌晨5点，遍体鳞伤、疲惫不堪的我们总算在桃源居民们的协助下爬出了那座被称为"城堡"的地下建筑，并第一次放松地休息起来。尽管就结果而言，我们并未达成目的，但这点儿挫折自然无法让如我这般充满了钢铁意志的义勇军战士感到气馁……至少在伊斯坎德尔·罗蒙诺索夫对我说出那句话之前是这样。

"你、你、你说啥？委托费不给了?!"在听到那句话后，我不得不稍微运用了一下自己的意志力，才避免了一拳砸在历史学家脸上，再直接把这家伙一个过肩摔砸回那个大洞里去的糟糕情况，"凭什么？！"

"我很抱歉，但……你在签订雇佣合同之前就应该注意到这点了。"被人们七手八脚地抬上简易担架的平娜对我说道。虽然负责照顾无法行动的她和德尔塔的艾琳在半途遭到了控制，但那个自称我的"兄弟"的家伙显然并不打算加害无关人等，因此他们没有受到什么伤害，"按照合同，只有在行动成功结束之后，你们才能拿到那些钱——而目前行动并未成功，所以你们的委托仍然没有结束。"

"没错。事实上，考虑到这次的失败，我没有扣你们的工资就算不错了。"历史学家非常不合时宜地补充了一句，"毕竟，你们不但没有阻止'王座之间'内存储的宝贵数据和研究记录被夺走，甚至也差点儿未能成功保护我的安全。虽然我宽宏大量，没有在合同里规定违约金，但说实话……"

这话还真是欠扁哦！

话说明知对方打算利用我们，还故意把可可带在身边玩儿互相利用的不就是您吗？！这破事玩脱了能算在我们头上？！呃，没错，我们确实让你好几次遇上了差点丧命的危险，但至少从结果来看，你起码现在还能喘气，对吧？！

虽然那时候真的非常危险就是了。

自打与我们一起被本地人用绳梯拽上来之后，可可就一直用怒气冲冲的眼神瞪着我们每个人——当然，这起码比之前她那种半死不活、毫无生气的涣散目光要好了不少。"记住，我可没说过要原谅你们。"在历史学家喋喋不休的同时，这个瘦瘦小小的女孩拽了拽我的衣袖，"无论你们为我做什么，赔偿给我多少东西，我都永远不会原谅你们的。"

唉,那个,已经说过的事情就不用再重复第二遍了吧?

在几小时前,可可就已经这么对我说了一次——那还是在我们处于意识连接状态下时。当时,我曾经出于纯粹的善意向这个可怜的女孩儿提出,我们愿意成为她的家人与伙伴,弥补她曾经失去的一切,但不幸的是,她几乎不假思索地拒绝了我的提议。

"当然——不行啊!"在那一瞬间,我还以为一切都完蛋了。但最后,那台受到超驰控制的古老机械还是在离我、栗子和罗蒙诺索夫只有咫尺之遥的地方停下了动作,"凭什么?告诉我,在如此赤裸裸地与那些操纵与玩弄我的人合谋利用了我之后,你们凭什么成为我的同伴和家人?不,你们根本没有这个资格!"

"但你为什么——"

"没有资格当家人和同伴,并不意味着就该死啊。"在那个虚幻的"空间"中,女孩朝着我露出了一丝混合着无奈与迷惑的笑容。接着,在现实中的她从先前一直操作着的那台设备后站起身来,咬着牙从被脏兮兮的褐色短发覆盖着的后颈部位用力扯下了某个东西,"更何况,你说得没错,我没有地方可以去,也不知道今后该怎么办——但我还有一个目标,你们也许能帮我实现它。"

这便是这个女孩儿加入我们的经过。

"我并不在乎你是不是想原谅我们。毕竟,我们的所作所为都是为了更大的利益——为了和谐星上千万人类的未来,为了大家的子孙后代。"在负伤的平娜和德尔塔被人们抬往桃源的诊所之后,历史学家继续念叨道,"我也不会为之前的所作所为道歉。因为从理性的实用主义角度来看,至少在那时,配合那些在幕后操纵你的家伙演戏是最有可能让我们达成目的的方式了。

当然，我承认这么做确实有点违反人道主义，但在不得已的情况下……"

"等到一切结束之后，能允许我用我喜欢的方式杀了这个家伙吗？"可可拉了拉我的胳膊。

"悉听尊便。"我说道，"不过，我必须声明一点：我们约定的终点可不是你的'复仇'。只有当这个家伙成功地结束了战争，并且把委托费按照合同付清之后，我们才能一拍两散。"

"在我看来，这两件事其实是一回事。"可可恼怒地挥了挥拳头，仿佛想要打击某个看不到的敌人似的，"那些操纵我、夺走我一切的人的目的就是阻止你们的调查任务，对吧？而这就意味着，他们害怕你们的任务成功。虽然我不太清楚你们到底要找什么，也不明白我自己当时到底从'王座之间'里为他们传输了什么数据，但那肯定和结束这场战争有关。"

"没错，看来你比我想象的要聪明。"历史学家插话道，"事实上，我试图获取的这些数据本身虽然并不足以结束这场毫无意义的'战争'，但它们至少能够为获取它们的人提供这样做的手段——假如以正确的方式将其完全破解，这些数据中包含的大量授权码将有可能让拥有它们的人获取傀儡的各级'指挥权限'，而不仅仅是'操纵权限'。"

"啥？"

"你以为黄金时代那帮闲得发慌的家伙把这么一整个毫无价值的荒漠世界给包下来，只是为了玩玩真人实弹射击吗？"历史学家问道，"当然不是！除了当一个只能扣扣扳机、丢丢炸弹的小兵之外，这个愚蠢的'游戏'还有更加'高级'的内容。指挥从一个班到一个军团不等的军队，像那些家伙想象中的古代军官和将领们那样在战场上排兵布阵、互相征伐，这也是整个'游戏'的组成部分之一。"他突然摇了摇头，"很可笑吧？当时的虚拟现实技术明明可以轻而易举地让这些家伙以更加廉价的手段获得同样的体验，但他们却一定要这么做！只是因为这是'真实'的！如果要在人类的诸多坏习惯中评出最糟糕的，我想，这种对'真实'的执念恐怕是当之无愧的第一名。"

嗯，虽然我不太清楚什么是"虚拟现实"，但我那敏锐，而且从没骗过我的本能告诉我，一切多半没那么简单。至少，当我的那个"兄弟"口口声声地说我们"无知"时，我不觉得他只是在信口胡诌而已。

"总之，正如你见到的那样，那些在暗中阻挠我的人对于傀儡本质的了解不会比我更少，而他们也拥有像你这样具有资质、可以获取傀儡的操纵权限的人。这些家伙的最终目的显然是取得真正关键的权限：指挥权限。只要他们成功……至少在银河的这个荒凉角落里，如此强大的压倒性武装力量足以让他们为所欲为。"

"我会让他们在这之前就躺进坟墓的。"可可说道，语调冰冷如同利刃，"如果他们还有坟墓可躺的话。"

"没错，不能让他们的阴谋得逞！"跟在我身后的咪咪附和道，"像这种家伙，肯定都是坏透顶的恶棍！要是让他们为所欲为，一切就都完了！"

"对！我一定要让那些家伙尝尝苦头——他们居然敢一而再，再而三地让阿德遇到危险，这绝对不可原谅！"栗子也攥着拳头补充了一句。

"唉，你弄错重点了吧？"其他人一起吐槽她。

我摇了摇头。虽然她们说的确实很像那么一回事，但我总觉得有什么地方不大对劲——至少，操控了可可，并一度控制了艾琳的那家伙并没有刻意伤害我们。如果愿意，他完全可以让艾琳杀死受伤的平娜和德尔塔。而我敢肯定，除了给艾琳驾驶的MEW下达一道简单的攻击指令之外，那家伙肯定还有别的什么手段可以对付我们。

但他却什么都没做。

当然，至少在那时，我并没有向任何人说出自己的疑惑。

2

在那之后，我们又在日出城继续待了足足十天的时间，以便在重新上路之前处理好一大堆必须予以解决的问题。在确保平娜和德尔塔没什么大碍后（虽然我倒是很希望后者有点儿什么大碍），我们立即对可可进行了一次全面的身体检查，并确认了她身上已经没有任何可疑的植入器或者类似的玩意儿存在，而那件曾经被植入她后脑勺下方皮层中的植入器也被罗蒙诺索夫找了出来，预备在将来进行"必要的研究分析"——但接下来的具体结果如何，我可就不知道了。

与此同时，桃源的本地居民们也没闲着。虽然我们一时半会儿没法兑现结束战争，让本地人能与外界安全地建立起联系的承诺，但他们也并非没有得到好处：自打"城堡"的入口被打开之后，这里立即掀起了一股全民参与的地下淘金热。人们以极高的热情蜂拥着进入这座古老的地下建筑中，在头三天内便横扫了下面残存的所有安保手段，以及各式各样潜藏在犄角旮旯里的牛鬼蛇神，并像过境的行军蚁般将一切能够找到的古代技术产品统统席卷一空。虽然他们的大多数收获本来都只能作为废铜烂铁处理，但多亏了艾琳这位专业机械师的存在，还是有不少设备被修复到了勉强能用的状态。两百年来第一次，本地人重新用上了电暖炉、电力烘干器、白炽灯和电风扇这些民用电器，而艾琳依靠一堆备用零件和一份说明书组装起来的烤面包机更是大受好评。而当我们成功地用拼凑出的电线将尚在运行的地热发电机组与桃源连接起来后，这里的人均电力供应水平更是瞬间超出了联合军政府治下发展程度最高的阿卡迪亚特区。

总之，虽然作为一名义勇军成员，我的所作所为从来都是纯粹基于义务、不求个人名利的，但从客观角度上讲，我还是觉得我们显然有资格因为推动本地社会进步做出的贡献而获得一枚勋章。唯一让人略有些遗憾的是，在"城堡"里，我们没有找到任何可以用在联合军产的履带式装甲运输车和傀儡制造的"基路伯"超重型坦克上的零部件（这倒是意料之中的事），这意味着，给可怜的"走为上号"和"走为上二号"趁机来一次大修，尤其是让"走为上二号"的等离子主炮能够正常运转的想法只能暂时放到一旁了。

算了，反正这也不是什么大问题就是了。毕竟，我倒是宁愿这辈子都不会再遇到需要用离子炮解决的大麻烦。

当然，并不是整个"城堡"都被两眼冒光的本地人探索了一遍。除了大量因为结构性损坏而无从进入，或者被我们鉴定为不稳定而贴上了"危险"标签的区域外，位于"城堡"最深处的"王座之间"也被划为禁区。按照罗蒙诺索夫的说法，这么做有着两层考虑：首先，那些在大半个大陆上横行无忌的傀儡大军之所以会对这里敬而远之，极有可能正是因为"王座之间"里的某些"特殊机制"的存在，虽然他自个儿也说不清楚这些"机制"到底是个什么原理（"拜托！我的研究方向是科技考古学！又不是这块儿的专家!"),但为本地人的安全考虑,显然还是别随便进去乱拆乱动的好;其次,这些天里,罗蒙诺索夫一直都在使用他的那台设备接入"王座之间"的系统,按照他的说法,这是在"打捞与'国王'项目有关的剩余有价值的数据"。

综上所述,在这些天里,我一直过得相当忙碌……当然不是,其实我一直闲得发慌。毕竟,除了帮大伙儿干点粗活重活,别的那些事儿全都不是我干得来的。万幸的是,在"城堡"事件后的第十一天,历史学家终于结束了他的工作,并向我们宣布了下一个目的地。

"虽然因为种种意外与不可抗力,我们的对手侥幸在第一个回合中获得了胜利并占据了些许优势,但这并不意味着我们就没有机会挽回这一切。"在打包好行李,并把我们召集起来之后,历史学家如是说道。至少在我看来,他显然已经找回了平时的那种自信——虽然我无法确定这到底是不是好事,"通过对'城堡'系统内遗留的数据痕迹的分析,我已经逆向追踪到了那家伙在过去一段时间中与我们的相对位置,并判断出了他的大致活动区域。下面,我们要做的就是把这条臭虫给揪出来,让他受到应有的惩罚。当然,各位到时候也可以拿到全部委托费用,外加百分之十五的额外工作费。"

"百分之二十五,谢谢。"我更正道。就算我们这辈子再怎么舍己为人,但一点儿属于我正当权利范围之内、能够让我在将来更好地为全人类未来而奋斗的合理报酬还是有必要存在的。

"行!"

好吧,至少这些话听上去还挺不错。但根据我的经验,这类义正词严、信心十足的宣言到底能不能实现,通常是需要打上那么一两个问号的。"那么,唯一的问题是,我们到底该去哪儿找那家伙呢?"我问道。

"问得好。"历史学家对我露出了胸有成竹的笑容,用他小小的手指向了西南方向,"第九军团辖区,兰檀半岛。"